KB115869

에도의 독서열

스스로 배우는 독자와 서적 유통

저자
스즈키 도시유키(鈴木俊幸), 도쿄 주오(中央)대학 문학부 교수.
근세 후기의 통속 문학과 출판・서적문화사 전공. 에도 시대의 통속 문예물을 성립시킨 여러 가지 조건들, 서적의 출판과 유통 시스템이나 교육의 보급과 독자의 성립 등으로 영역을 넓혀 연구 중이다. '문학'이라는 이름에 얽매이지 않고 근세라는 시대의 문화현상 전반을 폭넓게 다루며, 그 역사적 전개를 거시적 관점에서 고찰하고 있다.
주요 저서로는 『근세독자와 그 행방(近世讀者とそのゆくえ)－독서와 서적 유통의 근세・근대(讀書と書籍流通の近世・近代)』(2017), 『서적의 우주(書籍の宇宙)－넓이와 체계(廣がりと体系)』(2015), 『에도의 책 만들기(江戸の本づくし)－황표지로 읽는 에도의 출판사정(黄表紙で讀む江戸の出版事情)』(2011), 『에조시야(繪草紙屋) 에도의 우키요에숍(江戸の浮世繪ショップ)』(2010), 『근세서적연구문헌목록』(편, 2007), 『쓰타주 출판서목(蔦重出版書目)』(1998), 『쓰타야 주자부로(蔦屋重三郎)』(1998) 등이 있다.

역자
노경희(盧京姬), 울산대학교 국어국문학부 교수
서울대 국어국문학과 학부 및 대학원 석사를 졸업하고 한중 비교문학 논문으로 일본 교토대 중어중문학과에서 박사학위를 받았다. 현재 울산대학교 국어국문학부 교수로 있다. 전통 시대 동아시아 삼국(조선・明・江戶)의 문학을 비교하고 교류 양상을 살피는 작업에 관심을 가지고 있으며, 특히 서적교류와 유통, 출판 문화에 주목하고 있다.
주요 저서 및 역서로는 『조선연행사와 조선통신사』(공역, 성균관대 출판부, 2019), 『17세기 전반기 한중 문학교류』(태학사, 2015 : 2016 세종도서 학술부분), 『동아시아의 문헌 교류－16~18세기 한중일 서적의 전파와 수용』(공저, 소명출판, 2014 : 2014 한국출판학술상 우수상), 『목판의 행간에서 조선의 지식문화를 읽다』(공저, 글항아리, 2013 : 2014 세종도서 교양부분), 『명말 강남의 출판문화』(역, 소명출판, 2007) 등이 있다.

에도의 독서열 스스로 배우는 독자와 서적 유통

초판 1쇄 발행 2020년 12월 31일
초판 2쇄 발행 2022년 3월 15일
지은이 스즈키 도시유키 **옮긴이** 노경희 **펴낸이** 박성모 **펴낸곳** 소명출판
출판등록 제13-522호 **주소** 서울시 서초구 서초중앙로6길 15, 2층
전화 02-585-7840 **팩스** 02-585-7848
전자우편 somyungbooks@daum.net **홈페이지** www.somyong.co.kr

값 17,000원
ISBN 979-11-5905-571-3 93830
ⓒ 소명출판, 2020

잘못된 책은 바꾸어드립니다.
이 책은 저작권법의 보호를 받는 저작물이므로 무단전재와 복제를 금하며, 이 책의 전부 또는 일부를 이용하려면 반드시 사전에 소명출판의 동의를 받아야 합니다.

에도의 독서열

스스로 배우는 독자와 서적 유통

스즈키 도시유키 지음

노경희 옮김

The Enthusiasm for Reading in the Edo Period:
Self-studying Readers and the Circulation of Books

EDO NO DOKUSHONETSU by Toshiyuki Suzuki
©Toshiyuki Suzuki 2007
All rights reserved.
Originally published in Japan by HEIBONSHA LIMITED, PUBLISHERS, Tokyo
Korean translation rights arranged with
HEIBONSHA LIMITED, PUBLISHERS, Japan
through Bestun Korea Agengy
Korean translation rights © 2020 Somyong Publishing Co.

이 책의 한국어 판권은 베스툰 코리아 에이전시를 통해
일본 저작권자와 독점 계약한 소명출판에 있습니다.
저작권법에 의해 한국 내에서 보호를 받는 저작물이므로
어떠한 형태로든 무단 전재와 무단 복제를 금합니다.

일러두기

- 일본어 한자어 표기의 경우 음독은 한국 한자음으로 표기하고, 훈독은 일본어 발음으로 표기하였다. 둘이 혼용된 경우에는 구분하여 표기하였다. 단, 고유명사의 성격이 강한 경우 음독이라도 일본어발음으로 표기하였다.
  예시) 學校 → 학교, 蔦屋 → 쓰타야, 松本文庫 → 마쓰모토 문고, 高美書店 → 다카미 쇼텐
- 일본어 표기는 대한민국 국립국어원에서 정한 외래어 표기법 중 일본어 표기 원칙을 따랐다. 단, 국내에 보편적으로 사용되어 용례로 굳은 경우에는 통용되는 표기를 따랐다.
- 한자의 한글 발음을 병기하는 것을 원칙으로 하였으나, 발음 미상의 고문서 용어나 주소 등 일본어 발음 표기의 필요성이 현저히 떨어지는 경우 원문의 한자만 표기하였다. 이때, 독자의 가독성을 높이기 위해 서점 이름의 한국어 표기를 먼저 배치하고 주소를 괄호 안에 따로 적는 등 원문의 배열을 조정하기도 하였다.
  예시) 奥州仙台 伊勢屋半右衛門 → 이세야 한에몬(伊勢屋半右衛門 : 奥州仙台)
- 저자의 주석은 '미주'로 처리하고, 번역자의 주석은 '각주'로 처리하였다.

한국어판 출간을 축하하며

『에도의 독서열』의 한국어판이 조만간 나온다는 소식을 들으니 매우 기쁩니다. 이 책은 2007년도에 처음 출판된 것입니다. 십수 년이 지난 지금 그때의 일들을 돌이켜보니, 한 여름의 무더위 속에 허리를 삐끗해 고생하면서도 진절머리 나도록 교정을 보던 일 등이 추억처럼 떠오릅니다.

저로서는 이 책에 대해서, 서적을 둘러싼 문화 현상과 그 역사적 전개에 관한 견해를 제시하고, 자료와 연구 방법에서 조금은 새로운 시도를 하였다는 자부심과 함께, 한편으로는 상당히 읽기에 불친절한 책이 되었다는 반성이 있습니다. 자료 원문의 직접 인용과 서지적 서술들이 많은 점이 그중 하나입니다. 단순히 개념을 설명하는 것으로부터 조금이라도 벗어나 당시의 실제 모습을 있는 그대로 다뤄보고 싶었던 것과, 이론은 식상해져도 자료 자체는 사라지는 일이 없으니 앞으로의 연구를 위한 자료로서의 역할을 할 수 있으면 좋겠다는 바람 때문이었습니다. 그러나 그 결과로 일반 독자들을 위한 배려를 거의 느낄 수 없는 책이 되고 말았습니다. 서점에서 대충 몇 페이지만 넘겨 보아도 금세 거부 반응이 일어나는 분들이 많았을 것입니다.

노경희 선생은 이렇게 쉽지 않은 책을 오랜 기간에 걸쳐 열심히 번역했습니다. 몇 번씩이나 저를 만나러 도쿄까지 와 주었습니다. 그리고 이 책을 철저하게 이해하기 위해 고문서의 특수한 용어들이나 일본어 고유명사 읽는 방법 등 온갖 종류의 다양한 질문들을 물어왔습니다. 더 이상 저에게 대답할 말이 남아 있지 않을 정도로 말입니다. 이 책의 내용을 잊어가고 있는 저보다도 아마 지금에 이르러서는 노 선생의 경우가 이 책에 훨씬 정통할 것입니다. 그렇기 때문에 저의 일본어판보다 이 한국어판이 더 이해하기 쉬운 책이 되었을 가능성이 높습니다. 제가 한국어를 몰라 직접 읽어 볼 수 없는 것이 너무나 아쉽습니다.

한국과 일본은 가까운 이웃 나라로 둘 다 유학을 존숭하고 한문으로 소통했던 과거를 지니고 있습니다. 제각기 독자적인 문화를 형성하면서도 같은 정신적 뿌리를 갖고 있기도 합니다. 이렇게 가까운 바로 옆 나라의 사람들 눈에 일본의 옛날 민간에서 일어났던 소소한 문화적 활동의 흔적들이 과연 어떻게 비춰질까, 저는 지금 한국 독자들의 반응들을 매우 기대하고 있습니다.

노 선생, 고생 많았습니다.

2020년 3월

스즈키 도시유키(鈴木俊幸)

차례

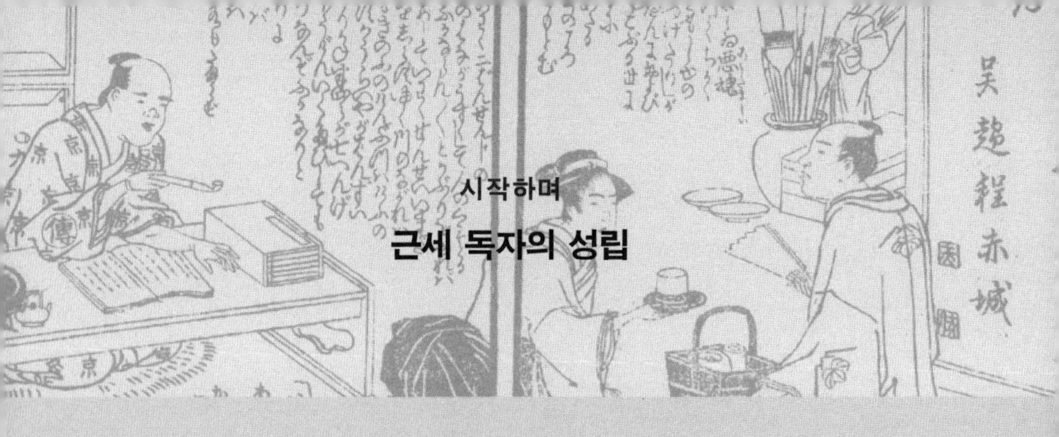

시작하며

근세 독자의 성립

책의 존재를 규정하는 것은 이를 손에 들고 있는 향유자이다. 세상에 알려지지 않은 책은 곧 존재하지 않는 것으로, 모든 책은 그것을 읽는 사람이 있어야 비로소 그 존재와 의의를 주장할 수 있다. 에도 시대에 이르러 『쓰레즈레구사徒然草』가 교훈서로 널리 알려진 것처럼, 그 책에서 독자가 어떠한 의미를 찾아내는지가 서적의 사회적 역할일 뿐 여기에 이미 편저자의 의도가 관여할 여지는 없다. 그 책이 그 시대에 어떠한 역할을 담당했는지, 시대에 따른 책의 문화를 해석하기 위해서는 책에서 편저자의 역할을 찾는 것이 아니라, 누가 어떤 책을 어떻게 읽었는지를 밝히는 작업이 더욱 필요하다.

그러나 독서의 실제 모습, 독자의 실상을 파악하는 것은 어려운 일이다. 서적 향유의 실태는 서적의 종류에 따라 그리고 독자에 따라 제각각인 매우 개별적인 행위이다. 대상이 어느 시대의 누구든지, 어떤 방식으로 책을 읽고, 그것을 어떻게 이해하고, 어떻게 독자의 마음을 차지해 가는지 실증적으로 그 자취를 따라가는 일은 매우 힘든 일이다. 그렇지만 관념적인 독자상에서 벗어나려는 노력을 게을리해서는 안 될 것이다.

에도 시대의 서적 향유와 관련해서는 일기나 장서 목록, 혹은 서적 구입에 관한 사료를 이용한 보고가 몇 가지 있다. 각각 자료의 한계는 있지만 개인의 서적 향유 실태를 생생하게 재현해 주는 귀중한 연구들이다. 이렇게 충실한 연구와 사례의 축적은 앞으로도 계속 요구되는 작업이다.

그와 동시에 각 시대 향유자를 총체적으로 파악할 필요가 있다. 사실 독서의 기록을 남길 정도의 사람은 당시에는 오히려 특수한 경우로, 그러한 특수한 사례를 아무리 축적해 간다 해도 이를 일반화시키는 것은 어려운 일이다. 역사의 커다란 흐름을 만드는 것은 일반 사람들의 동향으로, 각 시대의 서적 문화를 형성하는 것 역시 마찬가지이다. 이 책에서는 보통 사람들의 보통의 활동, 보통의 독자를 살피고자 한다.

문예를 예로 들면, 문예의 종류 혹은 시대에 따라 독자의 실태, 독자의 모습이 다를 수 있다. 그렇다면 근세 중기부터 후기에 걸쳐, 더 나아가 후기부터 막부 말기로 가는 시대에 출판된 소설류로 이야기를 좁혀보자.

시대의 변화와 함께 새로운 장르가 탄생하며, 같은 장르라고 해도 그 양식이나 표현이 크게 달라진다는 사실은 이미 상식이다. 이러한 역사적 전개의 가장 큰 요인은 무엇일까, 작자일까. 그러나 작자나 화가의 활동만을 가지고 그 변화를 설명하려는 순진한 연구자는 이제 없을 것이다. 그렇다면 출판사일까, 출판한 곳을 포함한 출판 기구, 이에 대해서 넓은 시야와 널리 수집된 자료를 바탕으로 용의주도하게 이야기한다면 상당히 설득력 있는 문학사가 될 것이다. 그러나 그러한 문학사 연구도 아직은 매우 드물다.

출판 장소를 하나의 출판 요소로 인정하는 것은 이 책들이 '영리적 출판물'로서 출판소의 이익과 직결되는 이상, 그 의도가 많은 것을 말한다고 생각하기 때문이다. 이는 매우 적절한 인식이다. 작자의 투자에 따른 출판, 즉 작자가 그 취미의 결과물을 본인의 경제적 부담으로 출판하는 일이 일반적이었던 천명天明(1781~1788) 연간까지의 소설류와 대비할 때, 근세 후기의 서적이 크게 달라진 것은 그것들이 출판소의 영업을 지탱하고, 출판소가 주도하는 사업이 되었기 때문이다.

출판소는 시장의 수요를 예상하고 자본을 투자하여 서적을 제작한다. 그렇다면, 결국 이러한 시장의 취향이 출판소의 방향을 결정하고, 보다 많은 수요가 예상되는 상품성이 높은 책을 제작하는 결과를 야기할 것이다. 따라서 시장의 동향이야말로 확실히 파악해야 한다. 한편으로 시장은 처음부터 결정되는 것이 아니다. 상품이 먼저 존재하고 그것을 따라 나중에 형성된다. 상품을 구입하는 곳과 판매하는 곳 사이의 긴장 관계, 그 변화무쌍한 상황이야말로 역사의 전개를 이끄는 커다란 요인이다. '시장'으로 상정되는 것은 문예의 독자가 될 가능성이 있는 사람들의 총체이다. 그 총체가 어느 방향으로 향하고 있는가를 확실히 해야 한다. 그러나 그동안 시장의 실태를 실증적으로 분명히 밝힌 연구는 없었다. 그것은 개인의 독서 행위를 붙잡겠다는 것과 마찬가지로 어려운 일이기 때문이다. 앞서 언급한 것처럼, 대다수의 독자들은 독서 기록을 남길 만한 사람들이 아니다. 그렇게 아무 말도 없는 보통 사람들의 행위의 총체는 '사례의 집적'이라는 방법을 따른다 해도 손에 잡기 힘들다. 그러나 가능한 모든 수단을 동원하여 그들의 입을 열게 할 필요가 있다.

새로운 독자층의 대두가 근세 후기의 문예를 낳았다는 주장은 옛날부터 있었다. 다만, 거기에 제시된 '독자'상은 실증적으로 규정된 것이 아니라 매우 관념적인 것으로, 심하게 말하면 이때의 '독자'는 연구자의 사정에 맞춰 무엇이든 되는 편리한 기호에 불과한 것이었다.

문예의 시장은 어떻게 성립한 것일까, 독자는 어디서부터 나타난 것일까, 그들은 왜 책을 읽는 것일까.

에도 시대의 독자에 대해 생각할 경우, 현대의 독자상을 그대로 상정하고 이해하기 쉽다. 그러나 읽고 싶은 책, 읽어야 하는 책이 있다고 하여, 거기에 독자가 성립한다고 말할 수 없다. 오늘날과 같이 대부분의 사람들이 초등·중학교 교육을 받고, 일상적으로 신문을 읽거나 잡지를 뒤적이거나 하는 시대가 아니다. 책을 읽기 위한 훈련을 모두 자비를 들여 스스로 해 내야 하던 시대였다. 글자를 아는 것識字이 곧 독서의 능력이 아니다. 문자를 읽을 수 있다 해서 책을 읽을 수 있는 것이 아니다. 글자를 배우는 것을 넘어선 더욱 고차원적인 학습이 필요하다. '소독素讀'*이 필수라고까지는 할 수 없지만, 문장을 음미하고 그 의미를 잡아 내는 능력을 키우지 않으면 안 된다. 그들은 생활인이다. 시간이나 노력, 금전과 같은 생활의 일부를 잘라 내어 읽기 훈련이나 독서로 돌려야 하는 것이다. 당연히 그러한 일이 허락되지 않은 환경에 있거나 그것을 바라지 않던 사람들이 많았을 것이다. 근세 후기에 이르러서도 그러한 경향이 여전히 과반이었을지 모른다. 즉 독서는 정도의 차이는 있지만 생활과 양립하지 않는 행위였다. 그것을 넘어서서 많은 사람들이 서적을 향유하게 된 것은 무엇 때문일까. 『히자쿠리게膝栗毛』나 『팔견전八犬傳』의 존재는 아닐 것이다. 그들은 도대체 책에서 무엇을 얻으려 했던 것일까.

이 시대에 들어와 다수의 지지를 얻은 서적들에 그 답이 있다(물론 『히자쿠리게』나 『팔견전』을 상정한 것은 아니다). 그것은 무엇일까. 높은 수요를

---

* 소독(素讀) : 에도 시대 한문 학습법의 하나. 한문을 처음 배울 때 문장의 뜻은 생각하지 않고 중국 원문의 음만 소리 내어 읽는 행동.

보이고 시장에서의 유통량이 풍부하여 많은 독자들의 손에 닿았을 책. 이것들은 오늘날의 평가가 높은 것들에 국한되지 않고 오히려 그 반대의 경우가 많다. 오늘날까지도 고서 시장이나 유서 깊은 집안의 장서에 흔히 보이는 보통의 서적, 어디에나 돌아다니는 서적이다. 당시부터 너무나 당연히 존재하여, 동시대 사람들조차도 그 존재를 증언하지 않은 채 오늘에 와서는 완전히 잊힌 서적(그에 따라 역사에도 기술되지 않은), 현전하는 것이 너무 많고, 또한 인쇄 상태가 좋지 않은 후쇄본이 많고(매우 많이 인쇄되었다는 증거), 수집가의 시야에도 들어오지 않을 책, 그러한 서적들이야말로 주목할 필요가 있다.

『경전여사經典余師』는 바로 그러한 책들 중 하나이다. 1786년(천명 6)에 초판된 『경전여사 사서지부四書之部』로부터 1843년(천보 14) 간행 『경전여사 근사록』에 이르기까지 모두 10종류가 출판되었는데, 간다神田의 고서점을 한 바퀴 돌거나 '일본의 헌책방日本の古本屋(일본 고서적 인터넷 판매상)'에서 검색해 보면 상당히 나오는 것들이다. 고서의 가격도 오늘날 매우 싸다. 구가장서에서 찾지 못하는 일이 오히려 드물 수 있다. 이 책은 히라가나로 그 뜻과 읽는 방법을 자세히 표기한 독학의 안내서로서 시대의 지지를 얻어 매우 흔하게 존재했던 것이다. '보통'이라는 것은 순식간에 잊힌다. 눈에 띄는 특색을 지닌 사상이 넘쳐나는 책도 아니고, 많은 제자를 거느려 학파를 형성한 사람의 저작도 아니다. 보통 사람들의 일상적인 수요에 부응해 흔하게 소장되어 온 이 서적에 대해서는, '보통'이기 때문에 이제까지 학자들이 거의 인지하지 못해 제대로 된 연구가 없다. '보통'이라는 것은 논하기 어려운 문제이기에 이렇게 역사에서 빠져버린 것이다.

1845년(홍화 2) 간행된 『(上層繪入)대학동자훈大學童子訓』의 고카도 야테이好華堂野亭(山田案山子, 1788~1847)가 지은 자서에 따르면 '옛날에 『경전여사』가 널리 퍼져서 촌락의 아이들까지 경전을 스스로 읽을 수 있는 길이 열렸다'라고 분명히 쓰고 있는 것처럼, 이 『경전여사』는 '소독의 독학'이라는 길을 개척한 책으로 동시대인들에게 인식되고 있었다. 후세의 눈으로 보아도 충분히 그러한 사실을 수긍할 수 있으니, 독학을 하는 데 매우 편리한 책으로 크게 세상의 환영을 받았던 것이다. 그 침투상을 보면, 근세 후기 광범위한 계층의 학문에 대한 지향과 참여의 실상을 보여 주고 있다. 즉 이 책은 학문에의 참여를 촉진하고, 잠재적으로 존재하던 학문에 대한 지향을 드러내는 역할을 담당하였다.

『경전여사』가 문예의 독자를 길렀다고는 말할 수 없다. 그러나 새로운 독자가 역사에 등장한 것은 『경전여사』가 흔한 책이 된 세상의 동향과 같은 것이라고는 할 수 있다. 『경전여사』와 같은 책에 기대어서라도 고차원적인 자신을 만들고 싶어 한 사람들이 드물지 않던 시대, 무슨 방법이든 간에 스스로의 능력을 끌어올리고자 노력하는 사람들이 문예의 독자가 될 가능성을 지니게 되었다. 그들이 시장을 형성할 정도로 넓고 두터운 집단이 되어, 작자와 출판기구 앞에 나타난 것이 19세기 일본의 상황이다. 이러한 상황이 일반적이라는 것 자체가 보통 일이 아니다. 이는 일본 역사상으로도 처음 겪는 일이다.

도시 사람들이나 시골 마을의 관리 등 교양인 계층의 사람들만이 문예와 학문의 향유자였던 시대는 지나갔다. 더 크고 넓은 계층의 사람들이 그 일에 참여하는 시대를 맞이했다. 일본 근세가 가장 근세다운 양상을 보이기 시작한 시대라고도 말할 수 있다. 급속한 기세의 지知의 향상이 바로 여기서 일어나고 있었다. 그것은 다시 말해 '근세 독자의 성립'이었다.

오노 다사부로小野太三郎는 근대 복지의 아버지라 불리는 인물이다. 그는 1840년, 가나자와金澤에서 태어나 10대부터 자선 사업에 눈을 떴다. 28세가 된 1867년에 처음 양성소를 세웠는데, 1873년에는 집을 한 채 구입하여 '오노 구양소小野救養所'를 증설하고 그 규모를 해마다 확대시켜 나갔다. 와다 분지로和田文次郎가 편찬한 『오노군 자선록小野君慈善錄』(共潤會, 1890)에서는 다음과 같이 말한다.

> 그대는 어린 시절부터 말썽꾸러기로 사람들에게 지탄을 받았다. 또한 글을 배운 적이 없어 사람들에게 놀림거리로 손가락질 당했다. 그러나 뛰어난 자질을 지니고 있었기에 제대로 글을 배우기 전부터 문장을 조금씩 이해하고 쓸 수 있었다. 우연히 조루리 대본인 『가나데혼주신구라(仮名手本忠臣蔵)』의 서문을 읽을 기회가 있었는데, 그 시작에 '아무리 훌륭한 음식이 있어도 그것을 먹지 않으면 맛을 모른다'라는 구절을 읽고는, 무언가에 홀린 것처럼 처음 깨달음을 얻었다. 이에 『경전여사』「사부지부」를 구입하여 한 글자씩 읽고 한 구절씩 이해하면서 마음을 모아 낭송하여 점차 '대의(大義)'를 깨닫는 경지에 이르렀다. 그때부터 자존심을 버리고 도를 행하며 닦는 데 게으름을 피우지 않았다. 이때 깨달은 사실은 만 권의 책을 읽는 것보다 몸으로 실천하는 것을 배우는 일이 더욱 유익한 일이라는 점이었다.

'실학實學'에 눈을 뜨고 덕의 실천에 전념하는 인생을 보낸 다사부로의 사상 형성 과정에서, 그의 무지함을 깨우친 단서이며 사상의 기초를 기

른 것은 직접 구입하여 글자 하나하나의 뜻을 음미하며 낭독한 『경전여사』「사서지부」였다고 한다. 고사카 오키시게小坂興繁의 『가나자와가 낳은 복지의 조상 오노 다사부로 전기金澤が生んだ福祉の祖小野太三郎傳』(北國新聞社, 1991)에는 고사카 가문 소장의 다사부로 유품인 『경전여사』「사부지부」가 사진으로 소개되어 있다. 이렇게 보면 꾸며낸 이야기라고 하며 굳이 허위 사실이라고 내칠 것이 아니다.

사이토 쓰네지로 간사이齋藤常次郎寬齋는 1821년 가즈사노쿠니上總國 무사군武射郡의 산골 마을에서 태어났다. 부친인 의사 스즈키 겐켄鈴木玄硯은 시나가와 주쿠品川宿로 거처를 옮긴 후, 1833년 3월 쓰네지로가 13세가 되던 해에 세상을 떠났다. 그 후 쓰네지로는 이곳저곳을 떠돌다가, 21세가 되던 1841년에 다이시도 마을太子堂村로 이주하였다. 이즈음에는 이발소 일을 업으로 삼으면서 생계를 유지했다. 41세가 된 1861년에 사가라 소조相樂總三와 만나고, 이때부터 막부 토벌 운동에 참가하였다. 1867년 사쓰테 양사대薩邸浪士隊에 들어가고, 이듬해 세키호타이赤報隊가 결성되자 거기에 참여하였다. 사가라 소조를 비롯한 간부들이 가짜 관군이라는 오명을 쓰고 시모스와下諏訪에서 처형되었을 때 간사이는 추방 처분을 받았다. 세타가야世田谷의 나카마비키中馬引 역에서 사가라의 유언에 따라 향학 설립 운동을 시작하였다. 이후 끈질기게 주위를 설득하여 500량의 자금을 모아 다이시도 마을에 향학소를 설립하였는데, 이는 '학교는 국가의 어머니다'(「건언서建言書」, 1885.2)라는 그의 생각에 따른 것이다. 1871년의 일이다. 그 후에도 교육 문제를 비롯하여 여러 가지 건의를 하면서 새로운 시대의 사회 개혁에 대한 열의를 유지해 나갔다.[1] 그야말로 막부 말기 유신의 격동을 밑바닥에서 겪은 인생이었다. 간사이의 저작 『유메노

우키하시 치요노사토夢の浮橋千代の里』에 자신의 교양 형성에 대해 말하는 부분이 있다.

> 나는 어렸을 때부터 의지할 곳 없이 혼자 살아가야 했는데, 정신을 차리고 보니 이발업을 하면서 하루하루를 보내고 있었다. 성현의 가르침과 옛날 역사를 배우고 싶어도 매일의 생활에 쫓겨 어쩔 수 없이 스승에게 나아가 배우지 못했다. 이를 한탄하며 일하는 틈을 타 히라가나 해설이 붙은 책을 가지고 간신히 일본이나 중국의 책과 가까이 하기 시작하였다. 독학의 학문으로 완벽히 이해하지는 못했지만 고금의 흥망성쇠를 대략 알 수 있었다.[2]

의미가 잘 통하지 않는 문장이지만 '일하는 틈을 타서' 읽었다고 하는 '가나 해설이 붙은 책'은 바로 『경전여사』와 같은 '히라가나 해설이 붙은 平仮名付訓' 경전이라 생각해도 좋을 것이다. 서당이나 사숙과 같은 교육 기관에 의존하지 않는다는 점에서 근세 후기 광범위한 지식의 기반을 키운 주석 양식이었다. 『경전여사』 혹은 그것과 비슷한 책을 맞이한 시대는 '문예의 독자'를 키우고 다양한 문예를 개화시킨 것만이 아니었다. 배양된 덕을 실천에 옮긴 사상적 근거를 기르고 시대 상황을 정확히 파악하여 그것에 대응하는 능력, 곧 '생각하는 힘'을 민중에게 부여하였다. 그리고 이러한 근세적 지식의 형태가 바로 근대 지식의 기반이었다.

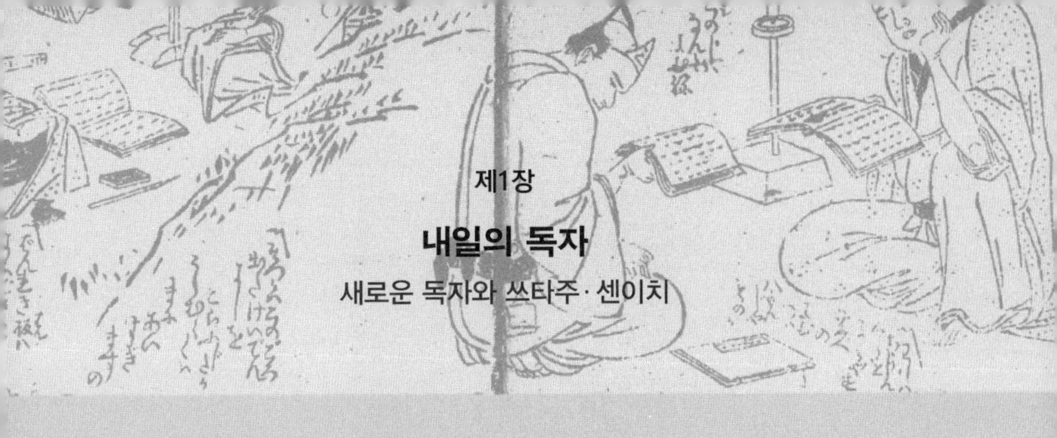

제1장

내일의 독자

새로운 독자와 쓰타주·센이치

개인적으로 관정寛政(1789~1801) 연간을 경계로 지식과 정보의 형태가 크게 변화했다고 생각한다. '관정'이라는 분기점의 시대에 일어난 변화를 구사조시草双紙*의 사례를 통해 살피기로 한다.

1. 의미를 설명하는 황표지와 쓰타야 주자부로蔦屋重三郎

황표지黄表紙** 또한 관정 연간에 이르러서는 훨씬 이해하기 쉽게 만들어졌다. 산토 교덴山東京傳(1761~1816)의 작품을 예로 들면, 1793년 쓰타야 주자부로蔦屋重三郎(1750~1797) 판본 『마즈히라쿠무메노 아카본先開梅赤本』에 '도

* 구사조시(草双紙) : 에도 중기 이후 유행하였던 가나와 삽화가 들어간 통속 문예물. 표지의 색깔에 따라 아카혼(赤本)·쿠로혼(黑本)·아오혼(靑本)·기뵤시(黃表紙) 등으로 불리기도 한다.

** 황표지(기뵤시, 黃表紙) : 에도 중기 이후 구로혼(黑本)·아오혼(靑本)에 이어 나타난 소형의 삽화가 들어간 통속 문예물(구사조시)의 일종이다. 에도 시민들의 도회적인 생활양식을 잘 드러내는 작품들인데, 관정 개혁 이후에는 교훈적인 내용의 작품이 증가하였다.

나스唐茄子(호박)가 왔다, 가보차南瓜(호박)도 왔다. 이것은 쇼가쓰正月가 왔다는 뜻의 말장난임'[1]이라고 써 놓은 메모가 있다. '지구치地口'라는 것은 비슷한 발음을 빌려 와 전혀 다른 말을 만들어 내는 언어유희로, 오늘날로 치면 '샤레シャレ'와 비슷한 것이다. '정월이 왔다'라는 것은 '정월이 왔다, 어디까지 왔다'라는 민요의 한 구절로, 그 '쇼가쓰'와 음이 비슷한 '도나스'를 이용하고, '도나스'에서 연상하여 '가보차'로 이어가며 장난치는 것이다. 관정 직전인 천명天明(1781~1789) 연간의 작품이었다면 이와 같이 말장난의 뜻까지 책에 자세히 설명하는 일은 있을 수 없다. 천명 연간에 나온 황표지는 무사 계급 중심의 지식인 취향이라는 인상이 강하였고, 같은 취향을 가진 사람들이 독자로 상정된 이른바 동호인 문예 같은 것이기에, 이런 식으로 일일이 그 뜻을 설명하는 것은 촌스러운 일이었다. 대체적으로 예전에는 풀기 어려운 수수께끼를 독자에게 툭 던지는 형태였는데, 이제는 그것이 없어지고 풍자를 배제한 극히 평범한 줄거리와 이해하기 쉬운 골계를 바탕으로 작품이 구성된 것이다.

관정 연간의 중반이 지나면서 황표지는 더 이상 희작자들과 그 주변의 감상인들로 이루어진 동호인만의 즐거움이 아니게 되었다. 보다 넓은 다수의 구매자를 확보할 수 있는 양질의 상품이어야 하고, 그 완성도를 높이는 노력을 해야만 했다. 그러한 경향이 교덴의 황표지에서부터 시작하였다.

교덴京傳의 묘작妙作, 특히 교훈의 의미를 깊게

1790년(관정 2) 간행된 『(大極上請合賣)심학 하야소메쿠사心學早染草』(大和田安右衛門版)는 '선인과 악인善玉·惡玉'의 취향으로 평판을 얻은 유명한 작품이다. 가가加賀 문고 소장본 『(善玉 · 惡玉)심학 하야소메쿠사 사본』에 적힌 교잔京山의 추기追記에는 '이 책 또한 에도에서 큰 인기를 끌어 7천여 부를 팔았다'[2]라고 하였다. 그 '7천여 부'라는 숫자에 대해서 확인할 방법이 없지만, 초판 발행 후 5~6년 만에[3] 재판이 기획되었다는 사실을 고려할 때 충분히 가능할 것으로 보인다. 판목으로 삼은 벚나무의 상태, 조각 기술, 판목의 보존 상태 등에 달려 있기는 하지만, 한 판에 적어도 만 단위의 인쇄는 가능했을 것이다.[4] 이렇게 단기간에 판목이 마모되어 판목을 다시 만들겠다는 기획이 나올 만큼 수요가 있었다는 사실은, 당시의 사정을 고려할 때 이 책이 매우 잘 팔렸음을 의미한다.

『산토교덴 일대기山東京傳一代記』에서도 "1790년 경술, 『(大極上請合賣)심학 하야소메쿠사』(板元 大和田), 이 책은 세상에 '선인과 악인'이라는 것을 처음으로 표시한 교덴의 묘작으로 특히 교훈적 의미가 깊어 크게 유행하였다. 2편 『(惡魂後編)인간일생흉산용人間一生胸算用』(1791, 蔦屋 板元), 3편 『간닌부쿠로 오지메노젠다마堪忍袋緒〆善玉』(1793) 등 연달아 3편까지 간행되었으며, 후에 1편부터 3편까지를 합권하여 한 책으로 만들고 이를 묶어서 팔았다. (그 후 쓰타야에서 교쿠테 바킨曲亭馬琴이 지은 것으로 하여) 『시헨즈리 심학 소시四遍摺心學草紙』가 나왔고, 계속해서 이것을 모방하여 잇쿠 · 산바一九三馬(짓펜샤 잇쿠十返舍一九와 시키테 산바式亭三馬) 등이 희작을 지었음"[5]이라며, 그 호평을 바탕으로 속편이 연이어 출판되었다고 적혀 있다. 뒤에서 다시 다루겠지만, 위의 책을 거의 그대로 베껴 반지본半紙本 2책으로 만든 가미가타上方* 간행의 『인간경계심선악人間境界心善惡』 또한 이 책의 수요가 장기간 광범위하게 이루어졌던 사실을 증명한다.

이 작품의 성공 요인은 당시 에도에서의 나가자와 도니中澤道二의 인기와 심학의 유행이라는 세태에 편승했다는 점이 가장 크다. 『요시노조시よしの冊子』는 마쓰다이라 사다노부松平定信가 로주老中의 우두머리로 있을 당시, 측근인 미즈노 다메나가水野爲長가 정무에 참고하도록 시중에 떠도는 여러 가지 소문들을 기록하여 사다노부에게 제공한 것이다. 거기에는 도니의 인기에 대한 기록이 몇 가지 보인다.

> 나가자와 도니의 인기가 점점 높아지자, 이나 셋쓰노카미(伊奈攝津守)를 비롯한 그를 지지하는 사람들이 각각 출자하여 15인 부지의 급료를 주었다는 소문이 있다. 도니의 처자도 에도로 따라와서 곤도 사쿄(近藤左京)의 저택에서 살게 되었고, 에도의 소방 경비를 맡은 이들에게 도니를 추천하였다고 한다. 도니는 원래 성실하고 정직한 사람이었는데, 인기를 얻으면서 점차 거만해져 '도덕에 대하여 나만큼 이해하고 있는 사람은 이 세상에 없을 것이다'라는 식으로 말하였다고 한다.
>
> — 제5책, 1787년 9월 기사[6]

> 도니의 심학 강의는 큰 인기를 불러와 대부에서 포의에 이르기까지 신분의 고하를 막론하고 모두 함께 그의 강의를 들었다. 사리를 따지는 이들 중에는 '도니의 강의를 들어선 안 된다. 신분이 높고 낮은 사람들을 구별해야 하는데,

* 가미가타(上方) : 에도 시대에 교토와 오사카 지방을 부르는 말이다.

신분과 지위 고하를 따지지 않고 무리를 이루니 그의 강의에는 가지 않는 것이 좋다'라는 식으로 말하는 사람도 있다.

— 제6책, 1787년 10월 기사

도니의 강의는 최근 크게 유행하여 오백 명에 이르는 청중이 몰려오기도 하였다. 기슈(紀州) 번주의 남동생인 마쓰다이라 구라노죠(松平內藏允)·도다 나카쓰카사(戶田中務)·마키노 다쿠미(牧野內匠) 세 사람이 기슈 번주에게 '당신은 도니를 매우 신봉하고 있는데, 도니가 여기저기 다니며 그 사실을 자랑하고 있습니다. 그 일이 아무래도 귀에 심하게 들어오는 터라 좋게 생각할 수 없으니, 도니를 믿지 마십시오'라고 하자, 기슈 번주는 '도니의 강의는 사람들에게 좋다'라고 하였다. 이에 세 사람이 '요즘 보면 오히려 도를 벗어나고 있어 사람들을 현혹시키고 있으니 절대로 좋지 않습니다. 그런데도 당신께서 그를 믿는다면, 이는 결코 좋지 않은 일입니다'라고 극단적으로 말을 하자, 기슈 번주는 마침내 설득되어 '그렇군. 모두의 생각이 맞다. 이제부터는 신뢰하지 않겠다'라고 하였다. 기슈의 가신들 중에 이 일을 전해 듣고 좋아하는 이들이 많았다고 한다.

— 제9책, 1788년 6월 기사

『심학 하야소메쿠사』의 성공 요인은 이러한 도니의 인기뿐만이 아니다. 자서를 보면 '에조시繪草紙에서는 문장의 뜻을 하나하나 설명하는 방식을 피하는 것이 보통이지만, 이번에는 역으로 문장의 뜻을 설명하는 것을 전면에 내세워 작품의 특색으로 삼았다'라고 한 점에서, 그 '뜻을 설명하는' 성격, 선악의 마음을 가시화하여 실현한 것이 결정적이었을 것이다.

심학의 교훈을 도식적인 그림으로 설명한 이 작품의 '뜻을 설명하는'

성격은 이후로 오랫동안 답습되어 후반기 황표지의 특색이 되었다. 다음해 1791년에는 그 후편임을 강조하며 『(惡魂後編)인간일생흉산용』이 간행되었다. 출판인은 쓰타야 주자부로였다. 『심학 하야소메쿠사』에서는 아직까지 골계를 표현하기 위한 방법의 하나로 도입된 강한 교훈성이, 이 작품에서는 작품의 기둥이 되었다. 권두에 선인을 등장시켜 '작년에 우리들이 모여 완성도가 낮은 작품을 만들었는데 독자분들을 만났을 때 의외로 높은 평가를 받았다'라며 『심학 하야소메쿠사』가 호평받은 일을 말하고는, '올해도 어떤 지지자의 추천으로 그 후편을 만들어 찾아뵙습니다'라고 하였는데, 이때의 '어떤 지지자'는 물론 출판인 '쓰타주蔦重'를 암시한다.

다음해 1792년, 쓰타야가 출판한 『실어교 유치강석實語敎幼稚講釋』은 서명에서부터 확실히 나타나지만, 자서에도 "어린이들이 주위 환경에 물들기 쉬운 일은 그야말로 '붉은 색 염료와 섞이면 붉게 된다'라는 속담과 같다. 그 '아카赤'와는 상관없지만 '아카혼赤本'(구사조시)을 지어서 교훈적인 『실어교』의 내용을 그림으로 설명한 책을 만들어 아이들이 장난감 대신에 갖고 놀도록"이라고 하였다. 교훈형 왕래물往來物* 텍스트의 대표격인 '실어교'** 내용의 주제들을 화한고금和漢古今에 비유하여 쉽게 그림으로 설명한 것이다. 『근세물지본 에도작자부류近世物之本江戶作者部類』에 '작품의 주제와 그림에 넣은 글 모두 바킨이 대신 지은 것이다'라는 주기注記가 있는 점으로 보아 이 책은 바킨이 관여한 것으로 추측되는 황표지이다. 바킨의 말에 따른다면, 출판소가 교덴에게 어떠한 작품을 기대하고 있는지가 더욱 선명하게 드러난다.

---

* 왕래물(往來物) : 생활에 필요한 여러 가지 지식을 편지 형식의 문장 속에 엮어 넣은 서당용 교과서를 지칭한다.

** 실어교(實語敎) : 헤이안 시대 말기부터 명치 초기까지 보급된 서민을 위한 교훈을 중심으로 한 초등 교과서를 말한다.

1793년 쓰타주 간행의 『칸닌부쿠로 오지메노젠다마』는 선인・악인물 제3편이다.(〈그림 1〉) 첫 장의 앞면에 자서 대신 화찬畵贊이 들어 있는데, '심心'이라는 문자를 제비붓꽃(가키쓰바타杜若)에 비유하고 '사람의 마음은 그림에 묘사된 제비붓꽃과 같아 진하게도 흐리게도 그릴 수 있다'라는 구절이 적혀 있다. 이러한 모습은 심학서와 관련된 취향이다. 제50장의 뒷면에는 교덴이 직접 등장하여, 책이 가득 쌓인 책상 앞에 앉아 '인내 주머니堪忍袋'를 손에 들고 어린아이들에게 '어린이들, 이 인내 주머니의 입구를 묶고 있는 끈이 풀리지 않도록 합시다. 부모님의 말씀을 듣지 않으면 곧장 나쁜 사람이 붙잡아 가요. 무서운 일이죠, 무서운 일'이라고 하며 자상한 말투로 가르침을 펼치고 있다. 제1장 앞면・제2장 뒷면 두 장에 걸쳐서는 '큰 이익을 남기는 서점의' 쓰타주가 산토 교덴의 집에 악인물 제3편을 의뢰하러 오는 장면이 나온다. '지난번 작품과 같은 분위기의 책은 두 번 달인 차와 마찬가지로 표현된 맛이나 향이 흐릿하니 이것을 구입하여 맛보려는 사람이 없을 것이오. 이는 안 될 일이오'라며 내켜하지 않는 교덴에게, 쓰타주는 '흐르는 강물이 멈추지 않도록, 더구나 어제의 독자는 오늘의 독자가 아닙니다'라고 설득하며 물러서지 않는다. 이리하여 출판소의 주도하에 '오늘의 독자今日の見物'를* 위한 책이 제작된 것이다.

같은 해 쓰타주 간행의 『빈복양도중지기貧福兩道中之記』 또한 심학의 강연 내용을 그림으로 설명한 작품이다.(〈그림 2〉) 인생을 여행에 비유하며 덕행과 같은 것을 평이하게 설명한 교훈적인 작품으로 '이 구사조시를 보면, 산타로三太郞를 따라하지 않고 야노스케八之介와 같이 좋은 사람이 되겠다는

* 미모노(見物) : 연극, 무대에서 주로 사용하는 용어로 볼 만한 가치가 있는 것, 또는 구경하는 사람이라는 뜻인데, 이 책에서는 '책을 읽는 사람' 즉 '독자'라는 의미로 쓰였다.

〈그림 1〉 1793년 간행 『칸닌부쿠로 오지메노젠다마』(도쿄도립중앙도서관 소장) 제1장 안쪽 면·제2장 바깥 면

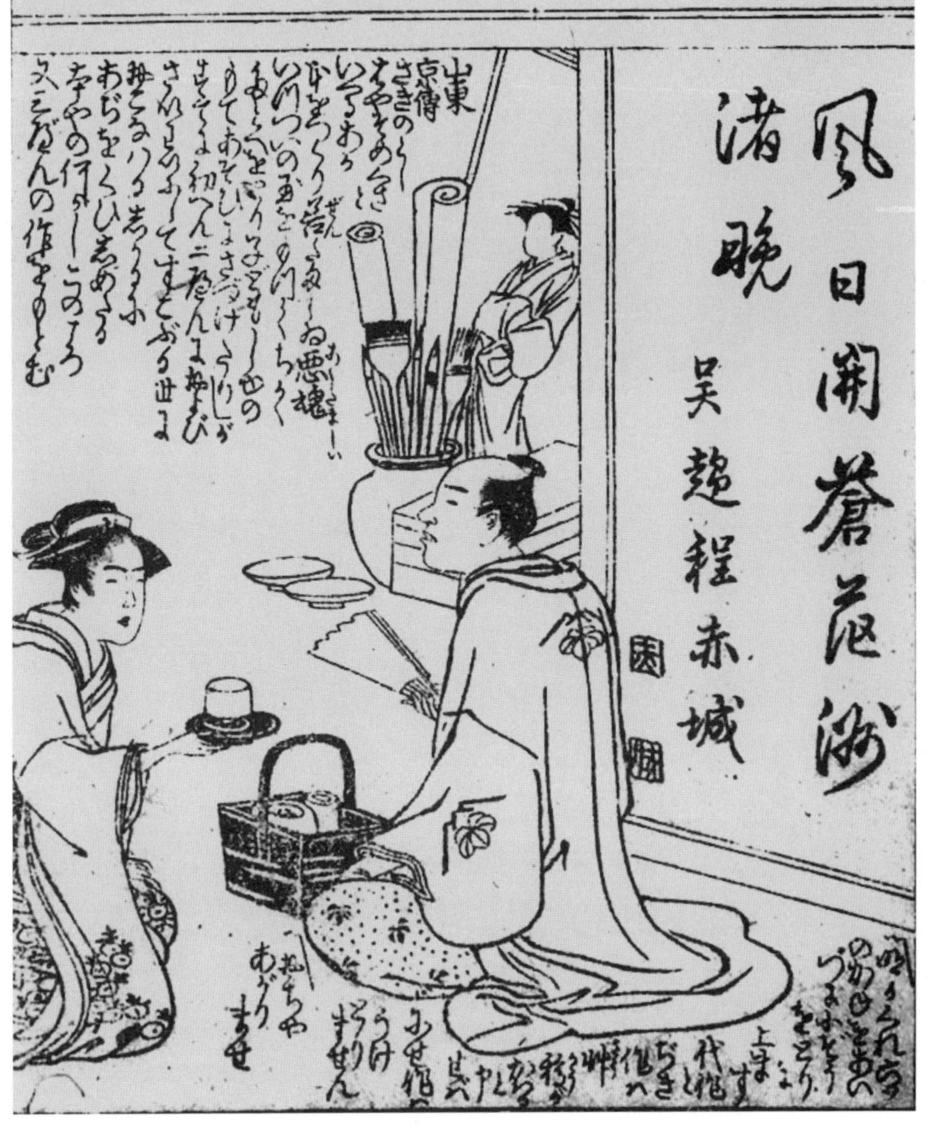

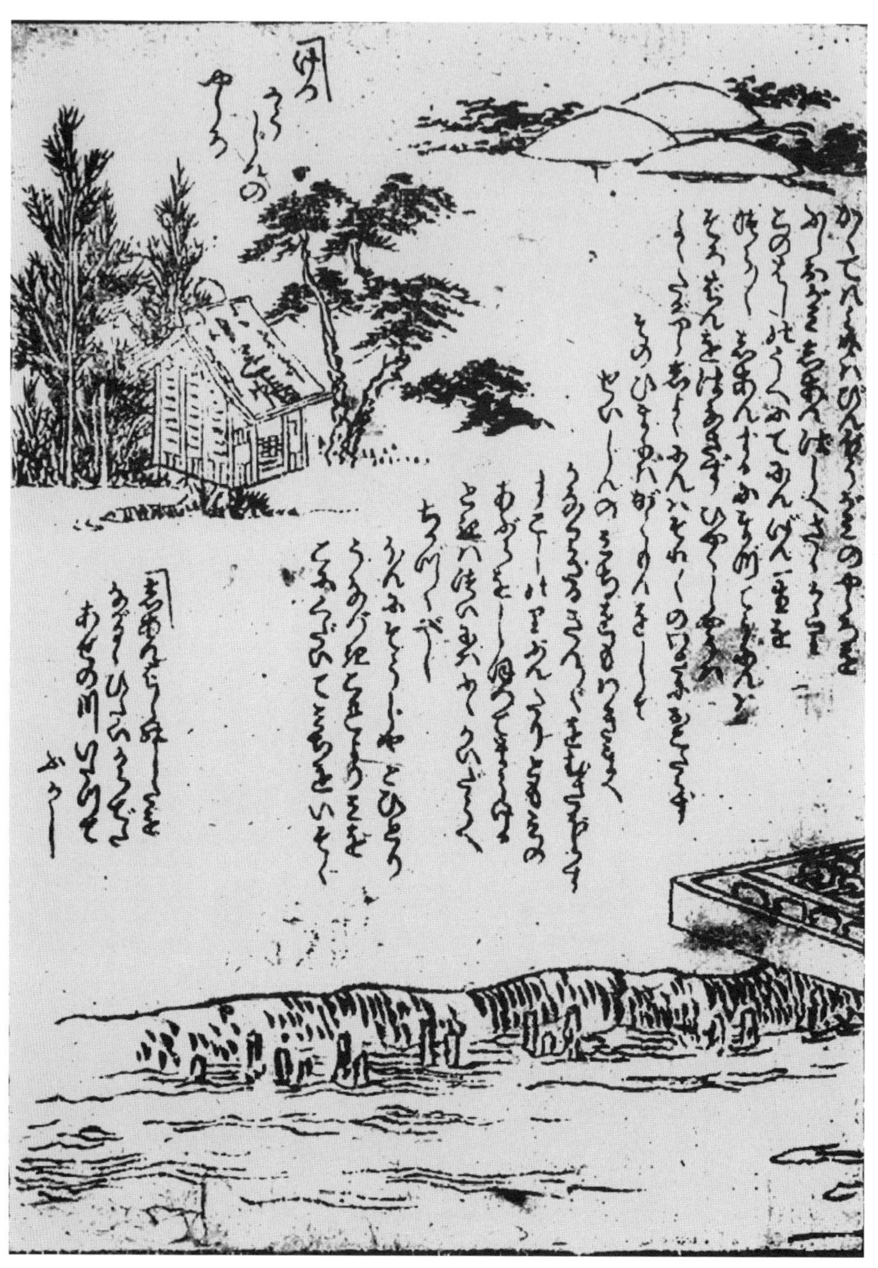

〈그림 2〉 1793년 간행 『빈복양도중지기』(주오(中央)대학 소장)

생각이 들며, 부모님을 힘들게 하지 않고 글공부와 산수 수업에 열심히 나가며 장난을 치지 않게 된다. 이 할아버지가 하는 말을 절대 잊지 말아야 한다. 얘들아, 알겠니?'라며 매우 평이한 교훈으로 끝을 맺는다.

이 작품에 대해 『산토교덴전집山東京傳全集』「해제」(棚橋正博 담당, ぺりかん社, 2001)에서는 '이른바 심학 강연을 여행에 비유하며 그림으로 설명하고자 했으며, 그러한 의미에서는 성공한 작품이었다. 앞서 서술한 것처럼 재판이 여러 번 나온 상황 이외에도, 그림이 있는 제첨이 붙은 판본 중에 많이 닳은 판목이 상당히 발견되고 있다는 점에서 자주 인쇄되고 많이 팔린 책이라 생각되기 때문이다'라고 하였다. '오늘의 독자'에게 딱 맞춘 상품이었다.

같은 해 쓰타주가 펴낸 『(凡惱即席菩提料理)요닌즈메난헨아야쓰리四人詰南片傀儡』 또한 꼭두각시 인형을 가지고 승려가 교훈적인 강연을 하는 형태이다. 이 책에 대해서도 『산토교덴전집』「해제」에서는 판목이 닳은 호화 장정본의 존재를 언급하며 크게 호평을 받았던 책이라 추정하고 있다.

이와 같은 작품들은 한번 스쳐 가는 유행으로 끝나지 않았다. 1796년 쓰타주 간행의 『인심경사회人心鏡寫繪』 또한 교덴 자신을 강석사로 등장시킨 형태로, 자서에 '요미혼讀本에서 쉽게 이해할 수 있는 패사稗史가 됨'이라는 구절이 있는 것처럼, 심학의 강연 내용을 그대로 그림으로 평이하게 설명한 작품이다. 제2장의 안쪽 면에는 쓰타주가 등장하여 '오늘 밤의 강연은 잘 듣고 외워 구사조시로 만들겠어'라고 말하고 있다. 권말에서는 "수많은 청중 중에서 후지산 무늬의 겉옷에 담쟁이蔦 문양을 넣은 남자의 가슴 속에는 '오늘밤의 강연을 잘 적어 이를 소재로 신판 구사조시를 만들어야지'라는 용의주도한 모습이 묘사되고 있다"라며, 심학의 강연을 취재하여 그 내용을 구사조시로 만들고자 하는 출판인의 모습을 묘사하고 있다. 출판소의 주도로 이러한 종류의 교훈적인 구사조시가 제작되고 있는 상황을 그림으로 표현한 것이다.

1797년 쓰타주판의 『허생실 조시虛生實草紙』 또한 전체가 '아카모토赤本 선생'의 강연이라는 형태로 심학의 강연 내용을 그림으로 설명하는 작품이다. 마지막에는 '선 · 악 · 사邪 · 정正, 이것들은 모두 각자의 행동과 마음에 따른 것입니다. 오늘밤의 강연은 이것으로 축하하며 끝냅시다'라며 끝을 맺는다.

관정 시기의 쓰타야 주자부로

이제까지 쓰타야판을 집중적으로 다루어 왔다. 이는 교텐 황표지의 이상과 같은 새로운 경향이 쓰타야와 함께 교텐의 작품을 독점해 왔던 쓰루야 키에몬鶴屋喜右衛門의 판본에서는 드물게 나타나고 쓰타야판에서 두드러지기 때문이다. 이러한 책들이 세상에서 크게 환영받고 한 시대의 획을 그었음은 이제까지 살핀 것처럼 틀림없는 사실이다. 『이와데모노키伊波傳毛乃記』에서는 "교텐이 저술한 구사조시 중에서 『실어교치강석實語教稚講釋』과 『다쓰노미야코나마구사하치노키龍宮羶鉢木』 등은 교훈서 혹은 옛날이야기를 약간 고쳐서 낸 것들이다. 이 시기부터 3 · 4년 동안 구사조시 대부분이 교훈을 주로 한 내용이라 세상 사람들은 그 의도를 이해하지 못하고 '교텐이 소재가 떨어졌나, 최근 나온 구사조시는 재밌지 않아'라고 평하기도 했다"[7]라면서 이렇게 교훈적 취향이 강한 작풍을 사람들이 모두 좋아했던 것은 아니라고 한다. 여기서 말하는 '세상 사람'은 이제까지 살핀 교텐 작품에 나오는 골계를 좋아했던 에도의 황표지 독자들이었을 것이다. 그렇다면 이들 이외의 계층에서 새로운 작풍을 환영한 '오늘의 독자'를 찾아내야만 했을 것이다. 이렇게 새로운 시장에 뛰어 들어야 하는 쓰타주가 교덴에게 요청하여 개발한 새로운 상품이 바로 교훈적 내용을 쉽게 그림으로 설명한 작품들이 아니었을까.

『심학 하야소메쿠사』가 간행된 해인 1790년, 쓰타주는 '교훈의 쓰쇼教訓の通笑'라는 별명을 가진 이치바 쓰쇼市場通笑의 황표지 2점 『즉석이학문即席耳學問』, 『충효유사사忠孝遊仕事』를 간행하였다.(〈그림 3〉) 쓰타주가 쓰쇼의 황표지에 손을 댄 것은 처음이었다. 『즉석이학문』의 자서에는 "속담 중에 '쓴 잎을 먹는 벌레도 제멋이다'라고 하였다. 본래 좋아해서 시작했던 구사조시의 집필도 별 볼 일 없어져 2, 3년 쉬고 있던 중에, 출판인 쓰타야 주자부로가 집필을 의뢰해 와서는 '예의 그 교훈적인 주장으로 다소 지루하고 답답해도 괜찮습니다'라는 제안을 하여"라고 하였다. 이는 작자가 더 이상 없었기 때문만이 아니라, 이렇게 심학이 한참 유행하던 상황에서 '교훈적인 주장의 지루하고 답답한' 황표지를 특별히 희망하여 쓰쇼를 기용한 것이다.

그러나 같은 시기 다른 서점에서 책을 낸 교덴의 『심학 하야소메쿠사』가 성공을 거둔 사실을 본 이상, 쓰쇼는 이제 그만 고용해야 했다. 쓰루키鶴喜(쓰루야 키에몬)와 함께 쓰타주는 교덴의 작품을 독점해 왔다.[8] 또한 이제까지 살핀 것처럼, 이후 선악에 대한 이야기뿐만 아니라 심학 강연 작풍의 교덴의 작품은 쓰타주가 계속 출판하게 되었다.

쓰타주가 쇼모쓰서점조합書物問屋仲間에* 가입한 것은 1790년의 일이다.

---

* 쇼모쓰톤야(書物問屋) : 학술 서적과 같은 딱딱한 책들을 취급한 서점. 옛날 교토에서 '모노노혼야(物の本屋)'라고 불린 계통의 서점으로, 불교 · 역사 · 전기 · 달력 · 의학서 · 한적 · 교양서 등을 취급하였다. 교토에서는 '혼야(本屋)'라고도 하며, 교토에 본점을 두고 에도에 지점을 내기도 하였다.

지혼톤야(地本問屋) : 구사조시 · 인정본(人情本) · 지도안내서 · 교카에혼(狂歌繪本) · 샤레본(洒落本) · 나가우타(長唄) 등을 비롯하여 악곡류의 정본(正本), 가부키의 에혼(繪本), 우키요에 등 통속 문예물을 취급하는 서점이다. 서점 앞에 우키요에 등을 진열해 놓았고 서민들이 많이 이용하였다.

에도 시대에는 똑같은 책이라 하여도 '쇼모쓰書物'와 '소시草紙'라 하는 전혀 다른 종류의 책들이 있었다. '쇼모쓰'라는 것은 '모노노혼物の本'이라고도 불리는데, 신서神書 · 불서佛書 · 유학서 · 의학서 · 가서歌書 등 고전적 가치를 갖추고 있으며 앞으로도 영원히 그 가치를 잃지 않는, 인생의 지침을 주는 책, 종교와 학문의 책을 말한다. 한편 '소시'는 한 때의 심심풀이를 제공하는 것으로 주로 여성이나 아이들을 대상으로 간행된 책자이다. 구체적으로 우키요에浮世繪나 구사조시, 연극과 관련된 출판물, 아동용 교육서인 왕래물 등이 있다. 반쯤은 소모품처럼 소비된 책인데 에도에서는 '지혼地本'이라 불린 것처럼 그 유통 범위가 대체로 특정한 지역에 한정되었다. 이 둘은 별도의 층위에 있는 상품인 만큼 유통은 물론 조합도 따로 만들어졌다. 쓰타주는 1783년 9월, 신요시와라新吉原에서 도리아부라초通油町로 진출하였다. 마루야 고헤丸屋小兵衛의 점포와 창고를 사들여 진출한 것인데, 아마 유통을 포함한 영업상의 이권도 함께 얻었을 것이다. 이후 쓰타주는 소시 보급상으로 본격적인 영업을 전개하였다. 그러나 소시 상업은 이미 관정 개혁 하의 검약적인 분위기 속에서 싸늘하게 식어가는 분위기였다. 반면 다른 쪽에서는 경서류가 품절될 정도로 학문에 대한 유행이 에도에서 크게 일어났다.

『요시노조시』 2책(1788년 2월부터)에는 다음과 같은 기록이 있다.

> 작년부터 학문이 유행하면서 (그 수요가 증가하여) 책 가격이 점점 올라, 중국본 『사서』 같은 책은 본래 백 필(疋) 정도였던 것이 지금은 한 냥(兩)이 되었다. 『시경집주』 등은 어느 서점이건 품절되어 재고가 없다고 한다. 그 외 『소학』 등의 책도 급히 구하면 입수할 수 없을 정도였다.

〈그림 3〉 1790년 간행 『충효유사사』(주오대학 소장)

1788년 정월에 발생한 교토 대화재의 영향으로 교토의 서점으로부터 쇼모쓰 종류의 책들을 들여오지 못한 사정도 있었지만, 이 기사가 사실이라면 엄청난 쇼모쓰의 인기를 알 수 있다.

쇼모쓰 장사는 상당한 이득을 남겼다. 실제로 쓰타주가 신흥 나고야의 서점상인 에라쿠야 토시로永樂屋東四郎와 손을 잡고 모토오리 노리나가의 화학서和學書 등의 에도 출판에 손을 대었던 일에 대해서는 졸저인 『쓰타야 주자부로』(若草書房, 1998)에서도 다룬 바 있다. 『할인장割印帳』「1795년 6월 26일 할인」 조목에는 '도화문서道話聞書 전2책 / 본문 35장 / 1794년 9월 / 하치노미야사이八宮齋 편집 / 출판소 발행인 쓰타야 주자부로'라는 기록이 보인다. 쓰타주는 나카자와 도니의 심학 강연을 바탕으로 만든 심학서인 1794년 발행 오기야 리스케 판扇屋利助版 『도화문서』의 에도 판매상이 되었다. 『출근장出勤帳』 13번이나 판권을 둘러싼 소송 기록인 『재배장裁配帳』(모두 『오사카 서점조합 기록大坂本屋仲間記錄』에 수록)에 따르면, 이 책도 1795년 3월, 심학 결사講社인 데시마 샤츄手嶋社中의 이의 제기에 따라, 결국 판목과 인쇄본 등 팔고 남은 책을 오기야가 적당한 가격에 매도하는 식으로 은밀히 처리되었다. 이 책들은 수정한 뒤 『도니옹 도화道二翁道話』라는 다른 제명으로 출판되어, 속편이 나오고 인쇄를 거듭하면서 널리 읽히게 되었다. 『도화문서』의 유통에 참여한 일은 결과적으로 성공하지 못했지만, 에도만이 아닌 심학이 크게 유행하던 동쪽 지방 일대에 걸쳐 심학서 유통의 거점이 될 수 있던 성과는 시류를 정확히 포착한 결과였다.

그러나 쇼모쓰의 판매만을 노려 쇼모쓰 조합에 가입한 것은 아니었다. 여기에 가입한 것은 전국적인 유통망에 참여한다는 의미를 지닌다. 이제까지 에도 지역에서만 소비된 '지혼地本'이었던 소시류가 에도 밖의 지역까지 유통되는 것을 노렸던 것이 아닐까. 실제로 『할인장』의 「1793년 9월 할인」 조목에는 1786년 간행 『보주정훈왕래여의 문고寶珠庭訓往來如意文庫』, 「1794년 6월 24일 할인」 조에는 『여용문장천대수女用文章千代壽』, 그리고 「1795년 8월 6일 불시不時 할인」 조에는 『홍매백인일수紅梅百人一首』와 자신이 간행한 왕래물을 에도 지역 밖으로까지 유통시키려 했던 모습을 읽을 수 있다.

〈그림 4〉 1797년 간행 『효경 히라가나부』

초학자와 아동을 대상으로 한 교훈서를 간행하려는 의지는 천명(1781~1788) 시기 초엽부터 있던 것으로 보이는데,(제4장 참조) 이는 마침내 『경전여사』의 형식을 의식한 1797년 간행 『효경 히라가나부孝經平仮名付』(〈그림 4〉)로 실현된다.(제3장 참조) 또한 1793년 간행의 『약해 천자문』이나 1797년 간행의 『화본이십사효畫本二十四孝』도 마찬가지로 『경전여사』와 같은 형태의 본문으로 만들어졌다. 이 책들은 당연히 모두 『할인장』에 기재되었다. 다만 『효경 히라가나부』의 경우, 뒤의 두 쇼모쓰와는 달리 중본中本 크기, 옅은 남색 표지의 왕래물과 같은 형태라는 점에서 소시류와 동일한 유통과 독자층을 상정하여 제작된 것이 아닐까 추측되기도 한다.

『할인장』 「1793년 9월 할인」 조에는 '1789년 정월 대학 히라가나부大學平仮名付 수서首書 중본 전1책 기타오北尾 그림 출판소 쓰루야 키에몬鶴屋喜右衛門' 이라고 보인다. 『대학 히라가나부』 역시 그 이름대로 『대학』 본문에 히라가나로 읽는 방법을 덧붙인 것이다. 쓰타주 판 『효경 히라가나부』와 마찬가지로 '옅은 남색 표지 중본 1책'이라는 왕래물과 같은 형태라는 점을 볼 때, 초학자가 손쉽게 경서에 입문하는 것을 목적으로 만든 책임에 분명하다. 후술하겠지만, 경서를 독학으로라도 조금씩 배우려는 계층이 『경전여사』의 성행을 계기로 드러났는데, 에도 지역의 서점들은 그것을 소시의 문화에 익숙한 계층, 혹은 그와 유사한 계층이라 보고 주목하였던 것이다. 『대학 히라가나부』나 『효경 히라가나부』 등 히라가나로 읽는 방법을 덧붙인 이들 경서류 서적은 이러한 새로운 시장에 투입하기 위해 개발된 상품으로 모두 에도 지역 밖으로까지 유통할 것을 의도하여 제작되었다.

내일의 독자

『경전여사』를 필두로 한 히라가나 읽기 첨부의 경서류는 실제로 어떠한 사람들이 읽었을까.

가이노쿠니甲斐國 시모이지리무라 요다下井尻村依田 집안의 문서 중에 『서물대차공일기장書物貸借控日記帳』(國文學研究資料館史料館 소장)이라는 것이 있는데, 이 책의 표지에는 1797년 12월이라는 연기가 적혀 있다. 이 책은 당시의 당주였던 요다 무네지依田宗二가 같은 해 8월부터의 서적 대차 상황을 적어 둔 것이다. 이에 따르면, 11월에 『지신변의知新弁疑』, 『제가론齊家論』 그리고 『경전여사 사서지부』 중 『맹자』 4권, 이렇게 3종을 빌려 주고 있다. 12월에 이 책들을 돌려받으면서 다시 『도니옹 도화』 2권과 『경전여사 사서지부』 중 『대학』을 빌려주고, 『安山□□』 2권(불명)과 『도니옹 도화』 2편을 친구에게 빌려주었다. 다음해 2월에는 『경전여사 사서지부』와 『경전여사 사서서지부四書序之部』를 직접 구입하기도 하였다.[9] 이는 그저 한 가지 사례에 그치는 것일 수도 있지만, 한편으로 히라가나 읽기 첨부 경서의 독자와 심학서의 독자가 겹치는 사례에 딱 들어맞는 것이기도 하다.

그들을 '독서'라는 행위로 이끈 것은 무엇일까. 심학서 또는 히라가나 경서를 통해 그들이 얻고자 했던 것은 무엇이었을까. 앞서 언급했던 이치바 쓰쇼의 『즉석이학문』의 마지막은 다이코쿠텐大黑天의 교훈으로 끝나고 있다. "자네는 그다지 책을 읽지 않는 것 같은데, 솔직히 한 번에 쭉 읽을 수 있어서 좋다네. 짐승이라 해도 한 번에 읽을 수 있으니 사람은 말할 것도 없지. 아들에게 읽혀서 사람의 도가 있음을 가르치도록 하게 (…중략…)" 또한 "하여간 읽도록 시켜. 읽는 것보다 더한 보물은 나에게도 없어"라고 하였다. '읽는다'는 행위는 '도道'의 발견과 자각으로 이어진다. '다이코쿠텐의 뜻에 따라 아들에게 7세부터 『효경』과 『대학』을 읽게 했고 나도 옆에 두고 이 책들을 학문의 동반자로 두었는데, 이제까지는 나만 좋으면 된다고 생각했지만 이제부터는 다른 사람들에게도 좋을 것이라 생각하였다'라고 하면서 『효경』이나 『대학』과 같은 경서를 소독하는 것을 덕의 획득을 위한 방편으로 삼았다. 이것이 당시의 일반적인 사고방식이었다.

쉽게 '도'를 설명해주고, '도'의 길로 인도할 스승을 따로 필요 없게 하는 이러한 새로운 서적이, 책을 읽고 '도'에 참여하고자 한 의욕적인 새로운 독자층을 서적의 시장에 발굴해 내었음에 틀림없다. 쓰루키나 쓰타주가 발행한 『대학 히라가나부』나 『효경 히라가나부』, 그리고 『약해 천자문』 등은 이러한 계층을 겨냥한 상품이었다.

『요시노조시』 14에 관정 개혁 하의 풍속 교화에 관한 다음과 같은 기사가 있다.

> 시골은 에도와 달라서 이 (관정 개혁 아래의) 시절의 풍조를 감사히 여기고 있다. 성실한 관리들은 '부디 이 시점에서 한번만 더 도박금지령을 발포해 준다면

좋을 텐데. 그렇게만 되면 매우 감사할 것이다. 아무래도 모두 몰래 도박을 다시 시작한 것 같은데, 이때 한번 더 막부의 법령이 나온다면 확실히 도박의 풍습이 사라지고 이후 이 건에 관해서는 더 이상 신경 쓰지 않아도 될 것이다. 제발 그렇게 되었으면 좋겠다'라는 등 도박금지령을 바라는 사람들도 다수 있었다.

도박의 금지에 대한 이야기이긴 하지만, '시골'에서는 풍속 면에서 관정 개혁이 보여준 성실한 '시대의 풍조御時節'를 환영하는 움직임이 있었다고 한다. 이들 촌락 지도자층이 가장 고심했던 일을 보면, 마을의 유지였기에 이들은 발칙한 풍속의 만연에 따른 촌락의 황폐를 매우 근심했다. 『서물대차공일기장』의 주인 요다 무네지나 그와 서적을 빌려주고 받았던 친구들은 이 『요시노조시』에서 말하는 '성실한 관리들'에 부합하는 계층이었다.[10] 『경전여사』 등 초학자를 겨냥한 경서류가 몇 종류나 활발하게 간행되었던 상황을 고려할 때도, 근세 후기는 배우는 일을 통해 먼저 스스로를 닦고자 했던 매우 성실한 이름 없는 '독자', 교훈을 진지하게 받아들이며 열심히 흡수하고자 했던 계층이 현저하게 드러났던 시대였다.

한편, 나카야마 유쇼中山右尚의 「가가문고 소장 '(선인악인)심학 하야소메쿠사 사본' 고-성립기와 교잔 추기에 대하여加賀文庫藏'(善玉惡玉)心學早染草寫本'考-成立期と京山追記について」에서는 『인간경계심선악』이라는 『심학 하야소메쿠사』 해적판의 존재를 다루면서, 이것이 가미가타판이었을 것이라 추정한 것에 그치지 않았다. "『하야소메쿠사』와 『심선악』의 경우 내용은 거의 같지만 세부 문장에서는 차이가 있으니, 전체적으로는 역시나 심학교훈에혼心學敎訓繪本이라 할 것이며 황표지라 보기는 어렵다. 그러나 『하야소메쿠사』와 관련된 별도의 판본이 있다는 사실은 『하야소메쿠사』가 심학 교

훈서와 종이 한 장 정도의 차이가 있을 뿐임을 말하고 있다"라고 하였다. 적어도 에도 이외의 지역에서는 눈과 귀에 쉽게 들어오는 그림으로 설명한다는 놀라운 기능을 갖춘 교훈서의 형태로까지 교덴의 작품이 수용되었음을 보여 주는 사례의 하나이다. 또한 같은 논문에서도 다루고 있는데 게이오 기주쿠慶應義塾 대학 도서관 소장의 『심학 하야소메쿠사』에 첨부된 이토 란슈伊東蘭洲 자필의 「아훈구여편서兒訓九如編序」에서는[11] 일련의 선악에 대한 교덴의 황표지를 훌륭한 교훈서라고 평가하며 찬사를 늘어놓고 있다. 교훈적인 분위기가 짙은 교덴 황표지의 위상은 심학서 또는 히라가나 읽기 첨부 경서류와 연속선상에 있다. 이 책들은 당시까지의 에도의 황표지 독자들과는 다른, 교훈을 받아들이는 데 열심이던 새로운 독자층에 수용되었다. 요다 무네지와 같은 사람이 곧장 교덴 황표지의 독자였다고는 말할 수 없지만, 그의 주변이나 그 연장선에 있는 두터운 수요층을 충분히 상상할 수 있다. 다시 말하면 쓰타주는 심학서나 평이한 교훈서 또는 히라가나 읽기 첨부 경서와 마찬가지로, 도시 지역에 한정되지 않은 보다 넓은 범위의 유통을 상정하여 교덴의 황표지를 제작했던 것이다.

2. 『히자쿠리게膝栗毛』의 시대

'관정(1789~1800)'이라는 시대에 들어오자 무언가 크게 변하기 시작했다. 쓰타주의 상업 방식, 교덴 희작의 변용, 이것들은 모두 그 결과로 나타난 것이다. 별 것 아니던 구사조시도 서서히 그리고 크게 그 변화의 모습을 보이고 있었다. 문예 장르의 성격은 한 사람의 작자의 힘만으로 변화하는 것이 아니며, 기회를 노리는 예리한 출판소의 훌륭한 영업 능력만으로 결정되는 것도 아니다. 그들의 행위는 변화의 징후이며 그 본격화의 계기에 지나지 않는다. 시대의 커다란 변화의 낌새를 알아채는 예민한 감각이 가져온 결과이며, 그 시대의 변화는 수면 아래에 커다란 힘을 간직하고 있다. 광역적 유통을 상정한 소시류의 제작은 한때의 스쳐가는 일에 그치지 않고 곧 일반적인 흐름이 되었다. 확실히 그 연장선에서 일본의 다음 시대가 나타났다. 예를 들어 짓펜샤 잇쿠의 『히자쿠리게』*가 그것이다. 이 책은 일본에서 관정 이후의 시대, 곧 19세기를 상징하는 문예물이다.

야지 기타弥次喜多가 걸어가는 전국 규모의 시장

『속 히자쿠리게續膝栗毛』 12편(1822) 권말의 「시타다이舌代(인사말)」에 다음과 같은 대목이 있다.

> 이 『히자쿠리게』는 12편으로 모두 끝났다. 처음 초편이 발매되었을 때부터 오늘에 이르기까지 21년 만의 괄목할 만한 성취이다. 재주 없는 어리석은 장님의 비루한 글솜씨만도 못한 것으로 이미 내용이 다했지만, 쓸데없이 길기만 하다는 비난이 두렵다고 이 책에서 멈추지는 않을 것이다.

---

* 『히자쿠리게(膝栗毛)』: 원제는 『동해도중 히자쿠리게(東海道中膝栗毛)』이다. 짓펜샤 잇큐(十返舎一九)의 골계본으로 초편과 후편은 1802~1809년, 속편은 1810~1822년 이렇게 총 21년에 걸쳐 출판된 에도 시대 최고의 베스트셀러이다. '구리게(栗毛)'는 갈색 말이라는 뜻으로 '히자쿠리게(膝栗毛)'는 '자신의 다리로 말을 대신한다'는 의미에서 '도보여행'을 뜻한다. 에도에 사는 야지로베(弥次郎兵衛)와 기타하치(喜多八)라는 두 사람의 유쾌한 떠돌이들이 도카이도를 따라 서쪽으로 여행하며 이세참궁을 하고 오사카에서 교토에 이르기까지의, 그리고 속편에서는 일본 전역을 떠도는 여행을 기록한 작품이다. 일본 각지의 명물과 풍속, 인정을 코믹하게 묘사한 에도 기행 문학의 걸작으로, 이 책을 통해 에도 시대 여행과 관광 붐이 일어났다고 해도 과언이 아니다.

『히자쿠리게』의 초편은 『우키요 도중 히자쿠리게浮世道中膝栗毛』라는 제명으로 1802년에 간행되었다. 그 후 「정편正編」 8편, 「속집」 12편으로 완결되었으니, 1822년까지 21년이라는 오랜 기간에 걸쳐 이루어진 것이다.

바킨馬琴의 『근세물지본 강호작자부류近世物之本江戸作者部類』를 보면,

> 1808~9년(문화 5~6)경부터 『동해도중 히자쿠리게(東海道中膝栗毛)』라는 중본을 지었다. 이것이 당시 사람들의 취향과 크게 맞아 매년 속편을 꾸준히 발행하여 『동해도중 히자쿠리게』 9편, 『속 히자쿠리게』 9편, 합이 모두 18편에 이르렀다. 이 책은 야지로베(弥次郎兵衛)와 기타하치(北八)라는 두 사람의 유쾌한 떠돌이들이 일본 여기저기를 유람하는 내용으로, 여행 중에 벌어진 일들을 매우 골계적으로 묘사하였다.(인용은 야기쇼텐(八木書店) 간행의 영인본(1988)에 따른다. 이하 동일)

라고 되어 있다. '문화 5, 6년경'은 바킨의 기억이 잘못된 것이다. 그러나 바킨이 말한 것처럼 '당시 사람들의 취향과 크게 맞아' 속편이 계속 나온 일은 명백한 현상이었다. 이는 넓은 계층과 지역에 걸쳐 그 존재를 인정받아 꾸준히 읽혔기 때문에 가능했던 일로, 그 광범위한 독자의 확보와 그러한 독자층의 존재는 역사적으로 특별히 기록해야 할 사건이다.

바킨은 계속해서 말했다.

> 처음 1, 2편은 새로운 맛이 있었는데, 속편이 연이어 나오면서 기존의 우스운 이야기를 중간에 다시 끼워 넣는 등 비슷한 내용이 많아졌다. 그러나 독자들은 그에 대해서 알아채지 못한 채 그저 웃음이 터지는 작품이라는 사실만

을 좋아하며 질리는 일이 없었다. 출판소는 물론 세책방에서도 이익을 올리는 상품으로 이만한 것이 없다고 하였다.

그림책인 '구사조시' 같은 것은 직접 구매하여 즐기는 것이지만, 요미혼讀本이나 골계본, 인정본人情本 등* 문자를 중심으로 하는 오락적인 읽을거리들은 세책방에서 빌려 읽는 것이 당시의 일반적인 풍습이었다. 세책방의 입장에서 이 책들은 매우 우량 상품이었다. 출판소의 가장 우선적인 구매자가 세책방인 이상, 세책방에서 잘 팔리는 것은 그대로 출판소의 이익에 직결된다.

여행의 풍경 사이사이로 고상하다고 할 수 없는 주인공 두 명의 우스꽝스러운 농담과 실패담이 계속 반복된다. 무대가 바뀔 때마다 조역들의 방언을 통해 각 편에 약간의 지방색이 나타나지만, 언제 어디에서건 두 사람의 행동과 골계의 패턴이 바뀌는 일은 없다. 시리즈 중 어느 편을 세책방에서 빌려 읽어도, 거의 같은 수준의 재미가 보장된다. 빌려주는 것을 겨냥한 상품으로서는 최적의 조건이다. 나이토 메세쓰內藤鳴雪 또한 자신의 세책 독서의 체험을 '가타노交野에서 읽은 것 중에 잇쿠의 『히자쿠리게』 등이 있다. 이것도 꽤 재미있다'[12]라고 기록하고 있다.

바킨의 글을 조금 더 보자.

(『히자쿠리게』는) 도리아부라초(通油町)에 가게를 세운 무라다야 지로베(村田屋次郎兵衛)가 처음 출판하였다. 그 후 서점 영업이 쇠퇴하면서 무라다야 지로

---

* 요미혼(讀本) : 에도 후기의 소설 양식 중 하나. 구사조시가 그림을 위주로 한 책이라면 요미혼은 문자를 중심으로 한 서적이다.
골계본(滑稽本) : 에도 후기의 익살스러운 통속소설이다.
인정본(人情本) : 에도 후기 일반 서민의 애정생활을 묘사한 풍속소설이다.

> 베는 『히자쿠리게』의 판권을 다른 서점에 매각하였고, 그것은 또다시 다른 곳으로 팔려가는 것을 반복하였는데, 그래도 『히자쿠리게』의 평판은 떨어지지 않았다. 덕분에 잇쿠는 각 편마다 원고료를 십수 량씩 받았다. 또한 독자의 취향을 파악하기 위해 종종 여행을 하였는데 출판소로부터 받아 낸 여비도 적지 않은 금액이었다고 한다. 한편, 이 『히자쿠리게』의 호평으로 다음과 같은 저작들이 나왔다. 『로쿠아미다모데(六阿弥陀詣)』(5권) · 『에노시마미야게(江之島土産)』(5권) · 『골계 후쓰카요이(滑稽二日酔)』(2권) · 『세중빈복론(世中貧福論)』(3권) · 『호리노우치모데(堀之内詣)』(2권) · 『구관첩(舊観帖)』(간와테 오니타케(感和亭鬼武)와 합작, 2권) · 『잇쿠가 기행(一九が紀行)』(2권) · 『이십사 게하이(二十四拝詣)』(약간권) · 『가네노와라지(金草鞋)』(전24편) 등이 그것들이며 이 이외에도 더 있을 것이다. 대부분이 『히자쿠리게』의 재탕이지만 각 편이 모두 호평을 받아 잇쿠는 반평생을 이 책들의 원고료로 살아갔다고 한다. 단지 시골 사람들도 이해하기 쉬운 표현으로 웃음을 주었다는 이유로만 환영받은 것이 아니었다. 대인군자 또한 『히자쿠리게』와 같은 책은 독자들에게 해가 없는 것이라 평가하였다. 20여 년 이상에 걸쳐 비슷한 취향의 서적이 이렇게까지 지속적으로 유행한 것은 전대미문의 일로 매우 특별한 사례로 기록될 것이다.

이 책은 큰 인기를 끌어 완결 후에도 연이어 재판본이 나왔으며, 명치 연간에 들어와서도 계속 증쇄되었다. 『히자쿠리게』에는 커다란 이득이 있었다. 똑같은 패턴 그대로 안심하고 웃을 수 있는 재미가 전부인 이 작품의 대성공 요인으로는, 교양이 전혀 없는 사람들, 에도라는 도시 문화와 상관없는 '시골뜨기들'에게까지도 재미를 준 것, 악의 없는 내용으로 교양인 계층에게도 지탄받을 일이 없던 점을 들 수 있다. 그러나 '기이하다一奇'라며 바킨이 경탄하지 않을 수 없던, 이 시리즈가 오랜 기간에 걸쳐 인기를 끈 요인은 단지 그것만이 아니다.

삼대 도시三都(삼도 : 교토 · 도쿄 · 오사카) 이외에서 촌락에 이르기까지 서적의 독자층 혹은 예비 독자들이 확실히 성장하고 있었다. 『잇쿠가 마을에 왔다一九が町にやってきた』(高美書店, 2001)에서 상술하였지만, 다케베 아야타리建部綾足가 방문했던 보력寶歷(1751~1764) · 명화明和(1764~1772) 연간의 마쓰모토에서는 초야쿠닌町役人 계층과 마쓰모토 번의 무사들 정도가 하이카이俳諧* 등의 문예물에 익숙할 뿐이었다. 그러나 점차 그 저변이 확장되면서 관정 연간에 에도의 교카狂歌가** 마을에 전해지자 일거에 마을의 문예 열기가 높아졌다. 그것은 곧 마을의 교양 수준 향상에 근거한 것이다. 마쓰모토 이다마치飯田町에서 대대로 서당을 열어 왔던 무라카미村上 집안은 마쓰모토 초의 초닌 자제들이 드나들며 그곳의 문화를 뿌리부터 지탱한 곳이다. 4대의 경우 이나카보 소우지田舍坊左右兒라는 호로 하이카이나 삿파이雜俳의 세계에 어울리면서, 아야타리綾足와도 친교가 있었다. 그러한 가르침을 받은 마쓰모토의 촌장 구라시나 시치로우에몬倉品七郎右衛門 또한 이 마을의 문예를 선도하는 역할을 맡아 에도의 교카를 이 지역에 가져오기도 하였다. 뒤에서 상술하겠지만 다카미야 진자에몬 또한 여기서 배운 인물로 그의 책과 문예를 좋아하는 취향도 이곳에서 배양되었을 것이다. 그에게 초대를 받아 짓펜샤 잇쿠가 이 마을을 방문한 1814년에는 지역 전체가 그를 환대하는 분위기가 되었다. 누구든지 간에 『히자쿠리게』라는 소설과 잇쿠라는 작자에 대한 화제를 공유

* 하이카이(俳諧) : '誹諧'라고도 한다. 에도 시대에 번영한 집단 문예물로 정통의 렌카連歌에서 분기하여 유희성을 높인 작품들이다.

** 교카(狂歌) : 풍자와 익살을 주로 한 단가(短歌). 에도 후기에 주로 유행하였다.

할 수 있는 사람, 소설의 독자가 되었던 것이다. 책이 그리고 독서라는 행위가 '일상적'인 일인 세상이 되고 있었다. 마쓰모토라는 지역뿐 아니라 에도라는 지역에서 탄생한 읽을거리와 그 작자에 대한 소문이 일본 안의 모든 지역에서 들리게 된 것이다. 21년에 걸쳐 야지弥次 씨와 기타喜多 씨가 여행을 계속할 수 있던 것은 이렇게 지방의 향유층이 두터웠기 때문이다.

『도중 히자쿠리게』 5편 하권(1806)에 야지로베가 잇쿠인 척하는 장면이 있다.

남자	당신의 필명은 무엇입니까?
야지	저는 짓펜샤 잇쿠라고 합니다.
남자	아아, 이전부터 그 고명을 들어 왔던 짓펜샤 잇쿠 선생이십니까. 저의 필명은 가보챠 고마지루(南瓜胡麻汁)라고 합니다. 마침 좋은 곳에서 뵙습니다. 이번의 여행은 이세 참궁이십니까?
야지	그렇습니다. 그 『히자쿠리게』라는 책 때문에 일부러 왔습니다.
남자	그렇군요. 그것은 대단한 작품입니다. 여기까지 오시는 도중에도 요시다(吉田)·오카자키(岡崎)·나고야 근방의 교카계에 나타나셨겠지요?
야지	아니요. 도카이도의 모든 숙소에 들르긴 했지만, 얼굴을 비추면 붙잡혀 머무르는 동안 대접을 받는데 이는 참으로 송구한 일입니다. 그래서 일부러 초라한 옷을 입고 신앙을 위한 것처럼 변장하여 가볍게 내키는 대로 풍아(風雅)를 마음에 두고 여행하는 중입니다. (인용은 『日本古典文學全集』(小學館, 1975)에 따름)

이와 같이 하면서 야지로베는 차츰 분위기를 탔다. '고마지루'라고 불리는 남자의 집에서 대접을 받게 되었는데, 이 때 '잠시 말씀 올립니다. 방금 에도의 짓펜샤 잇쿠 선생이 우리 집에 도착하였습니다. 물론 나고야의 교카 동료들과 요시다와 오오다케大嶽로부터도 편지가 와 있습니다'라는 잇쿠의 근황을 전하는 편지가 도착하여 그 계략은 들키고 만다. 다만, 잇쿠가 1806년의 시점에 여기저기서 환대받은 사람이었다는 사실만큼은 분명히 작중에서 지어낸 이야기가 아닐 것이다. 잇쿠는 교카의 세계에도 열심히 관여하고 있었다. 마쓰모토의 경우와 마찬가지로 각지의 교카 결사는 단순히 교카만이 아닌 소설과 같은 문예물의 애호가 모임이기도 했다. 잇쿠가 환대를 받은 요인은 그러한 결사와 일상적으로 연락한 점도 있지만, 그보다는 작품의 평판과 전국적인 유통으로 문명文名이 함께 올라간 점이 더욱 주요한 요인일 것이다.

처음에는 '에도'라는 시장만을 시야에 두고 있던 에도 희작이 이즈음에 이르러 전국 규모의 시장을 상대하게 된 일을 여기에서도 살필 수 있다. 『히자쿠리게』라는 작품의 성공은 '독자'라는 존재가 지역과 계층을 뛰어넘어 확장되는 것을 전제로 한다. 교토에도 에도의 소시류 판매를 간판으로 삼는 업자가 나타날 정도였으니, 『히자쿠리게』는 지방의 잠재적 시장을 일구어 낸 우량 상품이었다. 광역적 서적 유통망의 발달이 넓은 범위의 수요가 기대되는 상품을 탄생시킨 것이다. 야지 씨와 기타 씨의 일을 일본 전역 대부분의 사람들이 알고 있는 세상이 된 것이다. 서적의 유통망이 구석구석까지 펼쳐져 지식과 정보가 신속하게 전국으로 흘러가게 되었다. 전국적으로 균일한 정보의 환경이 성립하기 시작하였음을 이 시리즈의 대호평을 통해 살필 수 있다.

교양서로서의 골계본

『속 히자쿠리게』 5편 하권 말미에는 잇쿠의 전기가 실려 있어 유명하다.

잇쿠는 성이 시게타(重田)이며 자는 사다카쓰(貞一)이고, 쓰루가(駿河)에서 태어났다. 어릴 적 이름은 '이치쿠(市九)'라고 한다.(이 '市'를 '一'로 바꾸어 아명(雅名)으로 하였다). 약관부터 한 신분이 높은 무사를 모시고 에도에서 살았다. 그 후 셋슈 오사카(摂州大阪)로 이주하였는데, 그 시기에는 시노류(志野流) 향도(香道)의 명인으로 유명하였다. (그의 '짓펜샤(十返舍)'라는 호는 '황열향을 10번 태우다(黃熱香の十返し)'라는* 향도의 표현에서 따온 것이다.) 지금은 향도에 빠지는 일을 스스로 금하고 있다. 1794년, 두 번째로 에도에 왔을 때 처음으로 구사조시를 2, 3부 지었다.(畊書堂 蔦屋重三郎版) 그때부터 매년 배로 늘어갔다. 한편 서법(書法)에도 정통하여 다음과 같은 편지글의 모범문 종류의 책을 몇 가지 짓기도 하였다.

『통용안서(通用案書)』	쓰루야 기에몬 판(鶴屋喜右衛門版)
『제국서장사시(諸國書狀さし)』	쓰루야 긴쓰케 판(鶴屋金助版)
『재판 서장전(再版書狀揃)』	무라타야 지로베 판(村田屋治郎兵衛版)
『동자서장감(童子書狀鑑)』	모리야 지헤 판(森屋治兵衛版)
『편지의 문언(手紙之文言)』	니시무라야 요하치 판(西村屋與八版)
『통보안지(通寶案紙)』	동일(同)

* 명향(名香)인 '黃熱香'은 10번을 태워도 그 향을 잃지 않기에 '十返しの香'이라고도 부른다.

> 최근에는 『히자쿠리게』라는 오락용 소설이 크게 유행하여 올해까지 전책 13편이 나왔다. 현재 도리아부라초의 출판소 쓰루야 키에몬 안에 머물고 있다.

'편지글의 모범문'이 왜 여기서 언급된 것일까. 『히자쿠리게』는 주인공 두 사람의 짓궂은 장난으로 시종일관하는 골계만으로 이루어진 작품이 아니다. 바킨은 '대인군자 중에도 『히자쿠리게』와 같은 책은 독자들에게 악영향을 끼치는 것이 아니라 하며 재밌게 읽는 사람이 있다'라고 하면서 '해가 없다'는 말로 나름 이 작품을 칭찬하였다. 실패에도 포기하지 않는 두 사람의 장난은 그때마다 교훈적인 결말로 끝을 맺는다. 야지로베와 기타하치를 교겐마와시狂言廻し로* 삼아 소개하는 지방의 모습들의 경우 적당히 처리하는 부분도 있긴 하지만, 잇쿠 본인의 취재나 조사에 따른 의외로 정확하고 실제적인 정보도 풍부하다. 속편이 연달아 나오면서 '어떻게 해야 한다'라는 요구도 독자로부터 강하게 나왔다. 많은 사람들이 학문을 닦고 자신의 덕을 증진시키겠다고 생각하기 시작한 시대, 이세 참궁을 비롯한 장거리 여행이 더 이상 꿈이 아닌 시대, 다른 지방과 자신이 뿌리내린 지역에 대한 관심이 생긴 시대가 열리면서,[13] 이 작품은 고차원적인 학문을 익히고 있던 계층과는 다른 계층에 시대의 흥미와 관심을 충족시키는 계몽적인 서적이 될 수 있었다. 이에 더해 넘쳐 나는 골계와 교훈 그리고 정보는 작중의 교카와 마찬가지로 알기 쉬웠다. '시골뜨기'들도 '이해하기 쉬운' 획기적인 이른바 교양서가 되었던 것이다.

"문인에 해당하는 사람도 아니고, 학자라 불리는 이들과는 더욱 거리

---

* 교겐마와시(狂言回し) : 이야기에서 관객(독자)들이 내용을 이해하는 것을 돕는 역할, 경우에 따라서는 이야기의 진행을 맡기도 한다.

가 멀다. (그럼 무엇인가 하면) 천하의 유명한 희작자입니다"[14]라며 바킨은 평가하고 있지만, 그것은 바킨이나 바킨과 비슷한 교양을 지닌 사람들의 평가일 뿐 세간의 평가는 이와 다르다. '가짜 소동'의 작품 속에서 잇쿠는 이미 '선생님'으로 대접받고 있다. 그것은 일단 '문인'으로서의 '선생'의 의미겠지만, 『히자쿠리게』를 읽으며 재미있게 배우고 있던 계층에게 잇쿠는 문자 그대로의 '선생님'일 수도 있다. 앞서 인용한 부분에 이어서 『근세물지본 에도작자부류』에는 다음과 같은 주석이 있다.

> 잇쿠의 행장은 (『히자쿠리게』의 주인공인) 야지로베나 기타하치 등과 비슷한 점이 있다. 그의 작품에 나타나는 골계도 그의 본성에서 우러나온 것은 아닐까.

바킨은 이와 같이 쓰고 있으니, 잇쿠에 대해 『히자쿠리게』의 주인공 같이 스스럼없고 유쾌한 성격을 지니면서 태평한 태도로 살아가는 작자라는 이미지를 독자들이 기대하는 것은 당연한 일이다. 『히자쿠리게』에서 뿐만 아니라 잇쿠는 그의 여러 작품들에서 그와 같이 행동하고 있다. 그와 동시에 친하고 싶은 '선생님'이 되어야만 했다. '서법에 정묘함을 지니고'라며 자신의 전공을 말하는데 이는 '선생'으로서의 자격을 보증하는 일이기도 하다. 잇쿠는 앞서 언급된 문안류文案類 이외에 왕래물의 저술도 많다. 잇쿠가 '선생'으로서의 자세를 보이는 것이 어떠한 계층을 대상으로 한 것인지 절로 드러난다.

한편 『히자쿠리게』는 '시골뜨기'에게도 '이해하기 쉬운' 책이다. 그러나 아무리 알기 쉬운 것이라고 해도 그림책이 아니라 문장이 주가 되는 독서물이다. 그 나름대로 독해의 훈련과 경험을 쌓지 않는 이상은 독자가 될 수 없다. 앞서 마쓰모토 마을의 사례를 인용한 곳에서도 언급하였지만,

거칠게 보아 『히자쿠리게』의 독자는 명화明和(1764~1771)・안영安永(1772~1780) 연간에는 존재하지 않았다. '시골뜨기'들이 그 나름대로 교양을 몸에 익히거나 또는 익히려는 의지를 지니고, 습자와 독서를 자신의 일로 그리고 독서를 여가의 오락으로 삼게 된 시대가 되어서야 비로소 『히자쿠리게』의 독자가 이 세상에 탄생하였다. 배움을 추구하는 풍조가 계층을 넘어 확산되고 문자 문화를 자신의 것으로 삼은 '시골뜨기'가 점점 늘어나는 상황을 순풍으로 삼아 『히자쿠리게』의 연작과 성공은 가능했다.

새로운 시대의 새로운 수요를 겨냥한 서적이 끊임없이 나타났다. 그것들은 서적 유통의 구석구석까지 널리 미칠 것이라 기대되는 것으로 서적의 유통망을 개척하는 첨병이기도 했다. 그것은 곧 『히자쿠리게』이기도 하며 『경전여사』이기도 하다. 오락을 위한 독서로 여가를 보내는 일이 상층 사람들만의 즐거움이 아니었다. 지역과 계층을 넘어서 문예가 향유되고, 실제 작품을 짓는 즐거움이 널리 공유되었다. 게다가 스승에게 나아가 배우지 않아도 노력에 따라 자신이 희망하는 '지知'를 책을 통해 획득할 수 있게 되었다. 이렇게 '지'는 조금씩 그 바탕을 끌어올리며 일본은 서서히 변화해 가고 있었다.

3. 왕래물의 유통망—이즈미야 이치베和泉屋市兵衛의 전략

서적 수요의 변화를 민감하게 감지하고 시대에 곧장 대응한 영업을 전개하였던 서점은 쓰타야 주자부로만이 아니었다.

시바신메이마에芝神明前의 감천당 이즈미야 이치베甘泉堂和泉屋市兵衛는 본래

에조시야繪草紙屋였다고* 추측된다. 도카이도의 출입구라 할 입지에서 에도 간행의 우키요에나 구사조시 등의 소시류를 팔고 있던 곳으로 보인다. 1797년 간행 『도카이도명소도회東海道名所圖會』**에 그의 점포가 그려져 있다.(〈그림 5〉) 출판물 중에는 1783년 간행한 시바芝의 기시다 도호岸田杜芳 작 · 기타오 마사노부北尾政演 그림의 『구사조시 연대기草双紙年代記』가 오래되었다. 시바 근방에 사는 문인들에게 주문을 받아 그들 저술의 인쇄와 제본을 맡아 왔던 곳이라 짐작된다. 관정 연간부터 통속서나 우키요에의 출판이 본격적으로 이루어졌고 왕래물의 출판도 나타나기 시작하였다. 1824년 간행의 『에도카이모노 히토리 안내江戶買物獨案內』에 '繪本 繪半切 千代紙 / 錦繪 雁皮帋 / 芝神明前三島町 / 감천당 이즈미야 이치베'라고 적혀 있는 것처럼, 완구 그림玩具繪을 포함한 우키요에나 통속물 등을 주로 판매하던 전형적인 에도의 통속물 서점이었다.

우키요에와 구사조시의 출판도 쇠퇴하지 않고 막부 말기까지 지속되었다. 이는 자신의 가게인 에조시야에서의 판매가 이즈미야 이치베의 영업 중 커다란 비중을 차지하게 되면서, 가게에 판매 상품을 충실하게 갖출 필요가 있었기 때문이다. 한편 이즈미야 이치베는 습자를 배우는 아동을 위한 교과서였던 왕래물의 판매에도 주목하였다. 명치 연간에 이르러 이즈

---

* 에조시야(繪双紙屋) : 에도 중기부터 성행한 소형 간본의 통속문예물인 구사조시를 통칭하여 '에조시'라고 하며, 에조시야는 이러한 통속물을 파는 서점을 말한다.

** 『도카이도명소도회(東海道名所圖會)』: 1797년에 출판된 명소 안내서(전6권)이다. 교토부터 에도의 니혼바시(日本橋)에 이르는 도카이도를 다량의 삽화와 함께 안내하고 있다. 글은 교토에 거주하는 하이카이시(俳諧師)이자 요미혼 작가인 아키사토 리토(秋里籬島)가, 삽화는 마루야마 오우쿄(円山應擧) · 다케하라 슌센사이(竹原春泉齋) · 기타오 마사요시(北尾政美) 등 모두 30명의 화가들이 참여하였다. 삽화는 약 200점에 이르며, 유명한 사찰이나 옛 노래에 언급된 명소, 각지의 제례를 소개하는 데 그치지 않고, 각지의 명물과 특산품, 생활 풍경, 여행하는 사람들의 모습 등도 묘사하고 있다.

〈그림 5〉 1797년 간행 『도카이도명소도회』(주오대학 소장)

錦繪

미야 야마나카 이치베和泉屋山中市兵衛는 교화서를 바탕으로 한 교육용 도서의 출판과 유통에서 가장 큰 상점이 되어 크게 번영하였다.

아사쿠사야 규베淺倉屋久兵衛의 「명치초년 동경서림 평판기明治初年東京書林評判記」를 보면,

> 야마나카시(山中市 : 시바미시마초(芝三島町), 이즈미야 야마나카 이치베, 흔히 센이치(泉市)라고 부른다)의 모토신메이(元神明) 앞의 에조시야에서는 니시키에(錦繪 : 다색의 풍속 판화) 등의 소시류를 다수 출판하였다. 명치 시대에 이르러 쇼모쓰 서점으로 업종을 바꿨다. 주인은 스하라야 이하치(須原屋伊八) 가게에 있던 사람으로 이 시절에는 동경서림조합의 대표로 일했다. 큰 절 같은 가게와 창고를 짓고, 당시 크게 번성하는 기세를 타며 수요가 늘어난 한적, 즉 『국사략(國史略)』·『십팔사략』·『몽구』·『원기활법(円機活法)』·『회옥편(會玉篇)』부터 『강희자전』에 이르기까지 이시카와 고사이(石川鴻齋)의 주석을 붙여 교토와 오사카의 판본을 남기지 않고 번각하였다. 마침내 『강감이지록(綱鑑易知錄)』까지 출판할 정도로 기세를 보였는데 그 때문에 오사카의 서점들과 소송을 벌였다가 패소하여 판목을 없애기도 하였다. 또한 세상의 소문에 따르면, 당시 유행하던 『일본정기(日本政記)』(지금은 거짓말 같은 이야기지만)의 해적판을 닛코(日光) 산중에서 제작하거나, 달력의 해적판 제작에까지 손을 뻗었다고 한다. 누가 뭐라고 해도 공전에 없던 배짱 좋은 사람으로 탄복할 정도였다.[15]

라고 하였다. 이러한 번영은 에도 시대에 이미 준비되어 있던 것이다.

왕래물의 유통서점

1846년 간행의 이즈미야 이치베 판의 왕래물 『문보 고장소로에 오사나 문고文寶古狀揃稚文庫』의 간기는 다음과 같이 되어 있다.

1846년 7월 재조(再彫)

	사와모토야 요조(澤本屋要藏 : 上野高崎)*
	쇼분도 리헤(正文堂利兵衛 : 下總佐原)
서사	오카다야 가시치(岡田屋嘉七 : 江戶芝神明前)
	이즈미야 이치베(和泉屋市兵衛 : 同)

이 책은 간기에 언급된 네 곳의 서점이 공동 출자하여 제작한 판본이 아니다. 사와모토야부터 오카다야까지의 세 서점은 이즈미야 이치베의 유통서점이다. 오카다야 가시치는 이즈미야 이치베와 마찬가지로 에도의 시바신메이마에芝神明前에 가게를 낸 서점이다. 근세 중기부터 영업했던 일이 확인된다. 이즈미야 이치베는 이 오카다야와 손을 잡고 출판한 것이 많다. 오카다야라는 에도 밖에 위치한 서점이 지닌 유통의 힘에 크게 의존했던 것으로 짐작된다. 사와모토야 요조는 1844년에 『고즈케노쿠니 전도上野國全圖』를 출판(간기 上州高嵜新町 / (書物地本)澤本屋要藏梓)하고 있다는 점에서 이때에 이미 조슈上州 서적 유통의 핵심이었던 서점으로 보이며, 그러한 역할이 명치 10년대까지 지속되었음을 확인할 수 있다. 쇼분도 리헤는 가마야 리헤釜屋利兵衛・사와모토야 요조와 마찬가지로 이 시기부터 유통서

---

* 서점 주소의 경우 일본어 발음 표기의 중요성이 떨어지기에 원문만 기재하였다.

점으로 여러 책들에 이름이 나타나고 있는 시모후사下總 지역의 핵심적인 서점이다. 그 영업은 근대에까지 이른다.

4년 후인 1850년 간행의 센이치판泉市版 여성용 왕래물『온나 정훈 다카라 문고女庭訓寶文庫』의 간기를 보면 다음과 같다.

1850년 봄 신조(新彫)

이세야 한에몬(伊勢屋半右衛門 : 奥州仙台)

쇼분도 리헤(正文堂利兵衛 : 下總佐原)

오우기야 시치에몬(扇屋七右衛門 : 越後三条)

쓰타야 한고로(蔦屋伴五郎 : 信州善光寺)

다카미야 진자에몬(高美屋甚左衛門 : 同 松本)

무라다야 고타로(村田屋孝太郎 : 甲府)

사와모토야 요조(澤本屋要藏 : 上州高崎)

이즈미야 이치베(和泉屋市兵衛 : 江戶)

시모후사와 고즈케노上野에 더해 미치노쿠陸奧 · 에치고越後 · 시나노信濃 · 카이甲斐에 이르기까지 그 범위가 확장되었다. 당시까지 삼도三都(교토 · 오사카 · 에도)의 서점에서 출판한 왕래물의 간기에 이와 같이 지방의 유통서점을 기재한 것은 드문 일이었다. 천보(1830~1843)와 가영(1848~1853) 연간부터 삼도 서점의 출판물에도 「유통서점 일람기사」가 보이긴 하였다. 그러나 이것들은 삼도 그리고 기껏해야 나고야 정도까지 나열할 뿐이었다. 에도의 서점은 본점이나 그 외로 하나의 서점만을 둘 뿐으로, 이즈미야 이치베 판의 간기와 같이 모든 지방의 서점을 나열한 경우는 흔치 않다.

새로 추가된 서점은 센다이의 이세야 한에몬伊勢屋半右衛門, 에치고 산조越後三条의 오우기야 시치에몬扇屋七右衛門, 신슈 젠코지信州善光寺의 쓰타야 한고로蔦屋伴五郎, 마쓰모토의 다카미야 진자에몬, 고후甲府의 무라다야 고타로村田屋孝太郎 등이 있다.

이세야 한에몬은 센다이에서 18세기 중엽부터 영업을 시작한 서점이다. 출판 수량을 보면 여타의 다른 센다이의 서점들과 비교할 때 눈에 띄게 많은 수량으로, 명치 연간에 이르러서도 그 영업이 쇠퇴하지 않았다.[16]

1857년 판 『정훈왕래庭訓往來』는* 이즈미야 이치베와 이세야 한에몬이 함께 판을 만들었다는 내용의 간기를 싣고 있다.

1760년 정월　우로코가타야 마고베(鱗形屋孫兵衛) 원판(元板)

1821년 3월　재판(再板)

1832년 9월　색재(索梓 : 求板)

1857년 5월　삼각(三刻)

이즈미야 이치베(和泉屋市兵衛 : 江戶芝神明前)

서림　발행

이세야 한에몬(伊勢屋半右衛門 : 仙台國分町十九軒)

유통과 출판에서 두 서점이 서로 의존하고 있는 관계를 보여준다. 명치 연간에 이르러서도 번각 교과서의 유통에서 두 서점은 긴밀한 관계를 보

* 정훈왕래(庭訓往來) : 서민용 초급 교과서로 무로마치 시대부터 에도 시대를 거쳐 명치 초기까지 널리 보급되었다. 편지글의 형식으로 25통의 편지를 1년 12달로 나누어 배열하고 있다. 일상생활에 필요한 다양한 용어를 정리하고 그것이 의미하는 사회 현상을 가르치는 것을 목적으로 하였다.

여 주었고, 이는 미야기宮城현의 교육에 커다란 역할을 수행하는 결과를 가져왔다.

'오우기야 시치에몬'의 이름은 이 『온나 정훈 다카라 문고』의 간기에 보이는 것이 필자가 확인한 바로는 가장 빠르다. 이후 『에혼 도요토미 훈공기繪本豊臣勳功記』 2편(1858, 이즈미야 이치베 판) · 『후지미 백도富士見百圖』(1859, 에라쿠야 도시로 판)에서 유통서점으로 그 이름을 확인할 수 있으니, 에치고 산조에서는 이른 시기에 창업한 서점이라 할 수 있다.

쓰타야 한고로는 신슈에서는 마쓰모토의 다카미야 진자에몬(이 서점에 대해서는 뒤에서 자세히 다룰 것이다)에 버금가는 이른 시기의 창업 서점으로, 젠코지초善光寺町 서적 유통의 중심이 되는 곳이다. 그 영업 규모는 같은 지역에서도 두드러졌으며, 명치 전기에는 나가노 현의 어용 상인으로 활동하기도 하였다.

고후의 무라다야 고타로는 고후 서점의 창시자격인 존재이다. 『제국도중여경諸國道中旅鏡』(1845, 和泉屋半兵衛版)에 이미 유통서점으로 이름이 확인된다. 왕래물을 출판하기도 하였으며(『실어교동자교』, 1847) 명치 10년대까지 영업했던 사실을 확인할 수 있다.

1852년 이즈미야 이치베 간행 『정훈왕래언해庭訓往來諺解』의 간기는 다음과 같다.

1852년 맹추(孟秋) 신각(新刻)

동도 서사(東都書肆)	이즈미야 이치베(和泉屋市兵衛 : 甘泉堂)
제	이세야 한에몬(伊勢屋半右衛門 : 奥州仙台)
국	무라다야 고타로(村田屋孝太郎 : 甲府魚町)

서　　　　　쇼분도 리헤(正文堂利兵衛 : 下總佐原)

림　　　　　사와모토야 요조(澤本屋要藏 : 上州高崎)

센다이・고후・사와라佐原・다카사키高崎의 익숙한 서점들이 나열되어 있다.

1860년 간행 『문보고장 소로에 오사나 문고文寶古狀揃稚文庫』

언급되는 서점의 차이는 있지만, 1860년 간행 『문보고장 소로에 오사나 문고』(〈그림 6〉)에도 이러한 모습은 변하지 않는다.

1860년(安政七庚申年)

아라모노야 이에몬(荒物屋伊右衛門 : 野州宇都宮)

사와모토야 요조(澤本屋要藏 : 上州高崎)

기쿠야 겐베(菊屋源兵衛 : 同)

서사　호리코시 쓰네사부로(堀越常三郎 : 野州佐野)

마쓰야 아사키치(桝屋淺吉 : 同 栃木)

쇼분도 리헤(正文堂利兵衛 : 下總佐原)

이즈미야 이치베(和泉屋市兵衛 : 江戶芝神明前)

다카사키에 기쿠야 겐베菊屋源兵衛(막부 말기까지의 영업이 확인된다)가 추가된 것 이외로, 시모쓰케下野에도 그 거점이 구축되었다. 우쓰노미야宇都宮의 아라모노야 이에몬荒物屋伊右衛門과 사노佐野의 호리코시 쓰네사부로堀越常三郎는 안정(1854~1859) 연간 초기부터 「유통서사 서사일람」 기사에 이름이 보이기 시작하여, 명치 10년대까지 그 영업을 확인할 수 있다. 아라모노

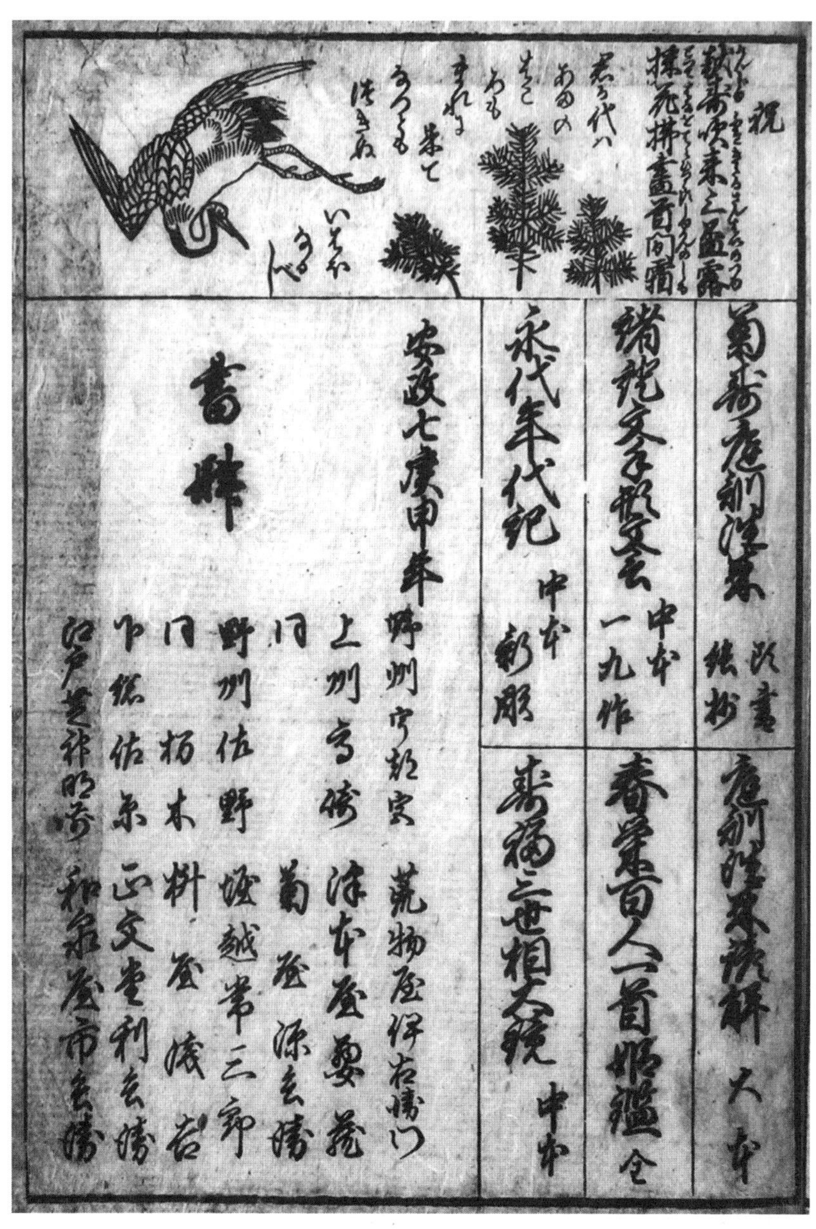
永代年代記 中本 新版
安政七庚申年
書肆
野州宇都宮 荒物屋伊右衛門
江戸芝神明前 和泉屋市兵衛

〈그림 6〉 1860년 간행『문보고장 소로에 오사나 문고』

야 이에몬은 『동강상인감東講商人鑑』(1855년 서문)에 '히노마치日の町 / 서림약종점書林藥種店 / 아라모노야 이에몬'이라고 되어 있는 점으로 보아 한약방을 겸업하던 서점으로 보인다. 우쓰노미야에 그치지 않고 시모쓰케 안에서도 눈에 띄는 서점이었다.

도치기栃木의 마쓰야 아사키치桝屋淺吉는 『동강상인감』에는 '도치기 나카마치栃木中町 / 화한서림和漢書林 / 마쓰야 아사키치'라고 기재되어 있다. 앞의 두 서점보다도 이른 시기인 1850년 오카무라야 쇼스케岡村屋庄助 판 『회중중보기懷中重寶記』의 「유통서사 일람기사」를 시작으로, 막부 말기까지 많은 서적에서 그 이름을 확인할 수 있다. 또한 '(諸本賣弘所)栃木中町 / 升屋淺吉'라는 인문印文의 매입인이 있는 책들도 다수 확인할 수 있어, 그 지역의 서적 유통에 크게 관여하였음을 짐작할 수 있다. 참고로 '매입인'이라는 것은 서점이 서적을 매입할 때 날인하는 도장으로, 대개의 경우 뒤표지의 안쪽 면 한쪽 귀퉁이 접힌 부분 안쪽에 날인된다. 매입 가격과 매입처, 그리고 매입 시기 등 서적의 구입 정보를 암호로 적은 것이 함께 있는 경우가 많다. 이 도장이 찍힌 서점이 그 서적을 확실히 취급했다는 증거가 된다.[17] 이즈미야 이치베가 서적 유통에서 제휴 관계를 맺은 시모쓰케의 세 군데 서점은 시모쓰케에서도 두드러지는 존재였으니, 이들과 제휴한 까닭도 거기에 있다. 마찬가지로 이즈미야 이치베와 두터운 연결고리를 형성한 것이 이들 서점의 성장에 주요한 요인이 되기도 한다.

간년이 확인되지는 않는데, 『기쿠주 정훈왕래 회초해菊壽庭訓往來繪抄解』에도 '제국발행서림諸國發兌書林'이라고 하여 다음과 같이 서점들의 이름이 나열되어 있다.

이세야 한에몬(伊勢屋半右衛門 : 奥州仙台)

사와모토야 요조(澤本屋要藏 : 上州高崎)

기쿠야 겐베(菊屋源兵衛 : 上州高崎)

와타나베 헤키치(渡邊兵吉 : 越後水原)

아라모노야 이에몬(荒物屋伊右衛門 : 野州宇都宮)

후지야 덴에몬(藤屋傳右衛門 : 甲府八日町)

다카미야 진자에몬(高見屋甚左衛門 : 信州松本)

쓰타야 한고로(蔦屋伴五郎 : 同 善光寺)

이세야 도에몬(伊勢屋藤右衛門 : 常州水戸)

사카이야 사쿠자에몬(堺屋作左衛門 : 會津若松)

사이토야 하치시로(齋藤屋八四郎 : 同)

쇼분도 리헤(正文堂利兵衛 : 下總佐原)

이즈미야 이치베(和泉屋市兵衛 : 江戸芝) 판(板)

새로 등장한 서점에 대해서만 해설을 덧붙이면, 먼저 미즈하라水原의 와타나베 헤키치渡邊兵吉는 『에혼 도요토미 훈공기繪本豊臣勳功記』 2편(1858, 이즈미야 이치베 판)에도 유통서점으로 이름이 나타난다. 다음에 언급할 재판 『문보 고장소로에 오사나 문고』까지 포함하여 이즈미야 이치베 판본에서만 그 이름을 확인할 수 있다.

고후의 후지야 덴에몬藤屋傳右衛門은 명치 시기에 이르러서 '나이토 덴에몬內藤傳右衛門'이라는 이름으로 도쿄에 진출하여 활약한 서점이다. 막부 말기부터 이 지방을 중심으로 한 광역적인 유통망을 갖고 있던 서점이라 추측된다.[18]

미토水戸의 이세야 도에몬伊勢屋藤右衛門 또한 미즈하라의 와타나베 헤키치와 마찬가지로 이 시기의 이즈미야 이치베 판본에서만 이름을 확인할 수 있다.

아이즈 와카마쓰會津若松의 사카이야 사쿠자에몬堺屋作左衛門 역시 마찬가지인데, 『동강상인감』(1855년 序)에 '上七日町 / 御用藥種書林 / さかゐや作左衛門'이라고 나온다.

사이토야 하치시로齋藤屋八四郎는 아이즈 와카마쓰에서도 굴지의 서점으로 『동강상인감』에는 '一之町 / 島屋飛脚御取次所 / 御用和漢書林 / 齋藤八四郎'라고 적혀 있다. 『매화심역장중지남梅花心易掌中指南』(1855, 이즈미야 이치베 판)에도 기재되어 있는데, 이는 유통서점으로서의 기록 중 매우 오래된 것이다. 이 서점은 이후 이즈미야 이치베 판본을 시작으로 여러 책에 이름을 올리며 명치 시대까지 이르고 있다.

1867년 재판 『문보고장 소로에 오사나 문고』

1867년 재판한 『문보고장 소로에 오사나 문고』에 이르러서는 간기에 적혀 있는 지방 서점의 범위가 더욱 확대된다.

	사이토야 하치시로(齋藤屋八四郎 : 岩代會津)
	니시야 코헤(西屋小兵衛 : 同 福島)
1867년	아라모노야 이에몬(荒物屋伊右衛門 : 野州宇都宮)
8월	마쓰야 아사키치(桝屋淺吉 : 野州栃木)
	이세야 도에몬(伊勢屋藤右衛門 : 常州水戸)
	쇼분도 리헤(正文堂利兵衛 : 下總佐原)

후지야 덴에몬(富士屋傳右衛門 : 甲州府中)

기쿠야 겐베(菊屋源兵衛 : 上州高崎)

사와모도야 요조(澤本屋要藏 : 同所)

오야마 이시구라(小山石藏 : 信州小諸)

가시와야 소베(柏屋宗兵衛 : 同 上田)

서사 다카미야 진자에몬(高見屋甚左衛門 : 同 松本)

고마쓰야 기타로(小桝屋喜太郎 : 同 善光寺)

쓰타야 한고로(蔦屋伴五郎 : 同所)

와타나베 헤이키치(渡邊兵吉 : 越後水原)

이즈미야 이치베(和泉屋市兵衛 : 江戸芝) 판

후쿠시마福島의 니시야 고헤西屋小兵衛는 『에혼 도요토미 훈공기』 2편(1858, 이즈미야 이치베 판)이나 『후지미 백도富士見百圖』(1859, 에라쿠야 도시로 판)에서 유통서점으로 그 이름을 확인할 수 있을 뿐 그 이외에는 영업을 확인할 수 없다.

신슈 고모로信州小諸의 오야마 이시구라小山石藏는 『회중중보기懷中重寶記』(1850년 오카무라야 쇼스케 판岡村屋庄助版)나 『후지미 백도』(1859, 에라쿠야 도시로 판) 등의 간기에서 유통서점으로 이름을 확인할 수 있다. 또한 『(邊土民間)자손번창데비키쿠사子孫繁昌手引草』(1834)의 출판으로도 유명하다.

우에노의 가시와야 소베柏屋宗兵衛는 우에다 운노마치上田海野町에서 오랫동안 영업하던 서점으로, 비록 다른 서점에서 판목을 사와 출판하는 구판본求版本이기는* 하지만 책을 직접 출판한 사실도 확인된다. 다카미 집안

* 구판본(求版本) : 에도 시대에 구판을 통해 출판된 책. 일본에서는 17세기 중엽부터 출판이 영리사업이 되면서, 출판서점은 자신들의 출판물에 대한 출판 권리를 주장하게

소장의 나가우타 본집책長唄本集冊 중 두 권, 『묘토마쓰타카사고탄젠女夫松高砂丹前』(富士屋小十郎 · 伊賀屋勘右衛門版)과 『오소자키사쿠라테니하노나나모지迂櫻手葉七文字』(澤村屋利兵衛 · 大黑屋金之介版)에서 '(上田書林)柏宗'라는 매입인을 확인할 수 있다. 또한 1869년의 대경사 고요미大經師曆인* 『명치이기사력明治二己巳曆』에 '信上田海野町 / 書林 柏屋宗兵衛'라는 도장이 날인되어 있는 점으로 볼 때, 이 서점은 달력의 보급에도 관여하였음을 알 수 있다. 유통서점으로서 1873년의 간본까지 관여한 것이 확인되는데, 그 이후의 영업 흔적은 보이지 않는다.

지방으로의 공급 체제 확립

이즈미야 이치베가 삼도의 다른 중개상과 거래가 없던 것은 아니다. 에도의 서점 또는 삼도 중심의 「유통서점 일람기사」는 왕래물 이외의 다른 센이치 판 서적에도 존재한다. 1858년 간행 『에혼 도요토미 훈공기 2편』의 「유통서점 일람기사」 역시 '제국서림'이 잘 갖추어진 것으로, 여기에서는 스물 세 곳의 서점을 언급하고 있다. 그런데 자세히 보면 교토와 오사카가 각각 한 곳일 뿐 에도의 서점 열아홉 곳을 나열하고 있다. 지방의 서점만을 대부분 수록하고 있는 일람기사는 왕래물과 같은 교육용 도서에 특히 나타나는 모습이다. 이는 유통의 방침을 반영한 것임에 틀림없다.

전국 방방곡곡으로 서당의 설립이 이어진 19세기는 문자 교육의 보급

되었다. 그 권리를 '한카부(版株)'라고 하는데, 이는 출판서점 간에 매매의 대상이 되었다. 이렇게 판권을 구매하는 일을 '구판'이라고 한다. 구판할 때는 판목 그 자체를 매매하기 때문에, 에도 중기 이후 간기를 보면 구판을 추각한 것이 다수 보인다.

* 대경사(大經師) : 경서나 불화 등을 표구하는 직인의 우두머리. 조정에 고용되거나 또는 나라(奈良)의 고토쿠씨(幸德氏) · 가모우지(賀茂氏) 등에게 다음해 신력(新曆)을 받아 대경사고요미(大經師曆)를 발행하는 권리를 가졌다.

이 두드러진 시대였다. 그러한 상황 속에서 이즈미야 이치베는 왕래물의 판매, 그것도 지방으로의 안정적이고 독점적인 공급 체제의 확립을 유통 거점의 확보라는 방법으로 다른 서점보다 의식적으로 노력한 곳이었다.

다음 장에서 자세히 다루겠지만, 신슈 마쓰모토의 서점상 다카미야 진자에몬은 1797년에 창업하였는데, 센이치 판 「유통서점 일람기사」에서는 이제까지 저자가 확인한 바 1850년의 것에서부터 등장하고 있다. 다카미야는 오늘날의 다카미 쇼텐高美書店으로, 초대의 창업 장소 근처에서 지금도 영업 중이다. 1874년 5월부터의 매입 상황을 기록한 장부가 다카미 집안에 남아 있다. 다만, 1875년 5월 이후의 것들은 종이를 덧대어 쓰고 있어 확실치 않은 것이 많아 정확한 집계를 기대할 수 없다. 이에 1874년 5월부터 이듬해 4월까지 대략 1년에 걸친 책의 구입 가격만을 집계해보기로 한다.

와카바야시 기헤(若林喜兵衛)	180원(円) 53전(錢) 6리(厘) 5모(毛)
야마구치야 도베(山口屋藤兵衛)	35원 55전 8리
모리야 지헤(森屋治兵衛)	13원 32전 5리
이즈미야 이치베(和泉屋市兵衛)	557원 45전 5리

이를 보면, 이즈미야 이치베로부터의 매입이 다른 곳을 압도하고 있다. 거래 금액 중 전체의 8분의 5가 이즈미야 이치베로부터의 매입이다(여기에는 교토・오사카 지방이나 나고야와의 거래가 기재되지 않았기에 이것이 서적 매입의 전부가 아닐 가능성도 있다).

다카미 집안에는 대대로 취급해 온 서적의 일부가 오늘날까지 귀중하게 소장되어 있다. 후손 다카미 마사히로高美正浩 씨의 배려 덕분에 다음의 문서도 함께 조사할 기회를 얻었다.

이즈미야 이치베의 매입인은 인문이 '센이치泉市'인 타원형의 도장이다. 다카미 집안 소장 서적 중에서 명치유신 이후 간행된 신간본에는 '泉市'의 매입인을 날인하고 있는 것이 다른 것과 비교할 수 없을 정도로 많다.[19] 이것들 대부분에는 다카미야의 매입인도 날인되어 있다. 매입에 대한 내용이 암호로 적혀 있는 것도 많다. 예를 들면 『한어자류漢語字類』에는 '戌泉ヤ市イルワヱ'라 되어 있어, 이 기록을 통해서도 센이치에서 매입한 사실이 입증된다. 암호의 맨 앞에 나온 '술戌'은 매입 연도를 표시한 것이다. 암호가 있는 서적의 구입 연도는 '유酉'와 '술戌'에 한정된다.[20] 이 책들의 출판 연도를 고려하면, 이때의 '유酉'와 '술戌'은 1861~1862년이 될 수 없다. 1885~1886년은 서적이 한창 팔리던 시기에서 매우 벗어나 있다. 따라서 1873~1874년에 구입한 것이라 간주해도 좋을 것이다.

센이치로부터의 구입이 1875년 이후에도 계속된 일은 앞서 예로 든 장부를 통해 확실히 파악할 수 있는데, 암호가 없는 것에도 이후의 간행 서적이 섞여 있다. 1872년 8월의 학제 공포를 수용하여 치쿠마筑摩현에서도 1873년 가이치開智 학교를 시작으로 많은 학교가 창설되었다. 암호에 유酉·술戌이라 적힌 서적은 이러한 학교·학생·교원의 수요를 예상하여 구입한 것임에 틀림없다. 제도가 막 시작한 때라 그 수요의 정도를 읽어내지 못해 과잉 구입하게 되어 팔고 남은 것이다.

다카미 집안의 현 장서 중에도 센이치가 간행한 책이 다수 포함되어 있지만, 앞의 서적은 일단 센이치가 구입한 것인 이상 당연히 센이치 판이 아니다. 적어도 다카미야에 있어 센이치는 이들 서적을 주문에 맞춰 정리해 납품해

주는, 이른 바 오늘날의 도매상과 같은 형태로 먼저 존재했다고 볼 수 있다. 이것은 명치유신 이전에도 마찬가지였다. 앞서의 「유통서점 일람기사」에 이름이 나온 서점들은 교육용 서적을 충실하게 갖추었으면서도 조달이 빠르고 확실한 서점이라는 간판과 보증을 얻은 것이다. 1874~1875년에 가장 많은 수량을 구입하고 있다는 점에서도 확인되듯이, 교육용 도서를 충실하게 구입하는 데 급급하던 지방 서점들에게 있어, 명치 초기라는 '교육 특수'의 시기에 센이치는 특히 절대적인 존재 의의를 지녔음에 틀림없다.

다카미야와 센이치 간의 관계는 명치 연간에 들어와서 처음 시작된 것이 아니라, 유신 이전부터 시작되었다. 이는 다른 많은 지방 서점들도 마찬가지일 것이다. 갑자기 찾아 온 급격한 교육용 도서의 수요는 일대의 상업적 기회이기도 했으니, 해당 지방에서는 그 수요에 만전의 준비로 임할 수 있는지가 후대의 명암을 결정하는 가장 중요한 일이었다. 그들에게 센이치와의 연합은 비약적인 발전을 이루기 위한 큰 요소 중 하나였음에 틀림없다.

센이치의 유통망은 양자의 득실을 합친 것이기에 전국적으로 확장되지 않을 수 없었다. 유통서점의 제휴는 급격히 증가하였다. 예를 들어 1883년 간행의 『교정표주 십팔사략독본校訂標註十八史略讀本』의 「유통서점 일람기사」에는 400곳에 이르는 서점의 이름이 나열되었다. 센이치는 지점도 다수 창설하였다. 명치 10년대에 들어서는 삿포로札幌・센다이・아시카가足利・가케가와掛川・아쓰기厚木・나가노・이야마飯山・미야자키宮崎・가고시마鹿兒島・나하那覇 등 열 곳의 점포를 헤아릴 수 있게 되었다. 이는 당시로서는 최대 규모의 유통망으로 다른 서점상들도 이에 의지하지 않을 수 없었을 것이다. 실제로 이 시기에는 어떠한 형태로든지 센이치와 제휴한 출판물들이 다수 확인된다.

모리야 지헤森屋治兵衛의 사례

다른 서점의 사례를 검토해 보자.

근세 에도의 서점 중 이즈미야 이치베와 같이 직접 출판한 왕래물에 지방의 유통서점을 다수 기재하고 있는 서점으로는 모리야 지헤가 있다. 다만, 이러한 사례도 두 가지밖에 확인되지 않는다. 막부 최말기에 간행된 것으로 보이는 모리야 지헤 판의 『개정 정훈왕래改正庭訓往來』의 간기는 다음과 같다.

	마쓰우라야 곤노스케(松浦屋權之助 : 奥州仙台大町四丁目)
	오기야 이헤(扇屋伊兵衛 : 出羽久保田)
제국	다카다 다메지로(高田屋爲次郎 : 同所 山形)
	이카리야 덴고(碇屋傳吾 : 奥州三春)
	미도리야 지로베(緑屋治郎兵衛 : 同所 磐城平)
	오사나이야 헤지로(長内屋兵次郎 : 奥州津軽弘前下土手一丁目)
	미야가와 규자에몬(宮川久左衛門 : 同所)
	아라오카 긴시치(荒岡金七 : 同所 東長町)
서사	우에노야 사부로스케(上野屋三郎助 : 信州上田海野町壱丁目)
	고마쓰야 기타로(小桝屋喜太郎 : 同所 善光寺)
	이게타야 리에몬(井桁屋理右衛門 : 野州宇都宮)
	고노이케 시치베(鴻池七兵衛 : 上總木更津)
	나가오카야 긴베(長岡屋金兵衛 : 上州太田)
	모리야 지헤(森屋治兵衛 : 江戸馬喰町二丁目) 판

이즈미야 이치베와 마찬가지로 관동 북쪽 지역의 유통 확보에 힘을 쓰고 있음이 확실히 드러난다. 다시 말하지만, 에도 시대에 에도의 통속물 서점이 출판한 왕래물 중에서 다른 지역, 특히 교토・오사카・나고야 이외의 지방 도시에 있는 유통서점을 기재한 간기는 앞서 언급한 이즈미야 이치베와 이곳 모리야 지헤의 출판물에서 이외에는 본 적이 없다.[21]

여기에 이름을 올린 곳 중, 명치 시기까지 포함해 서점 영업을 확인할 수 있는 곳은 다카다 다메지로高田屋爲次郎・이카리야 덴고碇屋傳吾・우에노야 사부로스케上野屋三郎助・고마쓰야 기타로小桝屋喜太郎・이게타야 리에몬井桁屋理右衛門뿐이다.

이 책도 발행 시기가 확실치 않은데, 앞서 언급한 책의 후인본의 뒤표지 봉면에 붙은 간기를 보면, 유통서점의 숫자가 더욱 증가하였다.

다카다 다메지로(高田爲次郎 : 出羽山形十日町)
소게쓰 진페(素月農平 : 同 米澤瀧町)
다쓰미야 초자에몬(辰巳屋長左衛門 : 同所)
동(同 기치사부로(吉三郎) : 同所)
이카리야 덴고(碇屋傳吾 : 奥州三春)
가미야 젠키치(紙屋善吉 : 同所)
제국　이게타야 리에몬(井桁屋利右衛門 : 野州宇都宮)
마스야 아사키치(桝屋淺吉 : 同栃木中町)
기쿠치야 기스케(菊池屋儀助 : 總州古河江戸町)
오쿠니야 야스케(大國屋弥助 : 常州土浦)
오미야 리헤(近江屋利兵衛 : 同所)

세분도 리헤(正文堂利兵衛 : 總州佐原)

고마스야 기타로(小桝屋喜太郎 : 信州善光寺)

쓰타야 한고로(蔦屋伴五郎 : 同所)

서사 마쓰키야 구니히라(松木屋國平 : 同所)

후지마쓰야 데주로(藤松屋禎十郎 : 同 松本)

혼야 하치에몬(本屋八右衛門 : 同所)

오노 슈조(小野脩造 : 上州深谷宿)

스기히라 헤자에몬(杉浦平左衛門 : 武州熊谷宿)

후지야 덴에몬(藤屋傳右衛門 : 甲府八日町一丁目)

고노이케 시치베(鴻池七兵衛 : 上總木更津)

모리야 지헤(森屋治兵衛 板 : 江戸馬喰町二丁目) 판

자세한 것은 생략하겠지만, 이 「일람기사」 이외에도 서점 영업이 확인되지 않는 점포가 더욱 증가하였다.

모리야 지헤 또한 통속서 판매로부터 교육 관계서 출판으로 주축을 옮긴 출판소이다. 명치 시대에 들어와 교육 기관 서적의 출판과 유통에서 성공을 거두게 된 것은[22] 에도 시대의 이즈미야 이치베와 마찬가지로 지방 도시로의 유통을 개척하였기 때문이다. 다만, 모리야 지헤의 경우 이즈미야 이치베에 상당히 뒤진, 아마도 이즈미야 이치베의 성공을 옆에서 보고 따라한 곳으로, 후발주자 나름의 선수를 빼앗긴 유통망을 정비하고 있음이 참가한 서점의 면면을 통해 파악할 수 있다, 이즈미야 이치베의 유통이 이르지 않는 곳을 중심으로 개척해야 했기 때문에, 오슈奧州 등 매우 구석진 곳이나 소규모 지방 도시의 서점과 제휴하고 있는 점이 특징적이다. 예를 들어 신슈 마쓰모토에서는 후지마쓰야 테주로藤松屋禎十郎・혼야 하치에몬本屋八右衛門이라는 두 서점과의 제휴 관계를 확인할 수 있으나, 시나노에서는 서적 유통의 중심이었던 다카미야 진자에몬이 빠져 있다는 점에서 확인된다.

앞서 소개한 1874년 5월 이후 다카미야 진자에몬의 장부를 보면, 그 거래 금액이 이즈미야 이치베의 경우 '557원 45전 5리'였던 것에 비해 모리야 지헤는 '13원 32전 5리'로 비교도 안될 만큼 적다. 에도 시대부터 축적된 관계의 깊고 얕음이 그대로 나타난 것이다. 그리고 이러한 차이는 다카미야만으로 한정할 수 없는 것으로, 이즈미야 이치베와 모리야 지헤 간의 서적 유통 전반에 걸친 실력의 차이를 나타낸다.

오사카 서점의 경우—아키타야 다에몬秋田屋太右衛門과 쓰루가야 규헤敦賀屋九兵衛

왕래물 등 교육용 도서의 지방 유통 강화라는 영업 방침, 지방 시장의 개척이라는 영업 전략은 관동 지역만의 일이 아니었다. 눈에 띄는 자료가 많지 않은 가운데 간신히 확인할 수 있던 사례 두 가지만 소개한다.

아키타야 다에몬 판『나니와 백인일수 와스레가이浪華百人一首忘貝』는 1842년(천보 13) 간행본으로, 뒤표지의 봉면에 다음과 같은 간기가 있다.

1842년	가세다야 헤에몬(綛田屋平右衛門 : 紀州若山)
초춘 재각(初春再刻)	쓰미야 기에몬(隅屋紀右衛門 : 播州姬路)
	하이야 쓰케지(灰屋輔二 : 同)
제국	나카시마야 마쓰요시(中嶋屋益吉 : 備前岡山)
	오타야 로쿠조(太田屋六藏 : 備中倉敷)

발행	다비야 지스케(多飛屋治助 : 筑前博多)
	세토야 사이스케(瀨戶屋才助 : 土州高知)
서림	가쓰무라 지에몬(勝村治右衛門 : 京)
	스하라야 모헤(須原屋茂兵衛 : 江戶)
	아키타야 다에몬(秋田屋太右衛門 : 大坂)

와카야마和歌山의 가세다야 헤에몬綛田屋平右衛門은 당호가 청려당靑藜堂으로 오비야 이헤帶屋伊兵衛와 오래전부터 함께 영업해 온 서점이다. 「유통서점 일람기사」에 이름이 올라간 것은 1833년 쓰루가야 규베 간행 『백인일수 히토요가타리百人一首一夕話』가 가장 오래되었으며 난키 학습관南紀學習館 간행본의 유통과도 관련된다.

히메지姬路의 쓰미야 기에몬隅屋紀右衛門은 이 시기부터 명치 연간에 이르기까지의 영업을 확인할 수 있다. 하이야 쓰케지灰屋輔二는 당호가 번포당樊圃堂으로 히메지에서 가장 번성했던 서점이며 명치 연간까지 영업한 사실이 확인된다. 아키타야 다에몬 출판본의 유통도 많다.

오카야마의 나카지마야 마스키치中嶋屋益吉는 『난카이도명소지南海道名所志』(1792), 『무쓰노사토시六のさとし』(1845), 『여실어교조감女實語教躾鑑』(1850년 재각, 아키타야 다에몬 판), 『지유기지어령止由氣之御靈』(1852) 등에 유통서점으로 이름을 올리고 있다. 광고전단지에는 "정가판매 먹 · 붓 · 벼루 · 안경 · 금은 바늘 · 쓰이다마(담뱃불) / 화한서적 고본 매매소 / 이 물건들은 구입처를 고려하여 저렴하게 제공하니 수량에 상관없이 구입을 희망하는 물건들을 말씀해 주십시오 / 비젠오카야마 사이다이지마치備前岡山西大寺町 / 그 외로 색지色紙와 단책短冊도 취급하고 있습니다. / 미연당美延堂 나카지마야 마스키치中嶋屋益吉"

라 적혀 있다.

구라시키倉敷의 오타야 로쿠조太田屋六藏는 『여실어교조감』(1850년 재각, 아키타야 다에몬 판)에 유통서점으로 이름이 보인다.

하카타博多의 다비야 지스케多飛屋治助는 1849년 요로즈야 도헤万屋東平 판 『송시합벽宋詩合璧』, 1850년 재각 아키타야 다에몬 판 『여실어교조감』의 유통서점으로 확인된다.

고치高知의 세토야 사이스케瀬戸屋才助는 고치에서 가장 오래된 서점으로 보이는데, 1792년 판본 『난카이도명소지』의 간기에 이름이 확인되며, 아키타야 다에몬 판의 유통서점으로 가영 연간(1848~1853)까지의 영업이 확인된다.

한편으로 쓰루가야 규베 판의 묵지당墨池堂 글씨筆 『소식왕래대전消息往來大全』은 간년 미상이지만, 막부 말기 즈음에 인쇄된 것으로 보인다. 뒤표지 봉면의 간기는 다음과 같다.

	혼야 모헤(本屋茂兵衛 : 讃岐高松)
	덴마야 부헤(天滿屋武兵衛 : 阿波德島)
	구와지마야 분조(桑嶋屋文藏 : 淡路須本)
제국	나카시마야 마쓰요시(中嶋屋益吉 : 備前岡山)
	오타야 로쿠조(太田屋六藏 : 備中倉敷)
	이즈쓰야 추하치로(井筒屋忠八郎 : 安芸廣島)
발행	구마키 시치로사에몬(熊城七良左衛門 : 長門萩)
	야마시로야 히코하치(山城屋彦八 : 同)
	주주야 덴베(珠數屋傳兵衛 : 肥後熊本)

서사　부젠야 다에몬(豊前屋太右衛門 : 同)

야오야 기헤(八尾屋喜兵衛 : 加賀金澤)

가미이치야 우쓰케(上市屋卯助 : 越中富山)

쓰루가야 규헤(敦賀屋九兵衛 板 : 大阪心齋橋一丁目) 판

한 곳씩 검토해 보면, 먼저 다카마쓰의 혼야 모헤本屋茂兵衛는 『백인일수히토요가타리』(1833, 쓰루가야 규헤 판), 『온나이마가와미사오 문고女今川操文庫』(간년 미상, 秋田屋廣助版)의 유통서점이다.

도쿠시마德島의 덴마야 부헤天満屋武兵衛는 도쿠시마에서 오랫동안 서점을 운영하였고 서적도 출판하였다. 1792년 간행의 『난카이도명소지』의 간기에서 이름을 찾을 수 있고, 그 후에도 많은 서적의 「유통서점 일람기사」에서 이름이 확인되는데 이는 명치 시대에 이르기까지 계속된다. 오늘날의 광고 전단지인 일명 찌라시引札도 남아 있는데 여기에 '阿州 德島 / 橋筋ヨリ杉屋町西入北川五軒目 / 고본 매매소 / 서림 상고당書林尙古堂 덴마야 부헤'라고 적혀 있다. 적지 않은 기다유 조루리義太夫淨瑠璃의* 발췌본拔本에** '四

* 조루리(淨瑠璃) : 반주에 맞추어 이야기를 읊는 일본의 전통 예능이다. 일본에는 예로부터 이른바 '가타리모노(語物)'라 일컫는, 줄거리가 있는 이야기에 가락을 붙이고 반주에 맞추어서 입으로 낭독하는 예능이 있다. 처음에는 부채나 북으로 박자를 맞추면서 비파 반주에 맞춰 낭송하다가, 16세기 무로마치 시대에 들어서부터 류큐(琉球, 오키나와)로부터 전래된 샤미센이 반주 악기로 사용되기 시작했다. 그것이 17세기 에도 초기에 인형극과 결합해 인형 조루리로서 인기를 모으기 시작하고, 17세기 후반에 이르러 조루리 작자로 지카마쓰 몬자에몬, 낭송자로 다케모토 기다유(竹本義太夫)가 등장함으로써 크게 번성하였다. 조루리의 유파는 에도 초기부터 '~節'이라 하는 배우(太夫)가 많이 나타났는데 현재 가장 유명한 것이 '기다유부시(義太夫節)'이다. 기다유부시라는 이름은 창시자인 다케모토 기다유의 이름에서 유래하였다.

** 발본(拔本) : 전단(全段)을 싣고 있는 마루혼(丸本)과 대비되는 것으로, 각 단마다 대자(大字) 한 책으로 정리한 연습용 책이다.

行 / 五行 / 取次所 / 阿州德島橋筋 / 天滿屋武兵衛' 라는 매입인을 확인할 수 있다. 소시의 경우도 오사카의 가시마야 세이스케加嶋屋淸助와 제휴하여 시코쿠四國에서 유통의 거점이 되었던 것 같다. 「유통서점 일람기사」에서는 1877년 즈음의 출판물에까지 그 이름이 나타난다.

스모토須本의 구와지마야 분조桑島屋文藏는 『백인일수 히토요가타리』(1833, 쓰루가야 규헤 판)에 유통서점으로 이름을 올리고 있어, 명치 10년대 말기까지 영업한 사실을 확인할 수 있다. '須本書房 / 久和志滿屋文藏 / 鍛冶屋町' 라는 인문의 세책인도 확인할 수 있어 세책 영업도 하였음을 추측할 수 있다. 또한 「아사이 이치주도淺井一壽堂 가와치야 시게타로 혼포河內屋重太郎本舖 신선신명탕神僊新神明湯 타광고他廣告」(1835년 서문, 河內屋長兵衛 板 『히카라쿠요飛花落葉』 권말 광고)에 '산슈 스모토 서림讚州須本 書林' 으로 기재되고 있다.

오카야마의 나카시마야 마쓰요시中嶋屋益吉와 구라시키倉敷의 오타야 로쿠조太田屋六藏는 아키타야 다에몬 판 『나니와 백인일수 와스레가이』에도 이름이 보인다.

히로시마의 이즈쓰야 추하치로井筒屋忠八郎는 『일본외사日本外史』(1848, 河內屋喜兵衛版), 『송시합벽』(1849, 万屋東平版), 『근세명소가집近世名所歌集』(1851, 野田眉壽堂版) 등에 유통서점으로 이름이 있다.

하기萩의 구마키 시치로사에몬熊城七良左衛門에 대해서는 이 책의 간기 이외에는 그 영업을 확인할 수 없다.

마찬가지로 하기의 야마시로야 히코하치山城屋彦八는 『매화심역장중지남』(1855, 이즈미야 이치베 판), 『표주 직원초교본標註職原抄校本』(1858, 아키타야 다에몬 판), 『칠부집파심록七部集婆心錄』(1860년 발문, 塩屋弥七他版)을 비롯하여 유통서점으로 이름이 보이는 서적이 많으며, 명치 10년대 후반까지의 영업을 확인할 수 있다.

구마모토熊本의 주주야 덴베珠數屋傳兵衛는 『강원집橿園集』(1839년 서발, 十千堂 藏), 『송시합벽』(1849, 万屋東平版) 등의 유통서점으로 명치 초기까지 그 이름을 확인할 수 있다.

같은 구마모토의 부젠야 다에몬豊前屋太右衛門 또한 마찬가지로 『강원집』(1839년 서발, 十千堂 藏), 『송원합벽』(1849, 万屋東平版) 그리고 『표주 직원초교본』(1858, 아키타야 다에몬 판)의 유통서점이다. 명치 연간의 영업은 확인되지 않는다.

가나자와金澤의 야오야 기헤八尾屋喜兵衛는 『(日本海陸)하야히키 도중기早引道中記』(1830, 吉文字屋市兵衛版)를 시작으로 많은 서적의 유통서점이다. 도야마富山의 가미이치야 우쓰케上市屋卯助의 경우 근세에 간행된 책은 이 책 이외에는 확인할 수 없지만, 명치 연간 시작부터 그 10년대까지의 서적에서 유통서점으로 이름을 확인할 수 있다.

오사카 서점상이 사이고쿠西國나 호쿠리쿠北陸로의 유통망을 확보하는 경우를 보면, 쇼모쓰의 경우도 마찬가지인데 왕래물의 유통서점으로서 각 지역의 서점 이름이 망라되고 있음을 주목할 필요가 있다. 두 서점의 사례만으로 판단하는 것은 위험한 일이지만, 각각의 서점에서 주력으로 삼은 지방 도시의 서점상과 밀접한 관계를 맺어 거점으로 삼고, 유통의 그물망을 서쪽과 남쪽으로 확장하고 있다. 지방에 따라 정도의 차이는 있지만, 모든 곳에서 교육 서적의 수요가 전국 규모로 확대되어, 그 수요에 맞추거나 또는 그 수요를 더욱 불러일으킬 정도로, 서적의 유통망이 전국 구석구석까지 펼쳐지고 있었다.

제2장

지방의 서점

신슈의 마쓰모토 서점 다카미야 진자에몬을 중심으로

앞 장에서는 에도에서 각 지방으로 뻗어 가는 서적 유통망에 대해 이즈미야 이치베의 사례를 중심으로 검토했다. 이제 이즈미야 이치베 왕래물의 유통서점으로도 이름이 나오는 신슈 마쓰모토의 서점 다카미야 진자에몬을 중심으로, 그 지역의 서적 유통 상황을 추적하고 그것을 촉진한 원동력이 무엇인지 생각해보기로 한다.

1. 서점 다카미야의 창업

신슈信州 마쓰모토松本書肆의 서점인 경림당慶林堂 다카미야高美屋는 1797년(관정 9)에 창업한 서점이다. 대대로 가업을 물려받아 200년이 넘은 지금까지도 창업 당시와 거의 같은 장소인 마쓰모토 시에서 '다카미 쇼텐高美書店'을 운영하고 있다.

초대 다카미야 진자에몬高美屋甚左衛門은 시판하는 『만력가내연감万曆家內年鑑』(大坂奈良屋兵衛 제작)을 사용하여 집안의 '연대기'를 작성하였다.[1] 1797

년의 조목에 따르면 '서점을 개점함. 시마야 오노嶋屋大野 형님의 가게 남쪽 임'이라고 하였다. 그는 14세가 되던 해 형 시마야에게 가게 한 구석을 빌려 서점을 창업하였다.

면포류 잡화를 파는 가게의 구석에서

진자에몬은 만년인 1863년에 기회가 있을 때마다 자신의 견문을 기록한 글들을 모아 『도시노오타마키年のおたまき』(〈그림 1〉)라는 책을 만들었다. 서두의 글은 1815년에 쓴 것으로 창업 당시를 돌아보며 그 감회를 적고 있다. 지금부터 이 기사를 따라가며 창업 이후 문화(1804~1817) 연간에 이르기까지의 영업을 개괄하고자 한다. 먼저 전체를 살피고 이어 세부 사항을 검토한다.

> 내가 서점을 시작하게 된 사연은 아직 부모님과 함께 살고 있던 어린 시절부터 에조시 혹은 모노가타리, 군서(軍書) 등 무슨 책이건 간에 독서를 무척 좋아했기 때문이다. 형의 가게에서는 직물과 잡화를 팔고 있었는데, 아직 소년이었던 나는 그 가게의 남쪽 한 구석을 빌려 서점을 시작하게 되었다. 이 마쓰모토라는 마을에는 그때까지 서점을 전업으로 하는 가게가 없었고, 책은 다른 장사의 부업으로 팔 뿐이었다. 따라서 거질의 서적류는 모두 삼대 도시(교토・오사카・에도)를 구경 가는 사람들에게 구입을 부탁하거나, 파발꾼에게 부탁하여 살 수 있는 정도였다. 이것이 관정 말기(18세기 말)의 상황이었다. 나 또한 처음에는 고후의 방물상이 매년 조금씩 사 오는 소형의 요본(謠本, 노(能)의 텍스트)이나 기다유 조루리의 발췌본 등을 판매하거나, 삼대 도시에 가는 사람에게 부탁하여 구입해 온 것을 파는 정도였다. 16세가 되던 해

(1799년, 이 해 정월 관례(元服)를 치름) 2월에 이세 참궁 여행을 출발하여 야마토(大和, 현재의 나라현), 하리마지(播磨路, 현재의 오카야마 현)를 여행하고 교토와 오사카를 구경하였다. 그리고 드디어 이전부터 염원하던 서점들을 순례하며 각종 책을 구입하여 서적의 품목들을 점점 충실하게 갖출 수 있게 되었다. 이즈음부터 차츰 마쓰모토 마을에서 문화가 번성하여, 매년 에도나 나고야에 책을 구입하러 가지 않으면 안 될 정도로 책의 수요가 늘어갔다. 학문이 폭넓게 이루어지던 최근의 분위기를 타고 우리 서점 또한 마쓰모토 시중에서 버젓한 규모를 자랑하게 되었다.

창업 시기의 마쓰모토의 모습에 대해서는 '이 마쓰모토라는 마을에는 그때까지 서점을 전업으로 하는 가게가 없었으며, 책은 다른 장사의 부업으로 팔고 있었다. 따라서 거질의 서적류는 모두 삼대 도시를 구경 가는 사람들에게 구입을 부탁하거나, 파발꾼에게 부탁하거나 하여 사는 정도였다. 이것이 관정 말기(18세기 말)의 상황이었다'라고 하며, 서점이라 부를만한 가게가 없었다고 적고 있다. 그러나 다카미야의 개업 이전 서적 판매업에 종사한 사람이 없던 것은 아니다. 근세 전기의 사료라 일컬어지는 『마쓰모토 시중기松本市中記』에 '서점本屋 1인壱人'[2]이라는 기록이 보인다. 그 외로는 참조할 만한 자료가 없어 자세한 사정은 알 수 없는데 근세 중후기까지 영업이 지속되지는 않은 것 같다.

1770년에 『하야비키 절용집早引節用集』을 출판한 시로키야 요헤白木屋與兵衛도 있었다. 오사카 서점업자의 기록물인 『사정장差定帳』 2번에 '그 후 1771년 2월 신슈 마쓰모토 마을의 시로키야 요헤라는 자가 『하야비키 절용집』 해적판을 찍은 일에 대해, 내가 요헤에게 항의하여 판목과 인쇄본

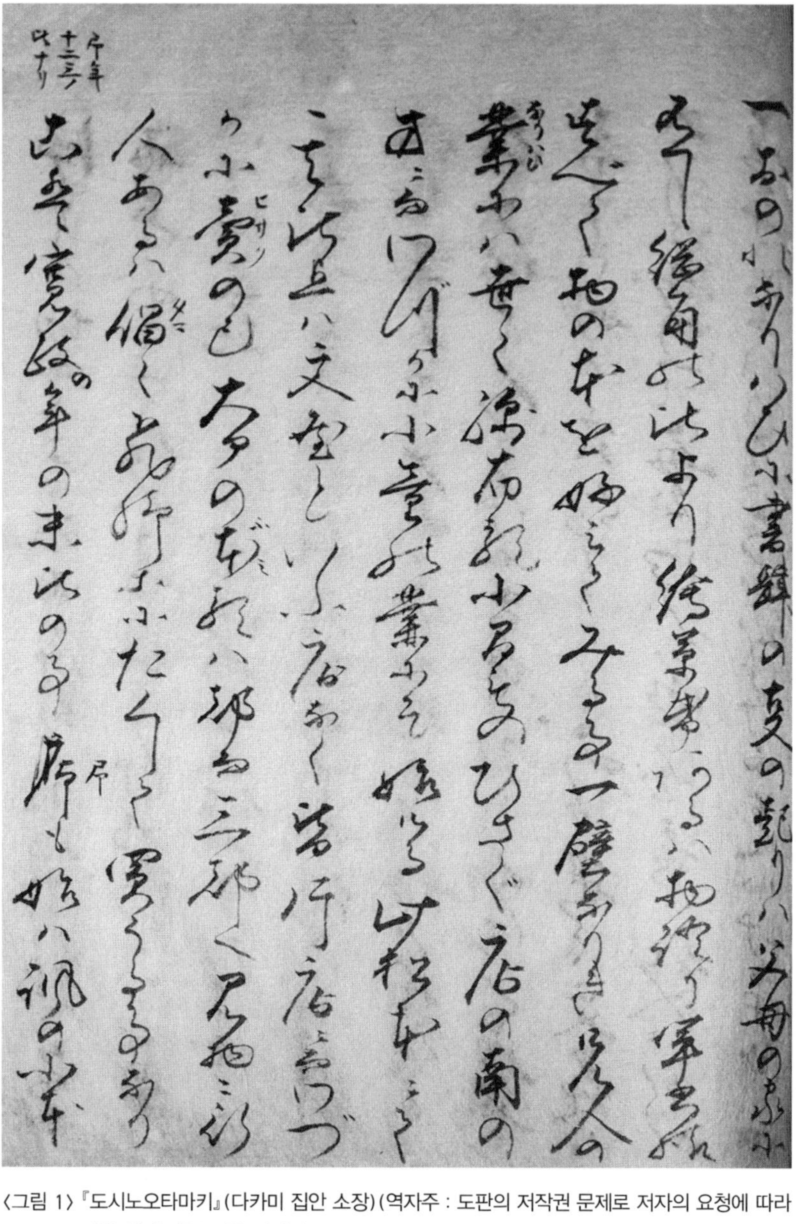

〈그림 1〉『도시노오타마키』(다카미 집안 소장)(역자주 : 도판의 저작권 문제로 저자의 요청에 따라 같은 책의 다른 면을 실었다.)

을 거두어들인다는 확인서를 받아 해결했다'[3]라는 기록이 있다. 이 책은 출판 후 얼마 지나지 않아 해적판重版이라는 의심을 받고, 그 결과 판목과 인쇄본이 원판元版 소유자인 가시와라야 세에몬柏原屋清右衛門에게 넘겨졌다. 또한 '白與'라는 인문의 장방형 구입인이 날인되어 있는 서적 2점을 다카미 집안의 소장본 중에서 확인할 수 있었다. 한 책은 1753년 나가타 초베永田調兵衛・가미사카 간베上坂勘兵衛・오가와 히코쿠로小川彦九郎 간행의 『일용괘전초日用卦傳抄』이며, 또 다른 한 책은 1766년 다하라 간베田原勘兵衛 간행의 『당시국자해唐詩國字解』「칠언오언고시」이다. 이것은 시로키야가 서적을 소매로도 판매하였다는 확실한 증거이다. 또한 와카오 마사키若尾政希 씨는 사라시나군 오카다무라 데라사와케更級郡岡田村寺澤家 문서 중에 『서물가격장부書物直段付覺』를 소개하였는데,[4] 이것은 데라사와 나오키寺澤直興가 1780년(安永 9)에 작성한 시로키야의 재고 목록이다. 이를 통해 안영 연간 말기까지는 확실히 서점으로 영업하였던 사실이 확인된다.

1808년 4월 「마쓰모토초 대화류소가수서상松本町大火類燒家數書上」 혼마치니시가와本町西側 조목에 '서점 시로키야 요헤 / 창고 한 곳'[5]이라는 기록이 있어, 이 시기까지도 건물이 남아 있던 사실을 알 수 있다. 다만, 다카미야의 창업 즈음에는 아직 서점이라 부를 만한 상업 형태는 아니었던 것 같다. 오랜 기간에 걸쳐 서적을 주력 상품으로 판매해 온 상인은 진자에몬 이전에는 마쓰모토에 존재하지 않았던 것이다.

그렇다고 서적의 유통이 전혀 없지는 않았다. 다른 상품과 함께 '책은 부업으로 팔고 있는' 정도의 유통 상황이었던 것이다. 진자에몬만 해도 창업 초기에는 '형의 가게에서는 직물과 잡화를 팔고 있었는데, 아직 소년이었던 나는 그 가게의 남쪽 한 구석을 빌려 서점을 시작하게 되었다'라고 말할 정도로, 형의 가게 한 구석에 책을 파는 작은 코너를 마련했던 것에 지나지 않았다. 실제로 다카미 집안에 소장된 1799년의 장부에는 서적의 거래에 대한 기록이 없고, 대부분이 옷감과 여성의 잡화류에 대한 기사였다.

시나노노쿠니信濃國의 핵심 도시였던 조카마치城下町 마쓰모토에서조차도 19세기 이전까지는 서적의 수요가 서점상을 전업으로 하는 일이 지속되기는 어려운 수준에 불과했음을 짐작할 수 있다.

구입의 확충

『도시노오타마키』는 '나 또한 처음에는(서두에 '내 나이 12, 13세 즈음'이라 기록됨) 고후의 방물상이 매년 조금씩 사오는 소형의 노래책이나 기다유 조루리의 발췌본 등을 판매하거나, 삼도에 가는 사람에게 부탁하여 구입해 온 것을 파는 정도였다'라며 창업 시기의 서적 구입 상황에 대해서 적고 있다. '우타이노코본謡の小本' 즉 중본형의 일번철 요본(노래의 연습용 악보책)이나 기다유 조루리의 발췌본 등, 구입 원가가 낮은 가벼운 책들을 주로 팔았던 것 같다. 이러한 책들은 판매도 안정적이었다. 흥미로운 사실은 이 책들의 구입이 여러 지방을 돌아다니는 고후의 방물상을 통해 이루어지고 있던 모습이다. 이와 대비하여 '권수가 많은 책들' 즉 쇼모쓰 종류는 매입 가격도 비싸서 상품으로 취급하기에는 부담이 너무 컸다. 이때 고후의 방물상은 에도에서 구입한 상품을 들고 정기적으로 이 지방을 순회하던 행상인이었다. 에도에서 건너 온 방물 유통에 편승하여 서책도 마쓰모토까지 들어온 것이다. 서적만의 유통이 아직 마쓰모토에서 시작되지 않은 상황에서는 약이나 방물의 유통망이 곧 서적의 유통망이었다. 이와 같은 중개업자를 통해 이루어진 매입은 신속하지도 많지도 않았다.

'16세가 되던 해(1799년, 이 해 정월 관례를 치름) 2월에 이세 참궁 여행을 떠나 그때부터 야마토, 하리마지를 여행하고 교토와 오사카를 구경한 끝에 드디어 이전부터 염원하던 서점들을 순례하며 각종 책을 구입할 수 있어 서점의 품종을 조금씩 충실하게 갖출 수 있게 되었다'라고 하였다. 이것은 『만력가내연감万曆家內年鑑』의 「1799년寬政十一年己未」 조목에 "쓰네모치常庸는 관례를 치르고 정월에 16세가 되었다. 데라무라 지로베寺村治郞兵衛가 후견인元服親이* 되었다. 이 해에 어머니와 시마야 유시치嶋屋勇七, 그리고 나 이렇게 세 사람이 이세 참궁을 떠나 야마토와 하리마지 등을 여기저기 구경하고 5월 5일에 귀가하였다. 그 후 이름을 요이치與市로 바꾸었다"라고 한 기록과 부합한다. 이때의 교토와 오사카 여행이 최초의 직접적인 서적 구입이었다.

에도에서 책을 구입한 것은 그 후 4년 뒤의 일이다. 『만력가내연감』 「1803년享和三年癸亥」 기사에 "에도에 책을 사러 점원 고시바무라 헤에몬과 함께 갔다. 처음으로 부府를 떠났다"라고 하였다. 20세의 일이다. 1815년의 일기에 "1804년 에도로 서적 등을 구입하러 갔다. 그때 도리아부라초의 서점 쓰타야 주자부로에게 이끌려 료코쿠兩國의 만팔루万八樓에서 개최되고 있던 서화회에 갔다. 거기서 짓벤샤 잇쿠와 산토 교덴, 그리고 교쿠테 바킨이나 화공 기쿠마루菊丸(후에 月麿이라 개명)라는 사람들과 만났다"라고 하여, 1803년에 이어 1804년에도 에도를 방문한 사실을 알 수 있다. 그의 에도 여행의 의의는 가게의 재고를 충실히 하거나 마쓰모토에 서적 유통의 확장

---

* 원복친(元服親) : 에보시오야(烏帽子親)라고도 한다. 예전에 무관(武官) 집안의 남자가 관례를 올릴 때, '에보시(두건의 일종)'를 씌워 주고 이름을 지어주던 사람이다. 후견인이 되어 장래와 생활을 보호해주는 깊은 관계를 맺었다.

을 가져온 일에 그치지 않았다. 에도의 유행과 풍아風雅의 분위기를 마쓰모토까지 가져온 일이 더욱 중요하다. 에도의 희작자나 교카시狂歌師를 마쓰모토와 연결하고, 여러 정보의 중계자로서의 역할을 마쓰모토에서 수행하게 된 것이다.[6]

『도시노오타마키』에서는 '이때부터 차츰 마쓰모토의 문화가 번성하여 매년 에도나 나고야에 책을 구입하러 가지 않으면 안될 정도로 책의 수요가 증가했다'라고 하였다. 매년 서적 구입이 증가하는 상황에 대해 '문화文花가 번성하였다'라는 사실이 이유라고 진자에몬은 말하였는데, 책의 구입에 드는 경비와 수고에 걸맞은 서적의 수요가 마쓰모토에 형성되었기 때문이었다. 에도와 나고야가 서적 구입의 중심지라는 점에서 이들 지역의 서적상과 마쓰모토의 다카미야 간의 결합이 시나노信濃에서의 상업 서적 유통의 주요 경로가 된 것이다.

2. 마쓰모토의 독자들과 서적 유통

다카미 진자에몬 판의 왕래물 표지 몇 종류에서 다카미야의 영업 문서가 나왔다. 장부를 뜯은 폐지를 두 장 붙여 표지의 심지로 사용하던 것이다.

다카미야의 고객

소장본 『대자개정 경림고상전大字改正慶林古狀揃』(〈그림 2〉)이라는 책에서 나온 문서는 다음과 같다.

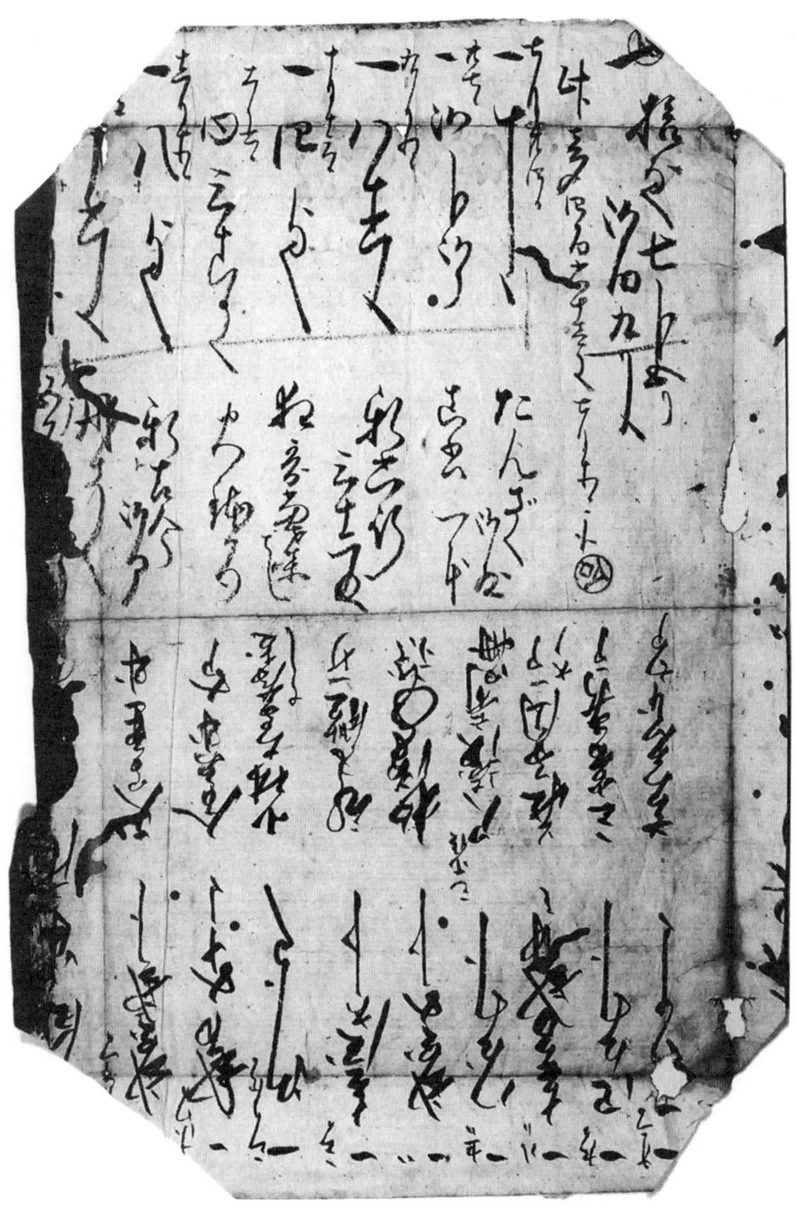

〈그림 2〉『대자개정 / 경림고상전』 표지 안쪽 면

이소노 고헤 귀하(礒野小兵衛 様)

2월 13일

1문 4분 4리　　　와타시(渡し) 3매

20일

1문 2분　　　기나사(キナサ : 종이) 3첩

〃

3분 5리　　　신가키(眞書 : 붓) 2본

〃

35문　　　먹(墨) 1정(丁)

4월 1일

33□(虫損)문　　　조단자쿠(上短尺 : 종이) 5매

20일

64문　　　붓(筆)

〃

□ 80문　　　부채(扇) 2본

반 계절 분의 결제 목록이다. '이소노 고헤礒野小兵衛'가 누구인지는 미상이다. 이곳과의 거래를 보면, '와타시渡し'는 잘 모르겠지만, 그 외에는 종이・먹・단책短冊・붓・부채 종류이다. '신가키眞書'는 붓의 한 종류로 해서를 쓸 때 사용하는 것이다. 다음은 앞의 것과 대비되는 기사로 원래 장부에서는 안쪽과 바깥쪽을 이루던 종이다.

마사키 겐고에몬 귀하(眞崎源五右衛門 樣)

5월 30일

內 1,000문　　　　　　예치(預り)

5월 9일 相渡

〃

전사준(田舍樽) 1책

□□(虫損) 見取

□□(虫損, '淺見'인가) 소보쿠 귀하(宗朴樣)

㊎(朱印) 3문 108　　　　　　축년차인야(丑年差引也)

㊎(朱印) 內 200문　　　　　　인3월2일취(寅三月二日取)

卯へう引合(朱・矩形)

마사키 겐고에몬眞崎源五右衛門은 진자에몬이 작성한 『(도다 마쓰다이라)戸田松平도키와노마쓰常盤の松』(다카미 집안 소장)에 따르면 마쓰모토 번의 무사이다. 이 기사는 1805년 다카미야에서 출판한 『고금전사준古今田舍樽』 「초편」의 판매와 관련된 기록이다. 『고금전사준』 「초편」은 이나카보 소우지田舍坊 左右兒가 지은 센류서川柳書이다.* 그의 사후에 아들 겟카테 바이소月下亭梅叟와 제자 이시바시테 에이시石橋亭英子(宮村町 출신으로 본명은 油屋文三郎)가 소우지의 유지를 이어 편집・출판하였다.[7] 이나카보 소우지는 마쓰모토의 이다마치飯田町에서 사숙을 열었던 무라카미 산주로村上三十郎의 아호이다. 무라카미 가문은 마을 사람들의 교육과 교양을 담당해 온

* 센류(川柳) : 에도 중기 유행한 5・7・5의 3구 17음으로 된 짧은 시. 풍자나 익살적인 내용이 특색이다. 가라이 센류(柄井川柳)가 평점을 한 데서 이름이 유래하였다.

중요한 존재로 다카미야 진자에몬 또한 여기서 습자와 학문의 기초를 배웠다. 아마도 그 문예의 교유는 마쓰모토 번의 집안에까지 이르고 있었을 것이다. 어쩌면 이 책 안에 겐고에몬源五右衛門의 시구도 들어있을지 모른다.

다음으로 '소보쿠宗朴'는 의사라고 생각되는데 여기에 '축년차인丑年差引', '인3월2일취寅三月二日取'라는 기록이 있다. 『고금전사준』의 간년을 감안하면, 이것들은 1805~1806년 즈음의 영업을 기록한 문서라고 생각된다. 다른 세 장 또한 이 한 장에 있는 것과 마찬가지로, 장부로 쓰였을 때부터 이미 벌레 먹은 흔적이 있는 점에서 본래부터 동일한 장부의 용지이며, 어느 것이든 가까운 연대의 영업을 기록한 것이라 간주할 수 있다. 그중에서 한 장 더 소개하기로 한다.

㊎(墨印) 10문 7분 5리

209문

이 1관 461문은 7월 15일 취함

7월 24일

10문 단자쿠(たんざく : 시전지) 2매

7월 27일

2분 2리 신가키(眞書) 1본

9월 5일

86문 신로쿠교(新六行) 32매

10월 13일

4문 교카당재집(狂歌當才集) 1책

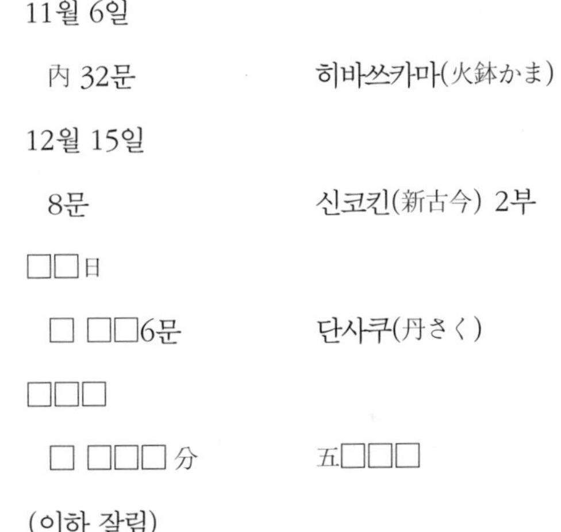

11월 6일

內 32문 히바쓰카마(火鉢かま)

12월 15일

8문 신코킨(新古今) 2부

□□日

□ □□6문 단사쿠(丹さく)

□□□

□ □□□分 五□□□

(이하 잘림)

어느 집안과의 거래 내역서인지는 알 수 없지만, 춘하 반년분 계절의 결제 금액이라 생각되는 기사로부터 시작되는데, 1관 461문을 다카미야에 지불하고 있다. 계속해서 마지막 부분이 잘려 있지만, 7월 24일부터 다음 계절까지의 영업 실적이 구체적으로 적혀있다. 신로쿠교新六行는 기다유 조루리의 발췌본이다. '교카당재집狂歌當才集'이 『교카당재집狂歌當載集』이라 한다면, 산다라 법사三陀羅法師 편찬 '1808년 서문'의 교카본으로 이 기사의 연대도 대략 그 즈음의 일이 될 것이다. 다카미가 여기서 '히바쓰카마火鉢かま'를 구입한 것을 보면 이 집안은 잡화점이었을 것이다.

관정 연간 말기부터 마쓰모토 마을에서는 교카가 유행하기 시작했다.[8] 진자에몬은 에도의 교카 선생과도 긴밀한 관계를 형성하여, 마쓰모토 교카단狂歌壇의 중진으로서 그들과 밀접한 연락을 취하고 있었다. 이에 신판의 교카 관계서의 구입에도 힘을 쏟고 있었다. 노래책이나 교카본 또는 단책 등을 구입하고 있던 이 집안도, 그와 같은 성 아래 마을의 분위기 속에서 고상한 생활을 즐기고 있었음은 상상하기 어렵지 않다.

다음은 앞의 것과 대비되는 기사로, 원래 장부에서는 앞뒤로 있던 것이다.

시로키야 한베 상점(白半店)

□□11일	
□2문2분	천사련본(天寫連本)
28일	
250문	합권 그림책(合巻本) 5부
3월 4일	
2문	고바야시 대자 효경(小林大字孝經) 1책
3일	
1문6분	히모카가미(ひも鑑) 1절(一折)
〃	
2문5분	화한연대가(和漢年代哥)
5일	
8문5분	シホ□(난독) 척독기(尺牘奇) 4책
8일	
1분2주朱	장자원(莊子円) 1부 六ノ
9일	
4문5분	삼음고(三音考) 1부
22일	
150문	기에본(黄巻本) 5부

'白半店'이라는 것은 혼초 산초메本町三丁目 서쪽에 있는 후토모노야(포목점) 시로키야 한베白木屋半兵衛이다. 『도시노오타마키』에는 혼초에 위치한 상점의 명단이 있는데 거기에 '三間半 후토모노야太物店 시로키야 한베'라는 기록이 보인다. 덧붙여서, 1805년 진자에몬은 부인 시게しげ를 맞이하였으며 결혼 초 잠시 여기서 동거하였던 것으로 보인다.(『万暦家内年鑑』)

'천사련본天寫連本'은 잘 알 수 없다. '합권 그림책合巻本 5부'는 구사조시의 합권인 것 같다. '고바야시 대자 효경 1책'은 고바야시 신베小林新兵衛의 『고문효경』일 것이다. '히모카가미ひも鑑1절'은 모토오리 노리나가의 『데니오하히모카가미てにをは紐鏡』, '화한연대가和漢年代哥'는 1784년 간행된 사와다 도코澤田東江 글씨書 『화한연대가和漢年代歌』일지도 모른다. '척독기尺牘奇 4책'은 『척독기상尺牘奇賞』이며, '장자원莊子円 1부 六ノ'는 '장자인莊子因'일 것인데, 구체적으로 1797년 에라쿠야 도시로永樂屋東四郎 판 『보의장자인補義莊子因』 6책일 수도 있다. '삼음고三音考 1부'는 노리나가의 『한자삼음고漢字三音考』, '기에본黄表本 5부'는 황표지를 만들기 위한 구사조시라고 생각된다. 시로키야는 매우 자주 서적을 구입하였다. 오락용의 통속서로 생각되는 것들도 섞여 있어, 에도의 통속서 문화가 마쓰모토 마을까지 유입되고 있던 사실을 확인할 수 있다. 이 집안은 서적 구입이 많았으며 그중에서도 화학和學 관계서가 주목된다. 이와 같은 마쓰모토 초닌들의 학문에 대한 취향, 풍아의 유행은 다카미야 서점의 경영을 지탱하는 요소 중 하나였음에 틀림없다.

한편, 다카미야의 손님은 책을 사는 사람들만 있지 않았다. 이소노 고헤磯野小兵衛의 경우도 그러했지만, 또 다른 문서에 따르면 요네야 요시치米屋與七(本町二丁目 담배상煙草商)는 춘하분, 정월 27일부터 5월 15일까지 붓

3필과 먹 하나, 모두 합해서 172문의 물건을 샀고, 계속해서 가을과 겨울에도 붓을 구입하였다. 마쓰모토의 초닌 전부가 서적을 구입하는 사람들은 아니었으니, 종이나 문방구, 부채, 단책 등의 판매 또한 다카미야 영업의 중요한 부분을 차지하였다. 특히 이 시기에는 반쯤은 '문구점'으로서의 모습을 보이고 있다. 다만 서적, 특히 쇼모쓰 류는 단가가 높아 가게 수익의 큰 부분을 차지했음에 틀림없다. 다카미야의 번영이 이 부분의 성장 즉 서적 수요의 증대에 기대고 있던 것임은 의심할 여지가 없다.

세책방과 오락용 독서의 보급

문화(1804~1817) 연간의 마쓰모토에는 세책방의 존재가 확인된다. 거질의 『태각진현기太閤眞顯記』와 『사나다 삼대기眞田三代記』를 소장하고 있는데, 두 종 모두 마쓰모토의 세책방인 표자동豹子洞과 송취당松翠堂이 갖고 있던 필사본이다. 표자동의 세책인은 '因豹子洞'라는 타원형의 것으로 각 권의 처음과 끝에 날인되어 있다. 표자동은 그 외로 '信州松本中町 / 因豹子洞 / 井筒屋勝定之助'라는 장방형의 도장도 사용하고 있어(소장본 『繪本武將勳功記』 등), 표자동이 나가마치中町의 이즈쓰야井筒屋 가쓰사다노스케勝定之助임을 확인할 수 있다. 또한 타원형의 도장은 구입할 때 찍는 도장으로 사용되었으니(다카미 집안 소장 1780년 고바야시 신베 판 『학칙 국자해學則國字解』의 뒤표지 봉면 안쪽에 날인),[9] 고서 매매도 함께 이루어졌음을 확인할 수 있다.

송취당의 세책인은 '信㊍州 松本 / 松翠堂 / 中町'라는 인문의 직사각형 도장과 '㊍貸本'이라는 타원형 도장을 각 권의 처음과 끝에서 확인할 수 있다. 『태각진현기』 4편 권18에는 미제尾題 아래에 있는 표자동 타원형 인장에 자기 집안의 도장이 겹치는 일을 피해서, 그 아래 면에 간신히 송취당의 장방형 도장을 날인하고 있다. 원래는 표자동의 세책이었던 것을 송취당이 입수해서 자기 집의 세책으로 한 것이라 생각된다.

『태각진현기』 8편 권22에는 송취당과 표자동의 두 인장이 날인되어 있지만, 그 뒤표지의 봉면 안쪽에 '信松府中町住人 / ㊍히모노야 다에몬ひもの屋多右衛門 사헤 노부마사佐平信政가 책을 빌려 갔다. 빌린 책은 8일 안에 반납한다'라는 메모가 보인다. 또한 『태각진현기』 9편 권13에는 송취당의 인장밖에 보이지 않지만, 그 뒤표지 봉면에 '文化五戊辰年(1808) 八月改 / 信陽松本中町 히모노야 상점檜物屋店'이라는 지어識語가 있다. 송취당은 나가마치의 히모노야 다에몬의 당호라고 단정할 수 있다. 히모노야는 1724년 4월 「나카마치이에누시켄스우에즈中町家主間數繪圖」, 나가마치 도오리中町通의 고이케초구치小池町口 좌측에 '三間半 히모노야檜物や 다에몬太右衛門'[10]이라 보이고 있어 오랫동안 있어온 집이라는 사실을 확인할 수 있다. 『사나다 삼대기』 4편 권7에도 송취당의 인장만 있는데, 그 권말에 '1808년 정월 히가시마치 가네야스 읽다文化五辰正月東町金安見之'라는 독자의 것으로 보이는 메모가 보인다. 문화(1804~1817) 연간에는 적지 않은 수의 소설 독자가 성하 마을에 존재하여, 그들을 상대로 한 세책업이 성행하는 추세였다. 골계본이나 요미혼 등 새로운 소설류도 이와 같은 세책가를 통해서 성하 마을의 사람들에게 읽혔을 것이며, 그중에는 다카미야에서 구입해 온 것이 적지 않았을 것이다. 1815년, 잇쿠가 마쓰모토를 방문하여 체류하던 중 거의 매일 환영회가 열렸는데 이는 『히자쿠리게』나 작자 잇쿠의 이름이 이미 유명하였기 때문으로, 이를 통해 일상적으로 오락적 독서를 즐기는 일이 적어도 마쓰모토 성하 마을에서는 드문 일이 아니었음을 알 수 있다.

이후로 세책업을 하고 있던 상점들이 마쓰모토에 많은 수가 확인된다. 먼저 『부상태평기扶桑太平記』(필사본, 다카미 집안 소장)에 '信州松本本町 / ㊮高美屋'라는 인문의 세책인도 확인할 수 있다. 다카미야 진자에몬은 세책업도 하였던 것이다.

소장본 『사나다 삼대실기眞田三代實記』 초편에 '信州 ㊣松本 / 米屋 / 本町', '米治'라는 세책인이 날인되었다. 요네야 지로자에몬米屋 治郎左衛門의 세책본이었다. 요네야는 『고금전사준古今田舍樽』 초편의 간기에 '신슈 마쓰모토 혼마치信州松本本町 시마야 요이치嶋屋與市 판 / 에도 도리아부라초江戶通油町 / 기다유발본義太夫拔本 조합 / 판매처 하마마쓰야 고스케浜松屋幸助 / 젖이 없이 아이를 키우는 약ちゝのなき子をそだてる藥 / 취급처 신슈 마쓰모토 요네야 지로자에몬米屋治郎左衛門'이라는 약 광고가 있는 점으로 볼 때 약방을 하면서 세책업을 시작했던 것 같다.

소장본 『조선정벌기朝鮮征伐記』 권수에 '(信州/松本)本町三丁目 / 借本所 / 升屋金兵衛'라는 장방형의 대본인이 날인되어 있어, 마쓰야 긴베升屋金兵衛가 세책업을 하던 가게였음을 알 수 있다. 또한 소장본 나가우타 연습책 『에치고사자越後獅子』(名古屋 美濃屋伊六版)에 '信松 / ㊎舛屋 / 本町'라는 구입인이 있으니 통속서의 소매업도 하였던 것으로 보인다.

혼마치 잇초메本町一丁目의 고쿠야 기시치穀屋儀七의 경우 세책인과 광고 전단(高野肇 소장)도 확인할 수 있다. 이 광고지에 따르면 면직물이나 타비(버선)를 주로 팔면서 서적의 경우 고서 매매와 세책을 하고 있다고 한다. 광고 전단은 다음과 같다.

주문에 응함(誂向)

고쿠야(穀屋)

후토모노(太物) 류

잠방이(もゝ引) 각반(きやはん) 작업복(はらかけ)

(江戸/角町)御仕立物所

주문과 요청에 맞춤(御注文御望次第) 홍문당(弘文堂)

고본매매 화한군서(古本賣買和漢軍書)

인사말(舌代)

우리 가게는 최근 수년간 옷감과 버선을 팔아 왔는데 여러분의 성원 덕분에 점차 번성하고 있으니 정말 감사히 생각합니다. 이번에 에도의 장인들을 고용하여 잠방이(股引)・각반(脚絆)・작업복(腹掛け)과 같은 상품도 판매하기 시작하였습니다. 에도 스타일의 바느질, 유행 상품도 많이 갖추고 있습니다. 또한 주문 제작도 취향에 맞게 뛰어난 솜씨로 제작하고 있으니, 얼마가 되든 앞으로도 계속 이용해 주시기를 간절히 부탁드립니다.

이상입니다.

오년(午年) 12월 마쓰모토 혼마치 잇초메

코쿠야 기시치

세책인은 '信 / 松 / 本町一丁目 / 弘文堂 / 穀屋 儀七'이라는 인문이다. 이것은 후지사와 타케시藤澤毅의 가르침에 따른 것으로, 그의 소장 필사본 『아라카와 무용전荒川武勇傳』, 그리고 오차노미즈お茶の水 여자 대학 소장의 『에혼 매화춘수繪本梅花春水』(1826)에서 확인된다. 또한 1808년 4월 「마쓰모토초松本町 대화류소가수서상大火類燒家數書上」 혼마치 히가시가와 나

카마치 이리구치 미나미가와本町東側中町入口南側 조목에 '본가 고쿠야 기시치本家こくや儀七 / 창고物置 한 곳壱所'이라고 보인다. 이 시기에 서적을 취급했는지는 확실치 않지만 영업 시기는 이 이전으로까지 올라갈 수 있다.

마쓰모토에서의 오락적 독서 습관의 보급이 세책업의 번성을 가져온 것이며 마찬가지로 이러한 상업의 정착이 이 지역에 오락을 보급시켰던 것이리라.

광역적 유통망의 형성

다카미 집안에는「(己文化六歳/巳十一月改)무진구無盡扣」라는 문서가 남아 있다. 이것은 '1808년 무진세개戊辰歳改 (諸國)용부명전장用附名前帳 왕춘정월王春正月 길성吉星'이라는 표제가 쓰인 장부를 뜯어 용지의 안쪽 면을 바깥쪽으로 뒤집어 다시 사용한 것이다.「(제국)용부명전장」은 1808년(문화 5)의 시점에서, 구입처 위주의 거래처의 명단이라 생각된다. 원래의 순서를 복원해서 소개해보자.

1808년 무진(戊辰)

(제국)용부명전장

왕춘정월(王春正月) 길성(吉星) (표지)

* 교토

寺町通り松原上ル町

㊁菊屋七郎兵衛 殿

麸屋町蛸薬師下ル処

室屋三郎兵衛 殿

柳馬場三条上ル処

布屋彦右衛門 殿

富小路通り押小路下ル町

水谷勝藏 殿

間ノ町姉小路上ル処

* 오사카

心齋橋南一丁目角

花谷幸福 殿

元助 殿

本町堺筋

菱屋五兵衛 殿

又兵衛 殿

心齋橋南四丁め

吉文字屋市左衛門 殿

* 에도

通り油丁

蔦屋重三郎

手代金藏 殿

同所

浜松屋幸助 殿

日本橋四ヶ市

松本平助 殿

日本橋通四丁目('向兩國龜澤丁'을 정정)

永樂屋五兵衛 殿

改名 西四郎 殿

神田本銀町二丁め今川橋通り

須原屋善五郎 殿

南傳馬町二丁め

三河屋甚五右衛門 殿

東ゑい山下谷町

花屋久次郎 殿

日本橋南三丁目(삭제 표시) 材木丁七丁め□北川岸(삭제 표시)

(笑本之/板本也) 上總屋忠助 殿

(其外組之本屋) 日本橋新右衛門丁

通油丁

鶴屋喜右衛門

日本橋通四丁目

小林新兵衛 殿

小網丁三丁目

伏見屋三郎兵衛

馬喰丁二丁目

西村與八郎 殿

同所

積慶 山形屋又兵衛 殿

石町

史元 万屋伊兵衛 殿

室町壱丁目

(さらさ紙類/布手本 紙類表紙) 越前屋新七 殿

山下池ノはた

須原屋伊八 殿

大傳馬町弐丁目

墨筆所 井上治兵衛(三河屋彦八殿)['井上治兵衛' 삭제 표시, 오른쪽에 '三河屋彦八 殿']

玄雲堂　忠助 殿

本町三丁目

目醫師 馬島周見 殿

右薄荷円前

* 비슈(尾州) 나고야(名護屋)

京町通り小牧町

㋚ 笹屋傳兵衛 殿

同所中市場町

藤屋甚助 殿

同所小牧町

堀部源左衛門 殿

同所

白木屋太三衛門 殿

伊勢町

白木屋甚右衛門 殿

本町一丁目

風月孫助 殿

本町七丁目

永樂屋藤四郎 殿

本町一丁目

唐木屋市右衛門

京町通中市場町

[山] 山口四郎左衛門 殿

久屋町

八百屋孫八 殿

小牧町

さゝ屋利助 殿

* 同國 이다(飯田)

本 松田屋五郎七 殿

* 同國 다카토(高遠)

伊藤 藤屋八百右衛門 殿

同　藤屋治左衛門 殿

* 에치고(越後) 이토이가와(糸魚川)

池原宗七 殿

이것들을 지역별로 개관해 보자.

교토 지역은 기쿠야 시치로베菊屋七郎兵衛・무로야 자부로베室屋三郎兵衛・누노야 히코에몬布屋彦右衛門・미즈타니 가쓰조水谷勝藏 네 곳이 적혀 있다. 이 중에서 서점은 기쿠야뿐이며, 미즈타니는 '평생 이가 빠지지 않는 묘약' 본가의 약방, 다른 곳은 미상이다.

오사카 지역은 하나타니 고후쿠花谷幸福・히시야 고헤菱屋五兵衛・기치몬지야 이치자에몬吉文字屋市左衛門 세 곳으로, 이 중에서 기치몬지야는 서점이지만 다른 곳은 미상이다.

에도는 서점의 경우 쓰타야 주자부로・하마마쓰야 고스케浜松屋幸助・마쓰모토 헤스케松本平助・에라쿠야 고헤永樂屋五兵衛(개명 사이시로西四郎)・스하라야 젠고로須原屋善五郎・하나야 규지로花屋久次郎・가즈사야 주스케上總屋忠助・쓰루야 기에몬鶴屋喜右衛門・고바야시 신베小林新兵衛・니시무라 요하치로西村與八郎・요로즈야 이헤万屋伊兵衛・스하라야 이하치須原屋伊八 등 열두 곳의 이름이 있다. 다만, 스하라야 이하치는 종이류, 니시무라 요하치로는 약 종류도 함께 취급하고 있다. 그 외로 종이 가게인 에치젠야 신시치越前屋新七, 먹과 붓을 파는 미카와야 히코하치三河屋彦八, 포목 도매상 미카와야 진고에몬三河屋甚五右衛門, 안과 의사 마지마 슈켄馬島周見이라는 이름이 있다. 영업 품목이 확실치 않은 곳으로 후시미야 사부로베伏見屋三郎兵衛・야마가타야 마타베山形屋又兵衛・겐운도 주스케玄雲堂忠助 세 곳이 있다.

나고야는 후게쓰 마고스케風月孫助・에라쿠야 도시로永樂屋東四郎가 책방, 사사야 덴베笹屋傳兵衛가 기름상, 시로키야 진에몬白木屋甚右衛門이 포목상, 가라기야 이치에몬唐木屋市右衛門이 약재상이다. 그 외에 후지야 진스케藤屋甚助・호리베 겐자에몬堀部源左衛門・시로키야 다자에몬白木屋太三衛門・야마구

치 시로자에몬山口四郎左衛門・야오야 마고하치八百屋孫八・사사야 리스케さゝ屋利助라는 이름이 나오는데, 이 여섯 곳은 미상이다.

시나노에는 우선 이다飯田에 마쓰다야 고로시치松田屋五郎七가 있다. 지금으로서는 달리 확인할 수 있는 자료가 발견되지 않지만, 이름 위에 작은 글씨로 '책本'이라 적혀 있어 서점임을 짐작할 수 있다. 다음으로 다카토高遠에 후지야 야오에몬藤屋八百右衛門・후지야 지자에몬藤屋治左衛門 두 곳이 있다. 후지야 야오에몬은 책과 약 종류를 취급한다. 지자에몬은 미상이다.

에치고越後에는 이토이가와糸魚川의 이케하라 소시치池原宗七 한 곳으로, 영업 품목은 미상이다. 마쓰모토와 이토이가와를 연결하는 치쿠니 가도千國街道는 유통의 요충지로 '소금길塩の道'로 유명하다. 이토이가와의 신슈 도매상은 마쓰모토 다이라松本平까지 소금과 생선을 공급하고 있다. 신슈로부터 연초煙草・두류豆類・조면繰綿・마저麻苧 등이 내려온다. 삼도와 나고야에서 가져온 상품은 다카미야를 경유하여 에치고까지 유통되었다고 추측된다.

물론, 알려지지 않은 상인도 많고 상점의 숫자만으로 판단하는 일은 상당히 어렵다. 다만, 서적의 경우 에도의 서점상과의 연결이 크게 두드러지고 있는 점으로 볼 때 종이나 문방구・약 등의 구입도 에도가 주력이었음이 확실하다. 또한 에도의 포목 도매상과의 연결은 시나노에서부터 에도로 올라가는 유통망으로의 참여를 보여 주는 것으로, 약이나 포목 등 서적 이외의 거래가 다카미야의 장사에서 커다란 부분을 이루고 있었음을 확인할 수 있다.

진자에몬의 일기, 「1814년 7월」의 조목을 보면 '나는 1804년에 에도로 서책과 기타 물품들을 구입하러 갔다'라고 하여, 서적뿐만이 아니라 '여러 상품諸品'을 구입하였음을 알 수 있다. 1820년에 간행된 잇쿠 글・

우타가와 구니마루歌川國丸 그림의 합권『가네노와라지』 13편, 「마쓰모토・오카다」 장면에 다카미야의 가게 앞 풍경이 그려져 있다.(〈그림 3〉) '화한 쇼모쓰和漢書物 / 경림당慶林堂'이라는 상자형 간판은 아무리 봐도 서점 같지만, 부채꼴 모양의 간판에 '휴대품 여러 가지御持用いろ 々'라고 보이는 것은 부채를 팔고 있다는 증거이며, 그 외에 '벼루・먹・붓 등등硯墨筆品々'이라는 간판도 보인다. 노렌(상점 이름을 적어 입구에 드리운 천)에 가려서 보이지 않는 '벼루硯'의 위에는 '종이紙'라는 글자가 있음에 틀림없다. 다카미야는 문화(1804~1817) 연간부터 대경사 고요미(달력)의 신슈 일대의 유통 권리를 획득하였는데, 취급하던 달력의 표지에 날인되어 있는 흑인墨印에도 '서적書物 / 묵필墨筆 / 종이류紙るい'라고 되어 있다. 또한『경림소요대성慶林小謠大成』의 간기에도 '서림・먹・붓・종이류 도매상 신푸 혼마치 니초메信府本町二丁目 다카미야 진자에몬 장판'이라고 하였다. 먹・붓・종이는 다카미야의 주력 상품이었다.

또한 간행 연도 미상의 일번철『관세류 요본觀世流謠本』에는 뒤표지의 봉면에 이나 천룡관伊那天龍館 제조의 '만병양명주万病養命酒'라는 광고가 첨부되어 있는데, 그 말미에 '유통소 신슈 마쓰모토 혼마치 니쵸메 다카미야 진자에몬'이라 되어 있다. 대판大判의 '만병양명주'라는 광고에는 다카미야 진자에몬의 이름이 유통소의 첫 머리에 거론되고 있다.

삼도의 큰 서점이라고 해도 서적 이외의 상품을 취급하지 않는 상점은 거의 없었다. 그러한 만큼 지방의 서점에서는 더욱 서적 이외의 상품에 경영의 많은 부분을 의존하는 비율이 높았다. 또한 앞서 인용한『도시노오타마키』에 나온 '부업'이나 행상의 '방물장수'처럼 온갖 잡화를 판매하는 상인들도 책을 취급하고 있었다. 서적은 다른 상품과 함께 유통되고 팔리

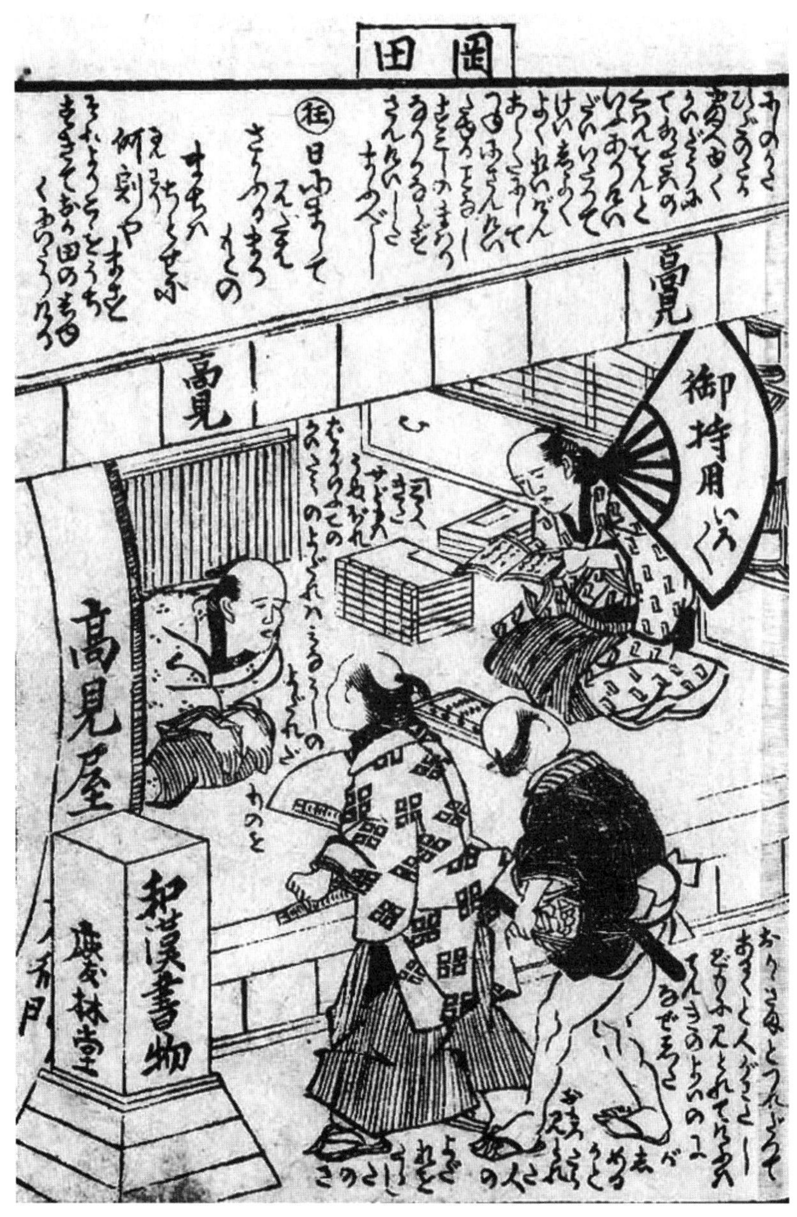

〈그림 3〉 1820년 간행『가네노와라지』13편(국립국회도서관 소장)

松本
硯墨筆

는 물건이었다. 서점이라고 주변에서 인식하는지 또는 서점을 표방하고 있는지에 대해서는 주로 취급하는 상품의 비율이 문제가 되었다. 이렇게 '서점'의 존재를 확인할 수 없는 곳에서도 '책'이라는 상품은 존재하였다.

다카미야의 재고 목록

「1808년 경림당 책값 장부」라는 재고 목록이 다카미 집안에 소장되어 있다. 서두 부분만 살피기로 한다.

유학서 종류(儒書之類)

『대학』 4분 5리

同 고급 종이(上帋) 7분

『중용』 8분 5리 동일 고급 종이 1문

『논어』 3문 3분 동일 고급 종이 4문

『맹자』 7문 5분

사서(四書) 도순(道春 : 林羅山) 훈점 6문 8분에서 16문까지

同 고토(後藤 : 後藤芝山) 훈점 次 14문 / 上 16문

同 안사이(安齋) 훈점 가텐(嘉点 : 山崎闇斎 훈점) 32문

同 100문 3문

同 국자변(國字弁) 13문

同 가타가나부(片カナ付) 반지(半紙) 5문 동일 소본(小本) 3문 8분

오경(五經) 도순 훈점 20목(目)

同 고토 훈점 24문

同 안사이 훈점 24문

『소학』 5문

『고문진보』 2문 6분 고급 종이 3문 3분

『근사록』 5문

『삼체시(三体詩)』 4문

『효경』 안사이 훈점 4분 5리 도순 훈점 4분 5리

『고문효경』 2문

『좌전』 (32문부터 40목까지)

이상과 같이 기재되어 있다. 이제 여기서 이미 구분된 분류에 따라 개괄하기로 한다. 먼저 「유학서류儒書之類」는 '『대학』 4분 5리' 이하 35점, 이어서 「시작류詩作物」는 '시어쇄금詩語碎錦 2문 8분 같은 책 반지 2문 8분' 이하 26점, 「의서류醫書之部」는 '『고금방휘古今方彙』 12문 2분' 이하 39점, 「노래책歌書」은 '『고금화가집古今和歌集』 2문 9분' 이하로 배서俳書를 포함하여 20종, 마지막에 '교카 종류狂歌もの品々'라고 되어 있다. 「소시모노草帋もの」의 항목에는 왕래물로 '고장전古狀揃 9책입九冊入 6분 8리' 이하 17점이 기록되었고, '이 외에 다양한 상품 있음'이라고 적혀 있다. 계속해서 「상생소풍相生小諷 3분」 이하 소요본小謡本이 8점(마지막에 '이와 같은 소풍류小諷類 상품들이 있음'), 다음에 '민용백인일수民用百人一首 3분 6리' 이하 18점의 왕래백인往來百人 1수와 진겁기류塵劫記類를 나란히 '위의 제품 이외의 것도 있음'이라 묶고, 계속해서 '잡서삼세상 종류 등雜書三世相之類品々'이 있다. 마지막으로 '신용문장新用文章 7분 5리' 이하 9점의 용문장류用文章類가 기재되고 「소시모노」 부분이 끝난다.

다음은 「소본형 자인류小本形字引類」로 '장중절용掌中節用 1문 4분' 이하 9점

(마지막에 '이 외로 다양한 상품 있음'), 「대본절용류大本節用類」 부분은 '『만세절용万歲節用』 3문' 이하 '『도회절용都會節用』 13문 5분'까지 10점, 「여물류女物類」로서 '『여대학』 4문' 이하 11점, 「에혼류」는 대략 '『차에혼次繪本』 100책에 7문 5분', '『행성에혼行成繪本』 100책에 27문' 등으로 기재되었다. 「우타이본謳本」은 '『고노에가타우치 백번 가고이리近衛形內百番箱入』 30문' 이하 5점을 기록한 후, '『번풍番謳』 1책에 1분 3리'라 묶었다.

「조루리본」은 '5행 1000매에 18문'과 같이 장수에 따라 가격을 결정한다. 「속에혼류」는 삽화 요미혼류에서 '『통속 삼국지』 70목' 이하 9점(마지막에 '이와 같은 종류의 상품들이 있음'), 「화군지부和軍之部」는 '『전전태평기前々太平記』 17문두匁斗' 이하 19점, '적토에혼이 최근 매우 많다敵討繪本近年甚多候'에서 '에혼 이가고에繪本伊加越 7문' 이하 10점, 마지막은 '이 책들은 최근 연이어 출판된 것으로 다량 확보하였으니 언제든 가격을 상담하면 싸게 해 드리겠습니다'라고 끝맺었다.

다음은 「명소도회名所圖會」 종류로 '도명소도회都名所圖會 22문' 이하 12점이 있다. '그 외로 에테혼繪手本* 류가 여러 종류, 데시마 심학てしま心學 에혼이 매우 많습니다. 에혼류'라 하였다. 다음은 「불서佛書」인데, 이것은 대강 '천태지서天台之書 / 선지서禪之書 / 법화지서法花之書 / 정토지서淨土之書 / 일향종물一向宗物 / 그 외에도 여러 가지를 갖고 있는데 너무 많아 일일이 말할 수는 없지만 언제든지 가격은 싸게 해 드릴 수 있습니다'라고 하였다.

다음은 「경서류御經類」로 '『심경心經』 10책에 8분' 이하 11점을 기재하였다. '歌かるた 品々(弐十匁七分位より/談之)'라는 기록 뒤에, '平家物

---

* 에테혼(繪手本) : 에도 시대부터 명치 시대까지 나온 그림책의 일종. 그림을 배우기 위한 교과서이다.

語抄 / 同評判秘傳抄 / 由井民部之助 / 源正雪 / 雪'라는 기묘한 기사가 끼어들었고, 말미에 '경전御經 / 다이한냐大はん若(大般若經의 약칭) / 600권 / 대금 27량 / 여기서 1리도 깎을 수 없습니다'라 적혀 있다. 각 분야의 서적을 총망라하여 나열하고는 있지만, 잘 팔리는 기본서들이 대부분이라 풍부한 상품을 갖추었다고 말하기는 어렵다.

한편, 이 서목은 어떠한 목적으로 만들어진 것일까. 암호가 아닌 숫자가 적혀 있는 '가격표'는 구입 가격이 아닌 것 같다. 앞서 소개하였지만 소장본 『(大字/改正)경림고장전慶林古狀揃』 표지의 심지로 첨부되어 있던 종이 한 장인 '白半店'과의 거래를 기록하고 있는 「3월 4일 기사」에 '2문 『고바야시 대자효경小林大字孝經』 1책'이라 하였다. 이것은 '『고문효경』 2문'이라 한 것과 가격도 일치한다. 또한 소장본 『(慶林/訂補)실어교동자교』에 첨부된 '[ヒ] 市太郎'와의 거래를 기록한 종이에 '2문 7분 용문녀用文女'라 하였는데, 이 또한 '『여용문 치히로노하마女用文千尋浜』 2문 7분'이라는 기사와 부합한다. 두 가지 사례뿐이지만, 실제로 다카미야에서 팔린 금액과 일치한 것은 '가격표'가 구입 가격이 아니라는 판단의 증거 중 하나가 될 것이다. 또한 '위의 종류와 같은 상품들 있음'이라는 표현도 구입하는 사람에 대한 것이라 추측할 수 있다. 다카미 서점에서 동일한 대응을 위해 작성한 것이라 생각된다.

다만, 이 서목은 반드시 일반 손님을 응대하기 위한 것으로만 작성된 것이라고는 생각하기 어렵다.

조루리본

5행	1,000매 당 18문
6행	1,000매 당 14문
대자	7행 10책 당 20목
중자	10행 10부 당 13문

또한,

그림책 종류(繪本類)

나미에혼(次繪本)	100책 당 7문 5분
아오에혼(青繪本)	100책 당 18문
고제에본(行成繪本)	100책 당 27문

라고도 하였는데, 이와 같은 대량의 단위는 일반적인 손님과 어울리지 않는다. 가격표는 소매 가격을 기준으로 적고 있지만 동업자를 대상으로 작성된 것이라 생각된다. 즉, 1808년 시점에 다카미야 진자에몬은 시나노에서의 서적 유통의 중심・도매상・중개상으로서의 역할을 담당하고 있던 것이다. 에도에서 구입한 책이 마쓰모토 시중은 물론 그 주변, 더 나아가 다카토高遠나 이다飯田, 또는 이토이가와糸魚川 등지에 도매로 팔렸을지도 모른다. 다카미야 진자에몬을 핵심으로 한 유통망이 여기저기로 뻗어 가고, 그 다음 시대에 구석구석으로까지 미치는 유통망이 펼쳐졌다고 볼 수 있다.

마쓰모토 마을의 서적 유통

기다유부시의 발췌본을 필두로 한 조루리나 나가우타의 얇은 책은 일본 근세에서도 발행 부수가 가장 많은 출판물 중의 하나였다 '오카자키를 끝내고 4문의 노래책을 산다岡崎をあげて四文が本を買'라고 하는 센류 구절이 있다(『비풍류다류誹風柳多留』 제6편). '오카자키岡崎'는 '오카자키 여자들은 좋은 여자들岡崎女郎衆は良い女郎衆'이라는 가사로 시작하는 속요로, 노래나 샤미센을 배울 때 가장 먼저 배우는 곡이다. 이 구절은 이 노래를 다 배운 아가씨가 그 다음에 배울 곡의 노래책을 산다는 뜻이다. '오카자키'를 곡명, '4문 가혼四文が本'은 연습책으로 해석해야 하는 구절이다. 이 구에 '4문'이라 한 것처럼 연습책 종류는 가격이 저렴했다. 가격이 저렴한 것은 발행 부수가 많았기 때문이고, 이는 다시 그 수요 덕분에 가능했음에 틀림없다. 오늘날까지 전하는 노래책의 풍부함과 다양함으로부터 에도 시대의 풍요로운 음악 향유 상황을 상상하는 것은 어렵지 않다.

저가에 판매되는 책자는 대체로 유통 경비가 판매가에 크게 영향을 끼친다. 출판에 필요한 경비가 다량의 발행 부수로 상쇄되어 구입에 들어가는 경비보다 더 큰 이익이 예상될 경우 그것이 출판의 계기가 된다. 예를 들어 젠코지마치의 쓰타야 반고로가 나가우타본 『나나마이쓰즈키하나노스가타에七枚續花の姿繪』를 출판한 것도, 판목을 조달해서 인쇄와 제본하는 수고와 경비를 들인다 해도 에도에서 직접 구입하는 것보다 유리했고, 그 만큼의 수요가 그 지방에서 예상되었기 때문이다.

당시 가장 넓은 지역에 걸쳐 그 수요가 많았던 것은 기다유부시의 발췌본이다. 판을 소유한 이권이 결코 적지 않았을 것이다. 다양한 지역에서 다양한 서점들이 이 발췌본의 출판에 손을 대었다. 한편, 광범위한 수요는 넓은 지역의 유통을 촉진하였다. 유통이 교차하는 곳에서는 이권을 둘러싼 다툼이 일어났다. 텐마야 겐지로天満屋源次郎를 필두로 하는 오사카의 발췌본 출판소가 다른 지역의 서점을 상대로 벌인 소송의 역사는, 이권의 증대와 유통 광역화의 자취를 뚜렷하게 보여주고 있다. 『기다유본 공소일건義太夫本公訴一件』(『日本庶民文化史料集成』 7)에 수록되어 있는 「오사카의 조루리 기다유본은 예전부터 취급해 온 서적이라는 사실을 1833년 11월 28일 서류로 작성하여 제출함」을 바탕으로 그 경위를 적으면 다음과 같다.

먼저 1793년에 교토의 서점상과 '대자大字 6행본'을 둘러싸고 다툼이 벌어졌다. 기다유부시의 발췌본은 글자의 크고 작음과 한 면의 행수에 따라 구분되어, 각각의 양식마다 권리를 주장하는 움직임이 나타났다. 연이어 1797년에는 기슈 와카야마紀州若山 오비야이헤帯屋伊兵衛 판의 5행 발췌본, 1810년에는 고슈 야쓰시로군 구이시키무라甲州八代郡九一色村 서호당 하기에몬西湖堂萩右衛門 판의 5행 발췌본, 1819년에는 나고야 히시야 긴베菱屋金兵衛 판의 발췌본을 둘러싸고 갈등이 있었다. 에도의 발췌본 출판소와 오사카의 출판소 간에 다툼이 일어난 것은 1833년의 일이었다. 오사카 출판소의 상권에 다른 지역 출판물이 흘러 들어와 이해가 충돌한 상황에서 중판重板・유판類板에 대한 논의가 분분하였다. 즉, 천보(1830~1843) 연간에는 에도의 통속서류 유통이 가미가타까지 쉽게 도달할 정도의 상황이 된 것이다.

발췌본뿐만 아니라, 나가우타본이나 도미모토富本・도키와즈常盤津・기요모토清元라는 에도 조루리의 정본과 연습책도 그 악곡의 수용자층이 증가하면서 지방으로의 유통이 일찍부터 열렸던 것으로 보인다.

앞서 『도시노오타마키』에서 설명한 것처럼, 마쓰모토와 같은 지방의 중심 도시에서도 전업이나 그에 가까운 서점의 영업이 지속될 수 있는 여건이 형성된 것은 19세기에 이르러 나타난 일이었다. 그러나 그 이전에도 '부업으로 한쪽 구석에서 조금 파는' 정도의 서적 유통은 전개되고 있었다. 다카미야의 진자에몬이 '부업'으로 서적 판매를 시작할 때 주요한 상품이 '고부甲府에 있는 잡화상'과 같은 방물상을 통해 구입한 '노래책, 조루리 대본'이었던 것처럼, 부업의 중심은 매입에 부담이 적고 수요가 높은 얇은 책자들이었다.

〈그림 4〉 시마야 고스케의 매입인

'1808년文化五辰 경림당慶林堂 책가격표本直段付'의 '조루리책' 항목 기록에 보이는 '1,000매' 또는 '10책'과 같은 단위는 확실히 보통의 손님을 의미하는 것이 아니다. 동종 업자에게 파는 도매를 상정한 기록이다. 창업 당시에는 서적 유통을 삼도에 기대고 있었으나 겨우 10년 만에 독자적인 유통을 이루면서, 지방의 동업자를 대상으로 한 중간 유통까지 맡을 수 있는 위치에 이른 것이다.

이와 같은 안정적인 유통 거점의 성립은 지역에서의 세부적인 서적 유통망의 형성을 더욱 촉진하였다.

소장본 중에 하마마쓰야 고스케浜松屋幸助 판의 『(나가우타 연습책)다카오 참회의 단長うたけいこ本高尾さんげ(懺悔)の段』이 있다. 그 표지에는 '松本 / ㊎嶋屋 / 本町'라는 인문의 매입인이 날인되어 있다.(〈그림 4〉) 또한 '新板 本類品々 古本賣買 / 松本本町二丁目 / しまや幸助'(다카미 집안 소장 집사당集思堂 장藏 『모시정문毛詩正文』)이라는 매입인도 있어, 시마야嶋屋에서 고서의 매매도 담

당하고 있었음을 알 수 있다. 시마야 코스케嶋屋幸助는 진자에몬의 본가로 이웃에 있었다. 이 나가우타책은 다카미야 진자에몬이 에도에서 구입한 것임에 틀림없다. 포목 등을 주로 판매하면서 서적도 함께 다루고 있던 것이다. 또한 시마야는 세책업도 하고 있었다. '松本 / ㊒嶋屋 / 本町'라는 대본인을 『서유기 후편』 1(다카미 가문 소장), 『태평기』(1681, 소장본)에서 확인할 수 있다.

신슈 대학 소장본舊制松本高校舊藏本『(五十三次/并二京)미야코지 왕래都路往來』(막부 말기 간행)의 뒤표지 면지에 광고지가 첨부되어 있다. '정가 판매 / 장신구 몇 가지 / 붓 · 먹 · 벼루 등 / 장난감 · 주머니 · 인형 종류 / 구사조시 삽화본 종류 / 담뱃대와 담배주머니 등 ㊥ 마쓰모토 바쿠로마치博勞町 / 야나기야 조에몬柳屋丈右衛門'이라 한다. 방물 중심으로 장사하면서 통속서도 함께 다루고 있었다. 지역에 안정적인 중간 유통이 성립되었기 때문에 이러한 영업이 가능했을 것이다.

'信松伊勢町 / 本類書畵所 / 松屋與兵衛'라는 인문의 매입인이 날인되어 있는 서적이 몇 종 확인되었다. 먼저 다카미 가문 소장의 발췌본 『가미코지타테 료멘 가가미紙子仕立兩面鑑』 중권 「대문자옥의 단大もんじや(大文字屋)の段」(菊屋七郎兵衛 · 菱屋治兵衛 · 鶴屋喜右衛門 · 吉野屋勘兵衛 · 平野屋茂兵衛版)이다. 다음으로 『육유연의대의六諭衍義大意』(간기 : '享保七年(1722)壬寅四月吉日 / 天保十五年(1844)甲辰五月再板 / 發行書林 / 江戸日本橋通壱町目 須原屋茂兵衛 / 同浅草茅町貳丁目 須原屋伊八', 信州大學藏 松本高校 舊藏本), 그리고 『경전여사 사서지부』(嘉永五年(1852) 河內屋喜兵衛他刊, 豊科町 鄉土博物館 小穴龜一文庫)에서 확인된다. 이 매입인 이외에는 영업을 확인할 수 있는 자료가 발견되지 않는 서점인데, 이러한 서점의 주력 상품 중 하나가 발췌본과 같은 얇은 책이거나 『경전여

사』(제3장 참조) 종류였다.

앞서 언급한 것처럼 소장본 『조선정벌기』 권수에는 '(信州/松本)本町三丁目 / 借本所 / 升屋金兵衛'와 같은 장방형의 대본인이 날인되어 있어, 마쓰야 긴베升屋金兵衛가 세책 영업을 하던 가게였음을 알 수 있다. 또한 소장본 나가우타 연습책 『에치고 사자』(名古屋美濃屋伊六版)에 '信松 / ㊎舛屋 / 本町'라는 매입인이 있어, 통속물의 소매도 이루어졌음을 짐작할 수 있다. 나고야에서 출판된 책이라는 점이 주목된다. 마쓰모토 지역은 나고야와도 유통이 긴밀하였다.

후지마쓰야 데주로藤松屋禎十郎 또한 근세 말기부터의 영업이 확인된다. 명치 전기 무렵에는 다수의 서적 출판에도 손을 대고 있었다. 1854년 봉래당 셋세키蓬萊堂雪石 장판의 「만세교유경万世教諭鏡」에 유통서점으로 이름이 보이고 있어, 적어도 이 시기부터는 서적 매매를 하고 있음을 알 수 있다. 또한 막부 말기의 간행으로 짐작되는데, 모리야 지헤 판의 『개정 정훈왕래』에도 유통서점으로 이름을 발견할 수 있다.(제1장 참조)

같은 『개정 정훈왕래』의 간기에는 '마쓰모토'라는 주소에 서점 '하치에몬八右衛門'의 이름이 나오고 있다. 다른 자료는 확인할 수 없지만, 막부 말기에 다수의 서점이 마쓰모토에서 개업하고 있음을 확인할 수 있다.

이상과 같이 다카미 진자에몬이 이룬 안정적인 유통 거점의 성립은 그 지역에서 세부적인 서적 유통망의 형성을 촉진하였다. 마쓰모토 시내에서도 다카미 진자에몬 이외에 서적을 판매하는 사람이 증가한 것은 당연한 일로, 그러한 상황에서의 도매 상업은 다카미 서점의 기반을 단단하게 해 주었다.

3. 다카미야 진자에몬의 사업 전개

다카미야 진자에몬의 순조로운 발전 모습은 출판 사업을 통해서도 확인할 수 있다.

다카미야의 출판 사업

다카미야의 출판 서적 중 현재 확인된 가장 이른 시기의 책은 『마쓰모토 삼십삼소 영가松本三十三所ゑいか(詠歌)』이다. 속지와 같은 종이로 겉표지를 만든 조악한 제작의 수진본(소매 안에 넣고 다니기 편한 작은 책)인데, 인쇄면은 완전히 지방판의 전형을 보여 준다. 간기는 본문과 따로 새기어 '관정 연간 구판寬政年間求板 / 천야일유옹 자영天野一遊翁自詠 / 마쓰모토 혼마치 니초메松本本町二丁目 / 다카미야 진자에몬 간행たかみや甚左衛門梓'이라고 되어 있다. 이것은 마쓰모토 히토쓰바시 가나야 고헤松本一ツ橋金屋五兵衛 판의 『마쓰모토 삼십삼번松本三拾三番』의 구판 재인쇄본이다(원판의 간기는 '右者天野一遊老翁自詠 / 松本一ツ橋 金屋五兵衛板元'이다). '관정 연간'이라는 간기가 납득이 가지 않는 점도 있지만, 창업 이후 얼마 지나지 않은 관정 말년의 구판・간행이라고 간주해 두자. 해당 지역에서의 안정된 판매량을 예상한 구판과 간행이었다.

이어서 1801년에 『천신경天神經(가나 표기かな附)』을 출판하였다. 간기는 '享和元年 信州松本本町二丁目 高美甚左衛門'이다. 이 책은 표제 그대로 왕래물의 부록에서 자주 보이는 천신의 위덕威德을 찬양하는 경문이다. '천신경'에 후리가나를 붙인 것으로 매우 작은 크기의 절본 한 첩으로 만든 책이다. 서당 아이들이 서예의 숙달을 기원하면서 부적으로 가지고 다녔던 것일까. 이 책 또한 판목 한 장으로 만들 수 있는 손쉬운 출판물로서,

오랜 기간에 걸쳐 증쇄하였음을 충분히 예상할 수 있다. 판목은 어디서 주문한 것인지, 현지의 판목사가 새긴 조판인지 에도 근방에서 새긴 것인지는 확실치 않다. 지방판이라고 하여도 현지에서 조판한 경우와 현지 밖의 지역에서 주문한 경우, 이렇게 두 가지 방식이 있다.

어느 지방이건 큰 차이는 없을 것인데, 마쓰모토의 경우 현지에서 조판・인쇄할 수 있는 여건을 갖추고 있었다. 다카미 집안에 전승되고 있는 진자에몬 사용의 인판에는 납품용의 포장지가 첨부되어 있었다. 인영印影을 날인한 아래에는 상부에 '판목板木・접물摺物', 그 아래 중앙에 큰 글자로 '어인판사御印判師', 그 양옆에 '信州松本中町・丸太店 岩本平藏'이라고 인쇄되어 있다. 포장지 안쪽에는 '文化六(1809)己巳歲夏四月吉日 / 于時二十六才高美常庸(花押)'이라는 묵서가 있어, 이 시기에는 판목의 조각을 따로 맡은 인판사印判師가 존재했음을 확인할 수 있다.

인판의 수요는 어느 곳이든지 시대를 막론하고 있었기에, 일정한 규모의 마을에 판목을 제작하는 직공 한 두 사람이 있었다는 사실은 놀랍지 않다. 그들은 대부분 비슷한 기술을 지녔고 상당히 큰 것들도 판각하였다. 약의 효능서・전단지・하이카이俳諧 인쇄물・사찰의 경내도 등이 그 것이다. 마을의 인쇄소였던 것이다. 1822년 간행, 짓펜샤 잇쿠 작・우타가와 도요쿠니歌川豊國 그림『골계 다비가라스滑稽旅雅羅壽』에 보면,

> 이 오이데무라(大出村)라는 곳은 이나 가도(伊那街道)로부터 조금 옆길로 빠져 들어오면 있는 매우 궁벽한 마을이다. (…중략…) 이와 같은 산간벽지 지역임에도 이 인쇄물은 판각이 매우 훌륭하고 인쇄 솜씨 또한 에도와 비교해도 뒤지지 않아 감탄했다. 이 인쇄물과 그림에서 보여주는 것처럼, 포도

그림 부분은 채색 인쇄로 후키보카시(그라데이션 기법)의 안배도 잘 표현되었다.

라는 기록이 보인다. 마쓰모토로부터 그렇게 멀지 않은 곳인데도 오이데무라는 '궁벽한 지역', '변방'이라 한다. 잇쿠가 방문한 것을 영광으로 생각하며 서둘러 서화회를 개최하였는데, 그 모임을 광고하기 위한 전단지가 이 지역에서 곧장 제작되었다. 이를 보고 잇쿠는 그 조판과 인쇄 솜씨에 감탄한 것이다. 아마도 현지 인쇄사의 솜씨였을 것이다. 이와 같이 당시 인쇄공의 손에서 나온 출판물이 많았으니 이들은 근세 지방 출판의 중요한 담당자였다. 실제로 진자에몬의 인판을 제작한 이와모토 헤이조岩本平藏도 1821년 10월 간행의 다쿠지안 비세키濯耳菴微席 편찬의 하이쇼俳書『아리나시구사ありなし草』를 제작하였으니, 뒤표지의 봉면지에 '信州松本上中町 / 岩本平藏梓'라는 간기가 있다. 1822년 3월 간행한 고스이안 도코쿠五醉菴兎國 편찬 하이쇼『비와타집琵琶田集』도 간기에 '信州松本上中町 / 岩本平藏梓'라고 적혀 있어 그의 서점에서 제작하였음을 알 수 있다.

1836년『사라시나 칠부집更級七部集』「매화소당을인서梅花小堂乙人序」에도 '각공 이와모토岩本에게 강제 계약의 죄를 지우지 말라'라고 하였다. 그는 '스이잔翠山(후에 '하지카羽鹿'라 개호)'이라는 호로 하이카이를 가까이 하였다. 다카미야 진자에몬의 일기를 보면 인쇄물을 제작하는 등 하이카이를 즐기는 모습을 살필 수 있다. 이들의 하이쇼 제작은 그러한 사정에 따른 것으로 보인다. 지방 도시에 문사文事가 성황을 이루면서 조판의 수요를 불러왔고, 그와 함께 이 지역에도 출판의 체계가 갖춰진 것이다. 그가 손을 댄 것은 하이카이 관계 인쇄물만이 아니었다. '1818년 겨울 신준新鐫 / 시나노쿠니

마쓰모토信濃國松本 / 조공彫工 이와모토 헤이조岩本平藏 장각藏刻 / 논어백문論語白文 속각續刻' 이라는 간기를 갖춘『대학』원문본의 존재도 확인된다(信州大學圖書館 多胡文庫). 이와 같은 경서도 조판·인쇄·제본의 위험 부담을 상쇄할 수 있다고 예상될 정도의 수요가 지방에서 나타난 것이다.

한편, 이보다 먼저 다카미야에서 취급한 출판물 중 가장 주요한 것은 요본謠本(能의 텍스트)이다. '짧은 노래책'이 창업 당시 주요한 구입 물품 중 하나였던 일은 앞서 언급하였다. 마쓰모토 마을은 노래가 번성한 곳이어서 이러한 종류의 책들은 안정된 수요를 보장할 수 있는 상품이 된다. 중본 일번철의 관세류 요본이 다수 나오고 있다. 일번철 중에서 간기가 있는 것으로 호세法政 대학 노가쿠能樂 연구소 소장 고잔鴻山문고본의「다카사고高砂」·「하고로모羽衣」·「동북東北」을 합책 개장한 것(五-392)이 있다. 본래 어떤 곡에 부속된 것인지는 알 수 없지만, 뒤표지의 봉면지에 '于時天保六(1835)乙未年仲夏吉辰 信州松本本町 書林 高美甚左衛門'라는 간기가 있다. 그 외로「노송老松」·「쇼조猩々」·「다카사고」·「학구鶴龜」·「강綱」·「동북」·「난파難波」·「하고로모」·「하시벤케이橋弁慶」등 모두 아홉 종의 간기가 없는 판본을 확인하였다.「다카사고」·「하고로모」·「동북」이 세 곡의 경우 1835년 판의 것과 비교해 보면 모두 별도의 판본이다. 오모테 아키라表章는 간기가 확실치 않은 판본에 대해 '마루혼풍丸本風 서체의 곡이 섞여 있고, 곡에 따라 판식이 다르거나 인기곡에 치우쳐 있는 점으로 미루어 볼 때, 다카미야는 에도에서 다양한 종류의 요본 몇 책을 구입하여, 쓰타야본을 모방한 제첨이나 자기의 판권지를 붙여 발매한 것이 아닐까'라고 하였는데,[11] 이는 참고할 만한 견해이다.

왕래물의 출판도 적지 않았다. 초등 교육의 필수 교재인 왕래물은 지방의 출판물에서도 많이 발견된다. 보통은 지방에서의 출판도 있지만, 상당수의 지방판이 삼도의 출판소로부터 판목을 구해 출판한 구판본이다. 특수한 것이 아니라면, 여러 종류의 왕래물이 각각 이미 다수 출판되어 있다. 이미 만들어진 판목을 조달하는 편이 수고도 경비도 들지 않는다. 다카미야 판 왕래물의 경우도 사정이 크게 다르지 않다. 『치카미치코다카라近道子寶』, 『(慶林/訂補)실어교동자교』 그리고 『경림 고장전』의 경우도 모두 전후의 봉면지는 같은 판으로 '1843년 초겨울天保十四癸卯年初冬吉辰 구판 / 서사 信府本町 다카미 경림당 노포高美慶林堂老舗 장재藏梓'라는 간기를 뒤표지의 봉면지에 갖추고 있다. 『치카미치코다카라』의 제첨에 '안정 신판安政新板'이라 되어 있는 것을 보아도 이 세 종이 한꺼번에 구한 판이 아니라 양쪽 면지에 동일 판목을 재활용한 것임을 알 수 있다. 원판은 미상이며 구판본이 대부분을 차지한다. 다만 『온나이마가와女今川』(간년 미상)는 직접 출판한 것이라 생각된다. 봉면지에 '梅澤先生書 / 女今川 全 / 信附書肆 慶林堂藏梓'라 되어 있고, 간기는 '應需書 / 菱敬典 / 彫工 長谷川豊次郎 / 松本本町通貳町目 / 高美屋甚左衛門 藏梓'라 하였다. 노래 또한 교육 과정에 포함되어 있었다. 초대 다카미야 진자에몬이 다녔던 사숙 무라카미 학사村上學舍에서도 노래 수업이 이루어졌다. 짧은 노래책小謠本(노래책 중 유명한 부분만 뽑아 만든 책) 등도 교육서의 한 종류로 간주할 수 있다. 1806년 판의 서명 미상본과 간년 미상의 『(當流/改章)경림소요대성慶林小謠大成』 두 점이 있는데, 후자의 권말에는 "이 책은 히라가나로 쓰여 아이들도 읽기 쉽게 하였다. 이 외로 일부 발췌한 짧은 노래 대목이 여러 가지 있다. 책・먹・붓・종이류 상점 信府本町二丁目 다카미 진자에몬 장판"이라 되어 있다.

다카미야의 출판본에 대해서는 1836년 간행의 한 면 인쇄물 「쓰카마노

〈그림 5〉 1850년 간행『신푸 천만궁 약전』

유노유에요시束間の湯のゆえ由」나 1850년 판의 안내서緣起摺『신푸 천만궁 약전信府天滿宮畧傳』,(〈그림 5〉) 그리고 시나노 출신 배인俳人(하이쿠와 하이카이를 짓는 사람)의 작품을 중심으로 1853・1854년에 간행한 회배서繪俳書『화상언풍집畵像篇風集』 전후편 등 지역성이 강한 내용으로 현지 유통을 예상할 수 있다는 점이 특징적이다. 1847년 판『고왕관음경高王觀音經』(절본 1첩)이나 1854년 판『사이코쿠 삼십삼번 순례연기西國三十三番じゆんれいゑん記』(小本共表紙 仮綴 1책) 등도 현지에서의 판매를 주로 상정한 얇은 책이었을 것이다.

이러한 지방의 인쇄와 출판 능력은 그대로 근대에 이루어진 번각 교과서의 출판 사업, 지역에서의 교육 사업과 연결된다.[12] 여기서 그것은 일단 접어 두더라도 다카미야의 출판물은 같은 지역의 다른 서점과 거래하는데 출판한 책들을 교환하는 교역 방법인 '서적 교환本替'의 도구로 활용됨으로써 유통의 편의에 기여하였다.[13]

달력 장사曆商賣

한편, 1808년 진자에몬은 대경사 약력大經師略曆의 보급처가 되어 시나노 일대의 유통을 장악한다. 대경사력은 교토의 대경사 후리야 다쿠미降屋內匠가 발행하고 있던 반력頒曆으로, 전국적으로 판매하는 일이 허가되었다. '약력'이라는 것은 달력의 기사를 간략하게 정리하여 한 면에 인쇄한 것으로, 저렴한 가격이라서 수요가 많았다. 약력 중에서도 기둥이나 벽에 붙여 일상의 보물로 삼는 하시라 고요미柱曆는 각 가정의 필수품이었는데, 여기서 말하는 약력은 하시라 고요미라 생각해도 좋다(실제 다카미야가 취급한 하시라 고요미가 현존하고 있다). 대경사 다쿠미가 발행한 문서 한 통을 아래에 소개한다.

> 이번에 신슈의 약력 보급소로 당신에게 그 권리를 드립니다.
> 매년 약력의 판목을 넘기는 일을 확인합니다.
> 또한 이 지역에서 해적판 발행을 시도하는 이들이 있다면,
> 엄격하게 단속하여 그 판목을 걷어 교토로 가져와 주십시오.
> 이상과 같은 보급소의 권리를 틀림없이 부탁하였음을
> 후일을 생각하며 증서를 작성합니다.
>
> 역도 어용소(曆道御用所)*
>
> 1809년 5월 19일 대경사 다쿠미 [印]
>
> 신슈 마쓰모토
>
> 다카미야 진자에몬 귀하

* 역도(曆道) : 고대 일본에서 달력을 작성하기 위해 배우는 학문(曆學)을 말한다. 음양료(陰陽寮)에서 가르쳤다.

달력은 서적 종류와는 별도의 상품이었기에 달력을 파는 것이 반드시 서점만의 일이라 한정 지을 수는 없다. 그러나 서점에서 이것을 파는 경우가 많았다. 한참 시대가 내려가는데 시나노에서 선광사의 쓰타야 반고로나 우에다上田의 가시와야 소베柏屋宗兵衛가 달력을 판매한 일이 확인된다.[14] 달력 보급을 출원하고 담당하였던 다카미야 진자에몬은 이 시기에 이르러 시나노 일대에서 달력을 유통시키는 권리(〈그림 6〉)를 가지게 되었는데, 그 유통망은 서적을 중심으로 개척된 것이다. 그렇다면 서적의 유통은 도시만이 아니라 전국 구석구석까지 넓혀가고 있던 것으로, 달력 보급 사업을 통해 그 그물코가 더욱 세밀하고 강고하게 발달해 간 것은 아니었을까.

달력 보급과 관련하여 선광사의 야마자키야 헤베山崎屋平兵衛와 주고받은 문서가 남아 있다. 이 중 야마자키야에서 보내온 문서 한 통을 소개한다.

> 대경사 제작 약력의 신슈 지역 판매에 대해 귀하에게 면허가 내려왔습니다만,
>
> 그중에 아즈미(安曇)・사라시나(更科)・하니시나(埴科)・다카이(高井)・미즈우치(水内) 이상 다섯 지역에 대해서는
>
> 판목의 중개와 보급을 맡을 수 있을지 청원하고 그에 대한 승낙을 얻어 제가 맡게 되었습니다.
>
> 수수료는 달력과 교환한 금액의 절반을 남기고, 나머지 절반을 매년 11월 마지막 날까지 반드시 지불하겠습니다.
>
> 만약 무언가 잘못이 있으면 그때는 어떻게 처리한다고 해도
>
> 이쪽에서는 일절 불복하지 않겠습니다.
>
> 그리고 대경사력의 보급소 규정도 엄수하겠습니다.

규정 이외의 일은 앞으로 반드시 상의한 후에 처리하겠습니다.

이상 이것은 후일을 위한 증명서입니다.

선광사(善光寺) 달력 보급소(暦弘所)

야마자키야(山崎屋)

헤베(平兵衛) [印]

1812년 7월

마쓰모토 달력소

경림당 진자에몬 귀하

시나노 지역 중 아즈미 · 사라시나 · 하니시나 · 다카이 · 미즈우치의 다섯 군현에 대해서는 매상에 맞춰 일정한 수수료를 부과하고 야마자키야에 달력 판매를 맡기는 내용이다. 다카미야만의 유통으로는 맞출 수 없을 만큼 수요가 증가한 것이다. 달력이라는 거의 각 집안의 필수품을 통해 개척된 유통망의 그물코는 곧장 서적의 유통망으로서도 기능하게 되었을 가능성이 높다. 마쓰모토를 경유하여 선광사로 가는 물류, 마쓰모토를 중심으로 거기서부터 중계 지역을 지나 더욱 구석구석까지 확장되는 유통망이 형성되고 있었다.

출판 · 유통의 제휴

이상에서 살핀 바, 다카미야 서점은 이즈미야 이치베 판의 지방 유통의 거점이 되었다. 「유통서점 일람기사」를 권말에 붙인 서적이 천보(1830~1843) 연간부터 급증하였음은 판본에 조금이라도 손을 댄 사람이라면 경험적으로 아는 사실이다. 이것이 서적 유통망의 전국적 규모의 정비와 지

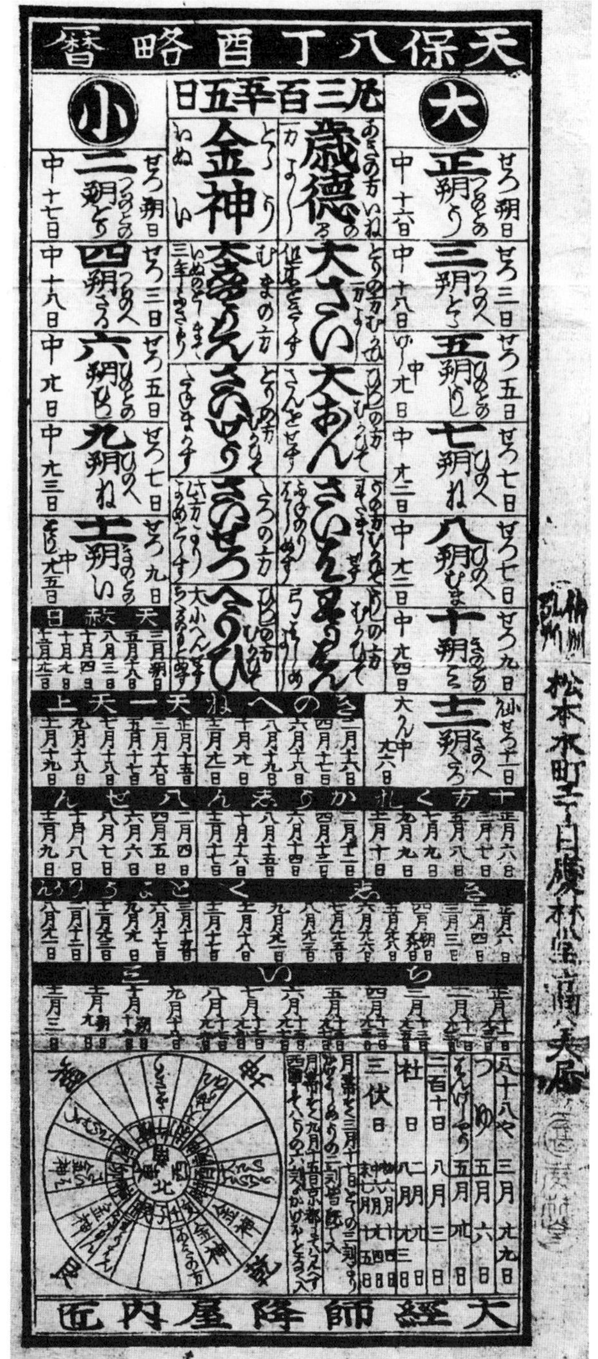

〈그림 6〉
대경사 후리야 다쿠미 판 「1837년(天保八丁酉) 약력」 －오른쪽 경계선 바깥에 '信州弘所 松本本町二丁目慶林堂高美屋'이라고 인쇄되어 있다.

방 서점의 발전을 동시에 말하고 있음은 앞서 서술한 바와 같다. 관정(1789~1800) 말기의 마쓰모토에서의 서적 유통 양상과는 비교할 수 없을 정도의 상황이 도래하였다. 이것은 마쓰모토에 한정된 일이 아닌 전국적 규모의 변화다. 다카미야의 경우를 보자면, 문화(1804~1817) 연간에 이르러 이즈미야 이치베를 비롯한 에도의 서적 도매상과 두터운 유통 경로를 확보하고, 동시에 마쓰모토 주변 지역으로 상품을 도매하는 유통의 중계 거점으로서의 역할을 담당하게 된 것이다.

호세대학 노가쿠 연구소 고잔문고본에 소장된 간년 불명의 다카미야판 관세류 요본『하고로모』·『동북』의 뒤표지 봉면에는 붉은 먹으로 날인된 매입인이 있다. 장방형으로 위에는 '書林'이라는 글자가 가로로 배치되었고, 계선으로 구분되어 그 아래에 '池田中 / 町寺岡'이라고 두 줄로 적혀 있다. '데라오카寺岡'라는 이름의 서점에 대해서는 아는 바가 없지만, 시나노 아즈미군安曇郡 이케다池田 지역의 서점에 다카미야의 상품이 공급되고 있음은 확인할 수 있다. 또한 소장본 중『다카사고』의 봉면지에는 다카토의 요시다야 가쓰조吉田屋勝藏의 매입인이 날인된 것이 있다. 장방형의 흑인으로 상부를 계선으로 구분하고 '書物 / 筆墨 / 帋類', 그 아래에 '信州高遠中畀 / 吉田屋勝藏舖'라 적혀 있다. 고서로 요시다야에 흘러 들어왔을 가능성도 있지만, 1853년 다카미야 간행『화상언풍집』전편의 간기에 비추어 볼 때 다카미야와 요시다야 사이를 연결하는 유통 경로의 존재를 짐작할 수 있다.

이즈미야 이치베(和泉屋市兵衛 : 江戸芝神明前)

하나부사 다이스케(英大助 : 同 本石町)

서　　초지야 헤베(丁字屋平兵衛 : 同 大傳馬町)

요시다야 가쓰조(吉田屋勝藏 : 信州高遠中町)

쓰타야 한고로(蔦屋伴五郎 : 同 善光寺大門町)

림　　고마스야 기타로(小桝屋喜太郎 : 同 御堂前)

우에노야 사부로스케(上野屋三郎助 : 同 上田海野町)

다카미야 진자에몬(高美甚左ェ門 : 同 松本本町慶林堂) 발행梓

데라오카나 요시다야 등은 다카미야와 같은 거점 서점이 옆에 있는 것을 상업상의 커다란 편의로 두고 성장한 서점일 것이다. 안정적인 유통 거점의 확립은 그 옆에 유통의 말단 업자를 키운다. 당연한 일이지만 유통은 시장의 형성 없이는 일어나지 않는다. 유통이 그물코와 같이 세밀하게 확장되는 일은 지방의 구석구석까지 서적 수요가 나타났다는 증거이다. 지역 안팎으로 그리고 더욱 먼 지역까지 연결되는 서적 유통의 경로가 형성되어, 그곳을 중계로 하면서 다시 세밀한 방사형의 유통망이 만들어진 것이다.

막부 말기를 향해 가면서, 시나노의 서로 다른 지역에 있는 서점들이 광역적으로 손을 잡고, 시나노 지역 내부의 유통을 상정한 출판물을 제작하기에 이른다.

『(新刻/頭書)한바쿠조頑悪儡状』는 반지본 1책의 왕래물이다. 간기는 '嘉永三年庚戌季冬吉旦新刻春風書 / 信州佐久郡 耕堂月邦著 / 同 伊那郡 彫工猿橋亭 / 書肆 同 松本 慶林堂 / 同 佐久郡 必興堂 / 同 伊奈郡 不言齋 / 藏版'라 되어 있으니, 사쿠佐久의 작자 겟포月邦의 손에서 나온 것이다. 다카마쓰 메겐高松明言의 『사라시나타고토쓰키 영更級田毎月影』 서문에 '부끄럽지만 이

책에 향기를 더한 사람은 시나노 지역을 흐르는 치쿠마가와千曲川의 궁벽진 곳, 사쿠 군의 우스다臼田에 살고 있는 불역당不易堂 겟포입니다'라고 하여, 불역당은 겟포의 당호임을 알 수 있다. 불역당 겟포는 우스다 마을 출신으로 사쿠를 대표하는 하이카이의 종장이었다. 이 책은 이나伊那의 조각공 사루바시테이猿橋亭가 판각한 것으로 이나에서 만든 서적이라 볼 수도 있다. 즉 이나의 불언재不言齋 주도로 제작되었고 사쿠의 필흥당必興堂과 마쓰모토의 경림당(다카미야 진자에몬)이 유통에 크게 관여한 것이다. 아쉽게도 불언재와 필흥당에 대해서는 미상이지만, 다음에 서술할 『기소노미치쿠사木曽之道艸』의 간기에도 나란히 이름이 나열되고 있다.

『기소노미치쿠사』 또한 겟포가 지은 왕래물로 1850년에 간행되었다. 간기는 '嘉永三庚戌年晩秋 / 信陽伊那郡 不言齋 / 同 佐久郡 必興堂 / 同 不易堂 藏版'라 되어 있으니, 불역당 곧 겟포 자신의 소장판이다. 불역당은 다카마쓰 메겐에게 화학和學을 배웠으며, 메겐의 『사라시나타고토쓰키영』의 판목 소장자이기도 하다.[15] 『(新刻/頭書)한바쿠조』와 『기소노미치쿠사』는 그의 취미와 학식 그리고 재력의 산물이다. 불언재나 필흥당 또한 어쩌면 그와 함께 풍아의 네트워크를 맺고 있는 인물들일 수 있다.

『(順禮)시나노 백번信濃百番』(중본 1책)은 시나노 일대의 사원에서 순례 백번을 선정하고 그 어영가御詠歌를 함께 수록해 놓은 것이다. 주로 시나노 한 지역에서의 수요를 상정하고 제작한 것으로 보인다. 간기에 '嘉永五壬子年(1852) / 冬十月出板 / 書林 / 信州松本本町二丁目 高美屋甚右衛門* / 同善光寺 蔦屋伴五郎 / 同伊那郡版木所 丸中重治兵衛'라고 된 것처

* 高美屋甚右衛門은 高美屋甚左衛門의 오기이다. 원본의 인용 자료에 나타난 오기이기에 그대로 살려 쓴다.

럼, 이나의 마루나카 주지베丸中重治兵衛의 출판물이다. 직함에 '이나군 판목소伊那郡版木所'라고 하였으니 곧 판목상일 것이다. 유통에 능숙하지 않은 마루나카 주지베가 시나노 지역 서적 유통의 가장 큰 서점이었던 마쓰모토의 다카미야 진자에몬과 선광사의 쓰타야 한고로 이 두 서점과 제휴하여 시나노 일대의 유통을 기획한 것이다.

『온타케교御岳經』는 간년 미상이지만, '書林 / 信州松本本町二丁目高美屋甚右エ門 / 同 善光寺 蔦屋伴五郎 / 同 伊那郡版木所 丸中重治兵衛'라는 간기가 있다. 온타케御嶽 신앙은 일본에서 넓은 범위에 걸쳐 있어, 『온타케교』의 수요는 시나노에 한정되지 않는다. 다카미야 진자에몬의 유통 세력은 시나노 제작의 출판물이 나타날 수 있는 배경이 된다.

설석도인雪石道人이 1854년에 발행한 「만세교유경万世教諭鏡」이라는 한 장짜리 인쇄물이 있다. 포장 안에 '농공상 필독서農工商必讀書 / 양약 시쓰케카타良藥躾方 전권 삽화 대여료 은1문 / (광고문) / 호라이당 장판ほうらい堂藏板', '書林 京都寺町通 山城屋佐兵衛 / 大坂心齋橋 秋田屋太右衛門 / 江戶馬喰町 菊屋幸三郎 / 信州松本 高美屋甚左衛門 / 信州松本 藤松屋禎十郎 / 同上田 上野屋三郎助 / 同善光寺 蔦屋伴五郎 / 同高遠 吉田屋勝藏'이라는 간기가 있다. 자신이 지은 『양약 시쓰케가타』의 광고를 함께 넣어 제작한 것이라 생각된다. 『양약 시쓰케가타』는 약방문을 흉내 낸 교훈서로, 간기에 '信陽 雪石道人 著 / 蓬萊堂 藏版 / 書肆 江戶馬喰町二丁目 菊屋幸三郎'라고 되어 있다. 에도의 기쿠야 고자부로菊屋幸三郎가 주문한 것이다. 시나노는 물론 각 지역에서 상당히 발견되는 판본으로 다수 발행되었던 것으로 보인다. 「만세교유경」과 같은 경로의 유통이라고 간주해도 좋을 것이다. 「만세교유경」의 간기를 통해 살필 수 있는 것처럼, 마쓰모토・우에다・선광사・다카토와 같이 거점이 되는 서점을 유통서점으로 하여 시나노 일대를 망라하는 유통을 계획하고 있었다. 뿐만 아니라, 기쿠야 고자부로의 유통망을 경유하여 교토와 오사카로의 유통도 꾀한 것으로 보인다.

4. 시나노 지역 서점의 번성

마쓰모토와 선광사, 우에다 등 주요 도시들에 서적 유통망의 거점이 성립되면서, 삼대 도시나 나고야로부터의 두터운 회로가 형성되었다. 그리고 그 유통에 기댄 지방의 서적 수요 증가를 배경으로, 서점과 서적의 유통에 관여하는 상인이 번성하였다. 시나노 한 지역을 중심으로 에도 시대부터의 서적 영업을 확인할 수 있는 상인들을 개관하기로 한다.(지쿠마筑摩 군에 대해서는 앞서 마쓰모토의 상점을 열거한 이외에는 센바숙洗馬宿의 '스기마루杉丸'라는 세책 영업상이 확인될 뿐이므로 생략한다.)

미노치군水內郡

이즈미야 이치베 판 왕래물에 유통서점으로 비교적 이른 시기부터 이름을 나란히 했던 선광사 다이몬초大門町의 향영당向榮堂 쓰타야 반고로는 「1804년 정월 시라시나군 오카다 마을 데라자와가 장서목록更級郡岡田村寺澤家藏書目錄」(1817년 메모도 있음. 『長野市史』 13 「資料編 近世」에 수록)에 '『대극도설』 4권 / 이는 서림 쓰타야 반고로 님께 반납'이라고 하여, 1804년 이전에 창업되었음이 확인된다. 『선광사 여래약연기善光寺如來畧緣起』 1832년 재

판본 간기에 '1795년 12월 출판 / 1832년 정월 재판 / 신슈 선광사信州善光寺大門町 / 쓰타야 한고로'라고 하였다. 1795년(관정 7)판은 보지 못했지만, 이 간기에 따르면 관정 7년에 『약연기略緣起』의 출판이 있었다는 사실이 된다. 여기는 본래 약연기나 경내도를 파는 선광사 마을의 기념품점이었다. 뒤에서 서술할 고마스야 기타로小桝屋喜太郎나 다른 선광사 마을의 서점도 마찬가지이지만, '선광사'라는 굴지의 '관광지'에 생긴 서점이었다. 경내도나 약연기 이외에 「삼국전래 그림三國傳來之圖」이나 「소에 이끌려 선광사를 참배하는 그림牛に引かれて善光寺參り圖」 등 다양한 기념품용 인쇄물을 출판하였다. 후발 업자의 인쇄물은 거의 쓰타야 반고로 판의 모방판이었다. 유통과 관련해서도 다카미야 진자에몬 다음으로 시나노의 중심 서점이다. 여러 서적의 「유통서사일람」에 이름이 나오고 있으며, 매입인이 날인된 서적도 다수 발견된다.

고마스야 기타로 또한 쓰타야 반고로와 마찬가지로 본래 선광사 마을의 기념품상이었다. 1853년 다카미야 진자에몬 간행의 『화상언풍집』「전편」의 간기에 이름이 있어, 이 시기에 이미 영업하고 있었음을 짐작할 수 있다. 쓰타야 반고로와 함께 점차 이 지역의 유통서점이 되었으니 오늘날의 니시자와 서점西澤書店이 그것이다.

『다키자와가 방문왕래 인명부瀧澤家訪問往來人名簿』(향화 2년(1802)부터)에 '선광사 간제키초岩石町 서림 구루구루테이狂々亭 미야키躬秋 서점 세에몬淸右衛門 귀하'[16]라 하였으니, 그 영업은 확인되지 않지만 19세기 초엽에 이와 같은 서점이 있었다는 사실만은 확실하다.

인룡당仁龍堂 하나카와 신스케花川眞助는 『(名所畵入)도중기道中記』, 「(문구/개정)시나노쿠니 안내전도信濃國細見全圖」, 「해륙도중도회海陸道中圖繪」, 「(甲越)가와나카지마갓센진토리川中嶋合戰陣取 지리 안내도地理細見圖」를 출판한 서점이다. 후에 미카미 신스케三上眞助라 불리며 명치 연간에 이르기까지 다수의 서적을 출판하고 세책 영업을 하였다.

마쓰키야 구니헤松木屋國平는 나가노 현립 역사관 소장의 『고문효경』(1851년 고바야시 신베 재판)의 간기 부분에 '善光寺横町 / 書肆 松木國平'라는 인문의 매입인이 보인다.[17] 니와 겐지丹羽謙治 씨 소장의 『에혼 가타키우치코조덴敵討孝女傳』 날인의 '善光寺横町 / かし本印 / 書林 松木店'이라는 세책인도 같은 서점의 것이라 생각되니, 세책 영업도 하였을 것이다.

이이야마飯山에도 후루키야古着屋라는 서점이 있었으니 '信州㊥飯山 / 古着屋 / 本町'라는 인문의 세책인을 소장본 『오쿠보 무사시아부미大久保武藏鐙』 23책에서 확인할 수 있다.

하니시나군埴科郡

마쓰시로松代의 하마야 다메키치浜屋爲吉는 명치 연간에 이르러 유통서점으로 여러 서적에서 이름을 발견할 수 있는 서점인데, '玉壺堂 / 松代紺屋町北側西入口 浜屋爲吉'라는 인문의 세책인도 확인할 수 있어(후지사와 다케시藤澤毅 소장 『(秋葉/靈驗)에혼 금석담繪本金石譚』 전편 권1), 에도 시대부터 이미 서적과 관련된 영업을 하였을 가능성을 엿볼 수 있다.

마찬가지 마쓰시로의 미노야 요자에몬美濃屋與左衛門은 1841년 봄春·물고기魚·매鷹 쓰키나미카이부레月並會觸(월례회 광고) 「옥구 도도케쇼玉句屆所」에 '마쓰시로 서점 미노야 요자에몬'이라고 하였다.[18] 『(安政/改正)연수 하야미年數早見』를 출판한 미노야 요헤美濃屋與兵衛도 같은 집안일지 모른다.

다카이군高井郡

『오이노나미老のなみ』의 간기에 '오이노나미老の浪 각성刻成 / 하이카이 백세초俳諧百世草 仝 / 동 추가同追加 근각 / 시가집 仝 / 1849년嘉永二年酉 9월菊月 발행 / 서림 취석정醉石亭 신요 스자카 나카마치信陽須坂中町 사도야 헤몬佐渡屋兵右衛門'이라고 하였다. 다른 책의 영업을 확인할 수는 없지만 스자카의 사도야 헤몬 또한 가영(1848~1853) 연간에는 '서점'이라 칭하기에 충분한 영업을 하고 있었다.

나가노에는 히라노야 쓰네시치平野屋恒七가 있어, 구판본이기는 하지만 『만보 고조소로에 문감万寶古状揃文鑑』이나 『(신판/대자)소식문장消息文章』을 출판하고 있다. 유통서점으로서 이름을 확인할 수 있는 것은 1873년 간행의 『나가노 신보長野新報』부터지만 서적 영업은 에도 시기에 이미 하고 있던 것이다.

지이사가타군小県郡

우에다 운노마치上田 海野町에 감고당酣古堂 고즈케야 사부로스케上野屋三郎助라는 서점이 있었다. 1825년 하나야 규지로 간행의 『(諸國/道中)상인감商人鑑』에 '本齋藤 세책 여러 가지かしほんいろ々 / 書物東錦繪 / 繪本卸小賣 / 감고당 / 신슈 우에다 운노마치 / 고즈케야 사부로스케'라는 광고가 게재되었다. 우에다에서는 오래된 서점으로, 현재 확인할 수 있는 대본인이나 매입인을 통해 볼 때 통속서 중심으로 영업하였다고 추측된다. 다카미야 집안에 나가우타책의 집책集冊이 있는데, 그중 『상생사자相生獅子』의 표지에 '정자井字' 형태의 매입인 '本 信上田 / 上三仕入'이 날인되어 있다.

같은 집책 중의 『월설화 나고리노분다이月雪花名殘文台』에는 '(上田)小松

左仕入'이라는 매입인이 날인되어 있다. 이 서점은 매입인 이외에 그 영업을 알리는 자료가 없다.

출판을 하거나 「유통서사 일람기사」 등에 이름이 올라 있는 서점은 어느 정도 광역적인 유통에 참여하며 지역에서도 유통의 중심 역할을 수행하고 있었지만, 매입인만으로 영업을 판별할 수 있는 서점들은 소매상이거나 부업으로 서적상을 하고 있던 곳이 대부분일 것이다. 고서적도 다루었기에 상품에 쇼모쓰도 섞여 있었겠지만, 대부분의 상품은 바사쓰薄冊의 통속서류였다고 생각된다. 실제로 그와 같은 서점의 매입인이 확인되는 책은 발췌본이나 나가우타책 종류가 많았다.

이즈미야 이치베 판의 사례에서 살핀 바, 왕래물 등 교육용 서적이 막부 말기에 지방의 서적 유통망을 정비해 간 가장 유력한 상품이었지만, 그에 앞서 이러한 음악 관련 책자들도 나름대로 서적 유통망 확충의 첨병 역할을 수행하였던 것이다. 그 유통은 일상 잡화 등과 유통망을 공유하면서도 일찍부터 시작되어 지방의 구석구석까지 보급되었던 것으로 짐작된다.

백창당柏昌堂 가시와야 소베柏屋宗兵衛 또한 우에다 운노마치에서 오랫동안 영업하고 있었다. 구판이기는 하지만 직접 책을 출판한 흔적도 확인된다.(『文溪古状揃永代寶』) 앞의 집책 중 두 점, 『메오토마쓰타가사고단젠女夫松高砂丹前』(富士屋小十郎・伊賀屋勘右衛門版)・『오소자쿠라데니하노나나모지迂櫻手葉七文字』(澤村屋利兵衛・大黒屋金之介版)에 '(上田/書林)柏宗'이라는 매입인을 확인할 수 있다. 유통서점으로 1873년 간본까지 관여한 것을 확인할 수 있는데 그 이후의 영업 흔적은 발견되지 않는다.

우에다의 아부라야 긴고로油屋金五郎는 『가네노와라지』 13편(1820년 서문)에 가게 모습이 묘사되었다. 노렌에 '잡화류小間物類 / 서림 회초지繪草紙

/ 아부라야 긴고로'라고 하였으며, 안쪽에는 계산대, 그리고 손님을 상대하는 가게의 주인과 점원이 그려져 있다. 오자키 유키야尾崎行也의 논고에[19] 이와시타岩下 마을의 서당 선생 오자키 기헤 앞으로 기름상油屋 긴고로金五郎가 보낸 청구서와 영수증이 소개되어 있다. 이 자료는 1860년의 것이라 추측되며, 그해 정월부터 7월까지의 자세한 항목을 붙인 청구서이다. 맨 앞에는 '정월 5일 84문 천하다방天下茶や / 정월 18일 21책 세책 비용見料'이라고 하여, 세책 영업도 하고 있었음을 알 수 있다. 그 외로는 종이끈水引 · 백분白粉 · 이쑤시개楊枝 · 치약歯磨 · 상투끈元結紙 · 교과서手本書 · 우엉씨牛蒡種 · 시모무라 기름下村油 · 부싯돌火打 · 붓筆 · 부채團扇 등 일용품이나 잡화의 거래가 대부분을 차지하고 있다. 오자키는 '기름상은 단순히 문구점이나 잡화점 혹은 서점이라는 업종에 분류할 수 없으니, 그것들을 주요 상품으로 하면서 고객의 수요에 응하여 잡다한 상품을 취급하는 종합 상점을 운영하던 것으로 보인다'라고 정리하였는데, 이는 충분히 그럴 수 있다. 또한 하나부사 분조英文藏 판『정훈왕래』의 권말에 실린 청운당 하나부사 분조 제조 천하일방 등용환天下一方登龍丸의 광고에 '同(信濃)上田ふみ入 아부라야 긴고로'라 하여, 약 종류도 판매하였음을 알 수 있다. 소장본 중에 '1851년 신해 7월 길일 얻음 / 주인 아라이 분노스케荒井文之助'라 적힌 것이 있어 이 광고가 그 이전의 것임이 증명된다.『후지미백도富士見百圖』(1859년 에라쿠야 도시로永樂屋東四郎 판본)에도 유통서점으로 이름이 실려 있다.

이나군伊那郡

선광사의 쓰타야 반고로의 출판물『선광사여래 약연기善光寺如來畧緣起』는 여러 판으로 거듭 제작되었다. 신슈 대학 소장본은 1847년 삼각본인데

(간기 '1795년 12월 출판 / 1832년 정월 재판 / 1847년 6월 삼각 / 信州善光寺大門町 / 쓰타야 반고로'), 거기에 '書物 / 筆墨 / 帋類 信州高遠中界 / 吉田屋勝藏舗' 이라는 매입인이 날인되어 있다. 1853년 다카미야 진자에몬 판 『화상언풍집』 전편이나, 「만세교유경」(1854년, 봉래당 설석蓬萊堂雪石 장판)의 간기에 유통서점으로 이름이 실려 있음은 이미 다룬 바 있다.

다카토의 후지야 야오에몬藤屋八百右衛門이 다카미 집안 소장 『1808년 (제국)용부명단』에 '同國高遠 / 伊藤 藤屋八百右衛門殿'이라고 기재되어 있음은 앞서 다루었다. 이를 통해 1808년에는 영업하고 있었음을 알 수 있다. '高遠鉾持町 / 藤屋八百右衛門 仕入'이라는 인문의 매입인이 있어 서점 영업을 한 사실도 확인된다. 신슈 대학 소장 『화한산법대성和漢算法大成』(1743년, 오카다 사부로우에몬岡田三郎右衛門 판), 소장본 『정훈왕래』(가영(1848~1853) 연간 간행, 하나부사 분조 판), 『고문진보』(혼야 규베本屋久兵衛 판)에서 확인된다. 그 외로 하나부사 분조 판 『정훈왕래』(가영 연간 간행)에 붙은 「천하일방 등용환」 광고에 '신슈 다카토 후지야 야오에몬'이라고 기재된 점에서, 약 종류도 판매하며 근세부터 영업하였음을 확인할 수 있다.

『호코지ほこぢ』는 1802년에 현지에서 발행된 노래책이다. 그 간기에 '오른쪽의 노래 일부는 내가 신의 은총이 내리기를 기원하며 짓기를 마쳤는데, 비록 문장의 뜻이 장章이 되지 못하고 노래가 곡이 되지 않았으나 서점상의 수요에 응하여 간행하였다. 장차 조롱을 면치 못할 것이다. 1802년 정월 길단吉旦 / 矢野正直 編 / 조공彫工 池田宜興 / 유통소 信州高遠 마키야 마고하치로槇屋孫八郎'라 하였다. 마키야 마고하치로가 '서점'이었던 확증은 없지만, 책도 상품으로 취급하였을 가능성이 있다.

이다에서는 앞서 다룬 바, 마쓰다야 고로시치松田屋五郎七가 다카미 집안 소장 『(제국)용부명단』에 '책'의 항목으로 기재되었다.

이다에는 문창당文昌堂 주이치야 한시로十一屋半四郎라는 서점도 있었다. 『(山陽/藤城)이가대책二家對策』(1871년 序, 万屋東平版), 『(布令/必携)신문자인新聞字引』(1872년, 동판), 『신비신문信飛新聞 제7호』(1873년, 知新社) 등 명치 초기부터 유통서점으로 여러 서적에 이름이 보인다. 확증은 없지만 에도 시기부터의 서점이었음은 틀림없다.

나가토모 치요지長友千代治의 『근세 세책방 연구近世貸本屋の研究』(東京堂出版, 1982)에는 '本 信飯 / 紙源 / 知久平', '信本州 / 下伊那 / 紙源 / 知久平', '書林 信州飯田 / 紙屋 / 知久町一丁目'이라는 인문의 대본인이 소개되어 있다. '종이상 미나모토 무엇紙屋源なんとか'이라는 서점이 이다 치쿠마치 잇초메飯田知久町一丁目에서 세책 영업을 하고 있던 것이다.

스와군諏訪郡

스와諏訪의 에비야 기요지海老屋喜代治는 명치 시기에 이르러 출판 사업도 벌이는 등 스와 지방을 중심으로 다방면의 상업을 펼친 서점이다. 아마도 에도 시기부터의 서적상이었을 것이다. '書林 信州 上諏訪 / 恵備屋喜與治 / 桑原町'라는 인문의 매입인을 소장본 도키와즈부시 연습책常盤津節稽古本 『아카네조메노나카노카쿠레이茜染野中隱井』(사카가와 헤지로坂川平四郎 판)에, 또한 '上諏訪 / 㐂 恵備屋 / 桑原町'이라는 원형의 매입인을 소장하던 발췌본 『요시쓰네 센본자쿠라 스시야노 단義經千本櫻すしやの段』(가시마야 세스케加島屋清助 판)에서 확인할 수 있다.

시로키야 젠에몬白木屋善右衛門 또한 가미스와上諏訪의 서점인 것 같은데, 이곳 또한 매입인을 통해서만이 그 영업 사실을 확인할 수 있다. '小間物

/ 本類 / 上諏訪桑原町 / 白木屋善右衛門 / 西側曲之手角'이라는 인문의 매입인(소장본, 伊勢屋喜助版『本朝廿四孝 四ノ切』 날인)으로부터 추측하건대, 일용품과 통속서류를 함께 취급하던 가게라 짐작된다.

'書林 / 上諏訪桑原町 / ㊞ 升屋庄助'라는 인문의 대본인을 국문학연구자료관 소장의 『슌칸소즈시마 모노가타리俊寬僧都嶋物語』나 소장본 『신쇼타이코키眞書太閤記』 12편에서 확인할 수 있다. 『슌칸소즈시마 모노가타리俊寬僧都嶋物語』에 첨부된 광고지에,

책 종류(本類) : 繪草紙 にしきゑ / 御經地 折本

화한 필・묵・종이류(和漢筆墨紙類)

전차(御煎茶) : 諸國名産 / 取次仕候

주머니(御ふくろ物) : 切地 印傳 / 紙御好次第

담뱃대(御きせる) : 大坂 四ッ橋 / 江戸 地張

기자미 다바코(刻たばこ) : 諸國名葉 / 取次仕候

금속 제품(万御金物品々)

[그림]

대공 도구류 상품(大工道具類品々)(表)

불구류 상품(佛具類品々)

면도기(かみすり請合)

낫(地出來鎌請合)

맹장지 종류(から紙引手釘隠るい)

표구 종이(御表具切地帋るい)

견직물(繪きぬふるひ絹品々)

허리띠 종류(柄糸下ヶ緒腰帯類)

양초(生掛らうそく)

만병통치약(万能奇功油) : 諸の腫物やけど/きりきずの妙藥

[점포 앞 그림]

㊄ 信州上諏訪桑原町 / 호월당湖月堂 마스야 쇼나이舛屋庄内

라고 하였는데, 마스야 쇼스케升屋庄助와 마스야 쇼나이升屋庄内는 같은 집안일지도 모른다. 약이나 일용품 등을 판매하면서 동시에 세책업을 하였을 것이다.

가미스와의 오사카야 주지로大坂屋忠四郎는 '書林 ㊄上諏方角間町 / 大坂屋忠四郎'라는 인문의 매입인을 통해 서점 영업이 확인된다. 동서문고東書文庫 소장본 『만상회선왕래万祥廻船往來』(1823, 야마구치야 토베山口屋藤兵衛 판)와 마쓰모토 시립 중앙도서관 마쓰바라松原 문고 『노자도덕진경老子道德眞經』(1769 간행)에서 확인할 수 있다.

사쿠군佐久郡

우스다臼田의 도미다야富田屋 요다 기사부로依田儀三郎는 1857년의 서문이 있는 『훈유동기집熏猶同器集』을 출판하였다. 명치 시기에 이르러 여러 서적에 유통서점으로 이름이 실리는 등 이 지역 서적 유통의 거점으로 주목되었다. '信州臼田富儀仕入'라는 매입인이 관동 단기대학 마쓰다이라松平 문고 소장 『(세키토리누레가미關取濡髮/나토리노 하나레고마名取放駒)후타쓰초초쿠루와 일기雙蝶蝶曲輪日記』(1749년 간행, 山本九菓亭・玉水源治郎・紙屋與右衛門・今井七郎兵衛・松本平助他版)에 날인된 점을 보면,[20] 에도 시대부터 이미 통속서류의 유통에 관여하였다고 짐작된다.

『가네노와라지』 13편(1820년 서문)에 고모로小諸의 쓰타야 히코지로蔦屋彦次郎 상점의 모습이 그려져 있다. 노렌에 '쇼모쓰 에조시書物ゑぞうし / 잡화류小間もの類 / 御□□ / 쓰타야 히코지로蔦屋彦次郎', 노렌에 '쓰타야つたや' '쓰타야蔦屋'라고 적혀 있으며, 가게 앞에 상자형 간판이 있고, 가게 안의 토방土間에는 건어물이 쌓여 있다. 그 외로 서적 영업을 확인할 수는 없지만 『가네노와라지』는 현지를 직접 방문하여 목격한 사실적인 모습을 그리고 있기 때문에, 이것 또한 실제로 있던 상점이라 볼 수 있다.

같은 지역인 고모로의 오야마 이시조小山石藏에는 1822년 간본 『(邊土/民間)자손번창데비키구사子孫繁昌手引草』의 출판이 확인되는 것 이외로, 『회중중보기懷中重寶記』(1850년, 오카무라 쇼스케岡村屋庄助 판) 등 가영 연간부터 명치 초년대에 걸쳐 간본의 유통서사로 그 이름이 확인된다.

고야마 구로베小山九郎兵衛의 매입인은 '信㊈州 小諸 / 小山 / 荒町'라는 인문으로, 소장본 『만물명수왕래万物名數往來』(文政 간행, 모리야 지헤 판)에 날인되어 있다. 에도 오사카야 한조江戸大坂屋半藏 본가의 「(秘方)준호환じゆんほ丸」의 유통서점으로서 『기쿠노이 조시菊埜井双紙』 등의 부록 광고에도 이름이 보인다. 1883년의 전단지에는 '화한양 서적 서양 물건 / 잡화 주머니 포목류 / 현금㊈ 신슈 고모로 마을信州小諸町 / 정찰正札 고야마 구로베小山九郎兵衛'(「明治十六年略曆」 付)라며 일용품과 주머니, 면직물 종류 등의 취급 상품이 나열되어 있는데, 이것들 또한 근세 시기부터 취급되었을 것이다.

촌락의 서적 수요

다카미야 진자에몬은 『도시노오타마키』에 '최근 배움의 길이 크게 넓어져, 이 마을에 내가 처음 서점을 열었다'라며 1816년에 이 문장을 쓸 당시의 감개를 적어두고 있다. 문화 연간 후반에 눈에 띄는 상황의 변화를 실감했음에 틀림없다. 진자에몬은 '서점 일가를 이룬' 일이 가능한 이유를 '최근 배움의 길이 크게 넓어진' 점에서 찾고 있다. 1793년에 마쓰모토 번교 숭교관崇敎館이 개교하여 번교 교육이 충실하게 이루어졌다. 이에 따라 번사들의 서적 수요가 확실히 증가하였지만, 진자에몬이 말한 '배움의 길'이 이것만은 아닐 것이다. 마쓰모토 마을 사람들의 교양의 향상이나 오락용 도서의 보급 그리고 풍류문사의 유행 또한 다카미야 번성의 커다란 기반이었음에 틀림없다. 그러나 시나노 일대에 훨씬 이전부터 넓어지던 유통망의 형성을 생각하면, '배움의 길이 크게 넓어졌다'는 말을 실감하는 것은 성하 마을의 상황만이라 생각하기 어렵다.

나카조 다다시치로中条唯七郎라는 인물이 쓴 『견문집록見聞集錄』의 기사는 이와 관련하여 생각할 수 있다. 그는 1773년에 하니시나埴科 군 모리무라森村의 평범한 서민 집안에서 태어났다.(1849년 77세 사망) 분가分家의 사람이었던 그는 경영이 파탄된 본가를 다시 부흥시키고 1826년부터 3년간 촌장名主으로* 일하기도 하였다. 그는 1845년에 40년간 꾸준히 써온 일기를 정리하여 『견문집록』을 편찬하였다.[21]

「근래 소독 유행의 일近來素讀流行の事」이라는 조목이 있는데, 1779년에 돌아가신 부친 이소고로 모신磯五郞孟辰의 '요미모노讀物'(소독을 말함)에 대해서

* 나누시(名主) : 에도 시대 촌락의 우두머리로서 마을을 총괄하여 다스렸다.

'이 마을 사람들 중 독서가라 할 만한 사람은 모신孟辰이 처음이다. 그 또한 끝까지 전부 읽지는 못하고 사서와 『당시선』의 발췌본 정도를 읽는 정도였다'라고 적고 있다.

다다시치로는 21세가 된 1793년즈음부터 『화한낭영집和漢朗詠集』을 읽기 시작하였다.

> 21세가 된 해의 7월, 선생님께 부탁하여 『화한낭영집』을 읽었다. 당시 이 마을에는 『화한낭영집』 상하 2권을 모두 갖고 있던 사람이 없었다. 그저 선생님 댁에 주석이 붙은 책이 있을 뿐이었다. 그 이외에는 우리 본가에 상권이 있고 사카이리(坂入)의 사카이 규고로(笠井久五郎) 집에 히라가나를 표기한 하권이 있을 뿐이었다. 무슨 판본인지 따지지 않고 이 마을에 전하는 책을 보면, 『고장전』·『정훈왕래』·『어성패식목(御成敗式目)』·『실어교동자교』라는 왕래물밖에 없다. 요미혼인 군서(軍書)류 같은 읽을거리 또한 『다미야 보타로(田宮坊太郎)』·『시가다이단시치(志賀台團七)』와 드물게도 거질의 책인 『경안태평기(慶安太平記)』 이외로는 아무것도 없었다. 여기서 당시의 상황을 짐작할 수 있다. 우리 본가에는 『오다마키 강목(をだまき綱目)』 상하·『개운록(開運錄)』·『유이 근원기(由井根源記)』·『집의화서(集義和書)』·『군법극비전서(軍法極秘傳書)』·『신장기(信長記)』 그리고 사서(四書)가 낙질로 있는 정도일 뿐이었다.

그 당시 촌락의 서적 문화 환경을 잘 알 수 있다. 그 즈음 마을에는 '당시 이 마을에는 『화한낭영집』 상하 2권을 모두 갖고 있던 사람이 없었다. 그저 선생님 댁에 주석이 붙은 책이 있을 뿐이었다. 그 이외로는 우리 본가에 상권이 있고 사카이리의 사카이 규고로 집에 히라가나를 표기한 하권이 있을 뿐이었다'라는 정도로 서적이 충분치 않은 상황이었다. '무슨 판본인지 따지지 않고 이 마을에 전하는 책을 보면, 『고장전』·『정훈왕래』·『어성패식목』·『실어교동자교』 뿐이다'라 하여 왕래물은 약간 있지만, '요미혼인 군서류 같은 읽을거리 또한 『다미야 보타로』·『시가다이단시치』와 드물게 거질의 책인 『경안태평기』 이외에는 아무것도 없다'라는 상황이었다. '보타로'는 다미야 보타로에 대한 필사본 소설, '시가단시치' 또한 시가다이 단시치를 주인공으로 한 소설일 것이다. 유이 쇼세츠由井正雪의 사례를 소재로 한 『경안태평기』는 구가舊家의 장서에 자주 발견되는 비교적 많이 전하는 필사본이다. 즉 오락과 교양을 위한 독서의 재료가 부족하던 시대에, 이 마을은 독서의 습관도 부족하였던 것이다. 다다시치로 본가의 장서라고 하여도, 손가락으로 셀 수 있을 정도의 장서밖에 없었다.

그는 1794년 22세가 되었을 때, 가시와라 주센柏原壽泉이라는 의사를 스승으로 삼고 15세에 중단하였던 사서의 소독을 다시 배우기 시작하였다.

> 내가 22세가 되던 해, 다시 사서의 소독을 시작했는데 그런 일을 하는 사람은 내가 유일했다. 이 해에 매월 3일과 7일을 소독 수업일이라 정해 놓고 가시와라 선생님께 나아갔다. 처음에는 마을 사람들이 종종 말하길 '너는 승려가 될 생각이냐, 아니면 의사가 될 작정이냐'라고 하였다. 이즈음 가시와라 선생님은 의사로서 평판이 높아 시간이 없었다. 3일과 7일만 수업일로 정한 것도 의사일로 바쁜 데다가 나처럼 선생님께 배움을 청한 이들이 늘었기 때문이다.
>
> 한편 전에는 '승려가 될 것이냐, 의사가 될 것이냐'라며 나를 비웃던 사람들도 점차 앞을 다투어 입문하기 시작하였다. 제일 처음은 나였지만 다음으로

오쿠사부로(奧三郞)가 입문하여 『고장전』을 읽었다. 그리고 『정훈왕래』 등도 읽었는데, 그와 같은 소독 초보자들의 수업은 다른 날에 하였다. 그런데 날이 갈수록 늘어나 가사이 도미에몬(笠井富右衛門) · 나카조 규베(中条久兵衛) · 구시마 구마조(九島熊藏) · 오카다 가쿠베(岡田角兵衛) · 미야오 한지로(宮尾半次郞) 등도 입문하였다. 나중에는 임시 고용인들에게도 아랫방에서 밤에 글을 배우는 것을 격려할 정도로 학문이 유행하기 시작하였다. 처음에는 자기들 수준에 『고장전』 · 『어성패식목』 · 『정훈왕래』 등이 너무 어렵다고 말하던 이들도 점차 사서와 『고문진보』 등을 소독할 수 있는 정도로 학문이 진전되어, 수업을 하는 밤이 짧다고 탄식하기도 하였다. 나중에는 모두가 소독을 해야 한다고 생각할 만큼 크게 유행하여 홍정사(興正寺)의 쓰킨(通芹) 등과 함께 장소를 가리지 않고 소독만 할 수 있다면 그것으로 충분하다고 할 정도가 되었다.

그 후 점점 이웃 마을까지 널리 퍼져 어디든 마찬가지로 그와 같이 유행하였다. 이는 결코 우리 마을만의 공이 아니다. 하늘의 기운에 따라 세상이 변화하였는데 그 시작이 우리 마을이었던 것뿐이다. 벼 한 줄기가 다른 벼 보다 먼저 익었다고 해서 그 한 줄기 벼의 공이 크다고 할 수 없는 것과 마찬가지다. 잎사귀 하나가 먼저 단풍이 들었다고 해서 그 잎사귀가 그 나무에 공이 크다고 할 수 없는 것처럼, 하늘의 기운이 우연히 가장 먼저 내려온 것, 즉 천명이 우리 마을에 가장 먼저 내려왔을 뿐 결국은 모두 똑같은 모습이 될 것으로, 단지 우리 마을에서 처음 시작한 것에 불과하다.

당시 소독을 배운 것은 이 마을에서 다다시치로 한 사람뿐이었다. 그러한 그에게 '처음에는 마을 사람들이 승려가 될 것이냐, 의사가 될 것이냐'라고 비웃을 정도였다고 한다. 그러나 그를 괴짜로 취급하였던 사람들도 점차 '나도 나도 하며 배움에 입문'하게 된다. 그 후에는 '수업을 하는 밤이 짧다고 탄식하며 점차 모두가 소독을 배워야 한다고 생각할 만큼 크게 유행'하게 된다. 또한 그것이 이 마을뿐만이 아니라 '점점 이웃 마을에까지 퍼져 나가 모두가 함께 그 열기에 동참'하기에 이른다.[22]

다다시치로는 옛날과 비교하며 다음과 같은 일도 적고 있다.

> 예전에는 이 마을에 글을 모르는 이들이 많았다. 그러던 것이 지금은 글을 모르는 이가 없다. 다만 옛날 노인들 중에는 여전히 글을 모르는 이들이 있다. 그러나 최근에는 하이카이나 와카, 회화 혹은 소독・서예・전각・꽃꽂이 등의 여러 예술 분야에 뜻을 둔 사람들이 많아졌다. 홍정사의 지예상인(智誉上人)이 아직 벤잔사(弁山師)였던 시절에는 다도와 역학 그 외로 음양도(陰陽道) 등을 배우는 사람이 있을 뿐이었다. 1828년 8월 28일까지는 '하이카이라는 것은 도대체 무엇이냐'라고 말할 정도로 하이카이에 대해서도 몰랐다. (…중략…) 그때부터 점차 하이카이는 물론, 그 밖의 어떠한 예술이라도 배우게 되었다.

이 책을 편찬하는 중간에도 비슷한 감회를 종종 느꼈던지 다른 곳에서도 다음과 같이 적고 있다.

> 근년 이 마을 주변의 사람들은 똑똑하고 고상해졌으니 예전과 비교하면 천지 차이이다. 옛날에는 글자를 모르는 이들이 많았다. 그러나 최근에는 노래・하이케이・꽃꽂이 등 예술을 즐기지 않는 이들이 없다. 또한 농민과 같이 신분이 낮은 사람들이라도 불교와 신도(神道), 의술 그 외로 어떤 학문이든지

마을 사람들이 전부 모이면 부족한 분야가 없었다. 이 일은 1846년 7월 3일 오카모리 사켄타(岡森佐元太)가 있는 곳에서 이야기했던 것으로 당시 나는 48세였다. 한편 우리 마을은 주변에서도 손꼽히는 수준 높은 마을이었다. 그럼에도 불구하고 아직 마을에는 글자를 모르는 노인들이 4명이나 있었다. 예전에는 모두 글도 모르고 무식한 것이 당연했다. 내가 사서 등을 가르치기 시작해 마을 사람들이 똑똑해진 것은 최근의 일이다. 예전에는 노래책을 구하러 선광사의 서점에 가서 물어봐도 서점조차 그 책의 이름을 알지 못할 정도였다. 가끔 사람들 중 한 명이나 세 명 정도가 그와 같은 책을 구하고 싶으면 교토까지 가서 직접 구입하는 수밖에 없었다. 그러나 최근에는 (이 곳에도) 어떤 책이건 물어보기만 하면 대부분 갖춰 놓았고 재고가 없는 경우는 곧장 교토의 서점에 주문하여 가져올 정도로 (책의 유통이) 자유롭게 되었다.

이러한 변화는 다다시치로 한 사람만의 감회가 아니었다. '옛날에는 모두 글자도 모르고 무식한 것이 당연'했던 것이, 1846년의 시점에는 '지금은 글자를 모르는 사람이 없다'라고 단언할 정도의 상황이 되었다. '글자를 모르는無筆' 것으로부터의 탈피를 계기로, 마을의 문화文華는 다양하게 개화하여 '하이카이 · 우타요미哥讀(와카를 읽는 사람) · 그림 또는 소독 · 서예 · 전각 · 꽃꽂이' 등과 같은 조예 깊은 취미 분야를 각각 지니게 되었다. 이들 식자층의 증가, 학문에의 지향과 함께 상기되는 것이 서점의 발달이다. 예전에는 선광사의 서점(아마도 쓰타야 반고로)에서 책을 사려고 했어도, 그 제호와 제명을 알지 못하거나 그 서명조차 이해하지 못하였던 것이, 최근에는 어떠한 책을 물어봐도 '그 자리에 없는 것은 교토에 주문하여 곧장 가져왔다'라고 하며, 재고가 없으면 곧장 교토에 주문해서 가져왔다고 하였다. 서적 수요의 증가가 서점 수준의 향상과 서적의 유통에 급격한 발전을 가져온 것이다.

다다시치로가 '천기 변화의 기운天氣變相の氣'이라는 말로밖에 표현할 수 없었던, 당사자마저 경탄할 수밖에 없던 마을의 변화였다. 앞서 소개한 다카미야 진자에몬의 『도시노오타마키』의 한 조목은 '이는 1805년부터 불과 10여 년간의 변화이니 후에는 얼마나 대단할까'라고 마무리 지었는데, 이 두 사람의 경탄은 서로 통하는 것으로 동일한 역사적 요인에 따른 상황 변화에 직면한 것이라 생각하지 않을 수 없다.

촌락에서 소독(독서) 즉 학문이 유행하던 현상은 모리무라森村와 그 주변에서만의 일이 아니었다. 또한 시나노만의 일도 아니었을 것이다. 고즈케노쿠니 아가쓰마군 우리구리무라세키上野國 吾妻郡 植栗村關 씨의 소장문서 『발서기록拔書記錄』에서,

> 문화(1804~1817) 연간 즈음까지는 사서를 읽는 사람이 드물었다. 지금은 이 마을에 유학자를 불러와 모두 소독을 할 수 있게 되었다.[23]

라는 흥미 깊은 조목을 하나 찾아낼 수 있다.

히라가나가 표기된 경서 등 초학자를 대상으로 한 서적이 풍부하게 출판되었던 근세 후기의 상황에 비춰 보아도, 학문 열풍의 신분·계층·지역을 초월한 확장은 전국적인 기운이었을 가능성이 높다. 다카미야의 대량 구매, 마쓰모토에서 멀리 뻗어 가는 서적 유통망은 인구의 압도적 다수를 차지하고 있는 농촌 지역의 서적 수요를 바탕으로 하였을 것이다. 담배

나 모시 같은 환금 작물을 마쓰모토로 옮겨 실었던 말의 등에 다카미야에서 구입한 책이 함께 묶여 집까지 옮겨간 것은 아닐까. '배움의 길'이 도시 지역은 물론이요, 농촌과 산촌 그리고 어촌 지역에까지 활짝 열린 시대가 찾아오고 있었다. 다카미야나 다른 지방의 중심 도시에 있는 서적상의 발전은 이 시대의 바람을 그대로 탄 것이라고 생각할 수밖에 없다.

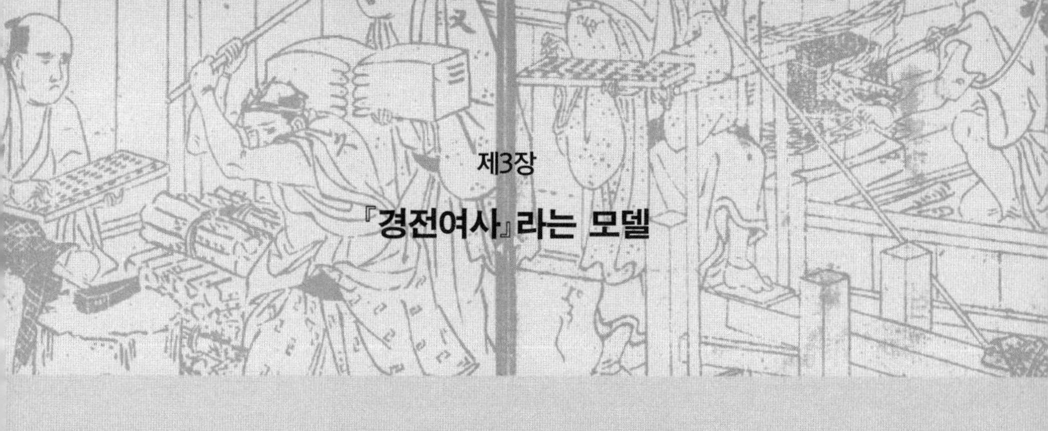

제3장

『경전여사』라는 모델

오늘날에는 잘 볼 수 없는데, 저자의 어린 시절에는 대부분의 초등학교 교정에 니노미야 킨지로 손토쿠二宮金次郎尊徳(1787~1856)의 동상이 있었다. 아직 앞머리를 자르지 않은 채 등에 나뭇짐을 지고 가면서 책(『대학』이었다고 한다)을 읽고 있는 그의 모습은, 여러 가지 고난에도 지지 않고 스스로 공부하며 자신을 향상시켜 가던 삶의 방식을 상징하고 현창하는 것이다. 그것은 근대에 들어와 형성된 것이기는 하지만, 그의 삶의 자세뿐만이 아니라 그가 살아간 시대의 한 모습까지도 상징한다. 일반인이 스승에게 배우지도 않고 책을 통해 독학으로 학문의 길에 들어가려는 일은, 손토쿠가 태어났을 무렵에는 일단 있을 수도 없고 상상도 할 수 없던 일이었다. 그러한 상황이 손토쿠가 성인이 될 무렵에는 가능한 일이 된 것이다.

니노미야 손토쿠는 26세가 된 1812년, 오다와라小田原 번의 가로家老 핫토리 주로베服部十郎兵衛의 시종이 되었다. 이때 그가 『경전여사經典余師』「사서지부」를 구입하여 독학으로 힘써 공부하였다는 일화는 유명하다. 이제부터 이 『경전여사』에 대해서 자세히 논의할 것이다. 먼저 그 개요를 간단히 정리하면, 이 책은 다니 햐쿠넨溪百年이라는 떠돌이 유학자가 편찬한 것으로 경서들의 주석서이다. 히라가나로 주석과 가키쿠다시문書き下し文을* 표기하여,

독학으로 소독을 익히고 학문의 길에 들어갈 수 있게 구성되었다. 이 『경전여사』라는 책은 손토쿠의 일화와 지나칠 정도로 잘 맞아서 지어낸 이야기 같이 들릴 정도이다. 『경전여사』라는 책에 익숙하지 않은 오늘날에는 쉽게 이해되지 않는다. 그러나 한편으로 바로 그렇기 때문에 이 일화가 널리 공감되며 정착되었다고도 생각할 수 있다. 다만, 사사이 신타로佐々井信太郎의 『니노미야 손토쿠전二宮尊德傳』(日本評論社, 1935)을 보면 '1812년 26세의 메모 중 2월 1일의 기록에 『경전여사』를 금2주金二朱에 매입하였다'라고 적고 있으니, 손토쿠가 『경전여사』를 가지고 독학했던 일은 사실일 것이다.

『경전여사』는 경전의 소독을 스스로 익힐 수 있게 한 획기적인 책이다. 그리고 『경전여사』의 광범위한 보급이라는 현상은 19세기를 맞이하는 일본의 '지知'의 상황을 그대로 보여준다. '니노미야 손토쿠'는 바로 이러한 상황, 이러한 환경에서 태어났다.

『경전여사』「사서지부」 초판에 붙은 광고에는 다음과 같이 쓰여 있다.

> 『경전여사』 이 책은 상단에 읽는 방법을 히라가나로 적고 하단에 본문을 배치하였으며, 초심자들도 이해하기 쉽도록 히라가나 주석을 달아 놓았다. (선생에게 나아가) 소독과 학문을 배울 시간이 없는 이들이나 선생이 없는 시골구석에 사는 이들도 금방 유식해질 수 있는 귀한 책이다.

『경전여사』「사부지부」에는 이러한 '독법'에 대해서 적은 「범례부언凡例附言」 9장이 실려 있어, 이 책의 이용 방법을 구체적으로 알 수 있다.

---

* 가키쿠다시문(書き下し文) : 한문을 일본어로 읽어 내려가기 위해 일본어의 어순에 맞추어 한자와 가나를 섞어 새로 쓴 문장. '요미쿠다시문(讀み下し文)'이라고도 한다.

광고문에서 반복적으로 강조한 것처럼 히라가나를 사용하여 상단에 '가키쿠다시문', 그리고 본문 뒤에 쌍행으로 해설을 적어 읽기 쉽게 한 형식의 경전주석법은 소독의 독학을 가능하게 한 획기적인 것이었다.

본장과 다음 장에서는 『경전여사』와 그 형식을 모방한 서적들의 간행 상황을 추적하면서, 이들 히라가나 해설平仮名付訓 경전의 출현이 지니는 의미와 이것들이 담당한 역사적 역할에 대해 살피기로 한다.

1. 사서四書를 히라가나로 읽다

『요시노조시よしの冊子』* 2에 다음과 같은 소문이 적혀 있다.

> '경전여사'라고 불리는, 사서에 히라가나로 잡다한 주석을 붙인 책을 만든 다니 다이로쿠(溪代六)라는 사누키(讚岐 : 지금의 가가와(香川) 현)의 낭인 유학자가 막부에 소환되었다는 소문이 떠돌고 있다. 그 『경전유사』를 높은 지위의 배우지 못한 사람 등이 편리하게 사용하였다는 소문이다. 이 다이로쿠는 당시 이 지방에 와서 오래 머물고 있었다.[1]

---

* 요시노조시(よしの冊子) : '관정 개혁'으로 유명한 마쓰다이라 사다노부(松平定信)의 가신 미즈노 다메나가(水野爲長)가 민간의 사정을 사다노부에게 전하기 위해 기록한 18세기 풍문서. 관계(官界)나 이를 둘러싼 세간의 정보들을 모은 것으로 밖으로 유출되지 못하던 것이었는데 1820년경에 발견되었다. 담긴 내용은 소문들이 주를 이루고 있어 반드시 역사적 사실이라 할 수는 없지만 당시의 세태를 이해하는 귀중한 자료로 다수의 저작에 이용되고 있다. 원본은 제목이 없지만, 매 단락마다 '그와 같다(そのようだ)'라는 '전해 들었음'을 의미하는 '요시(よし, 由)'라는 말이 있어서 '요시노조시'라고 불리게 되었다.

1788년 정월 즈음의 기사라고 생각된다. 『경전여사』의 저자 다니 햐쿠넨의 전기에는 확실치 않은 부분이 많다.

『경전여사』 「사부지부」의 사누키 마루가메번 교고쿠후 지독讃岐丸龜藩京極侯侍讀 시라키 인소白木因宗가 지은 「부각附刻」(1784.5)이 가장 참고할 만한 자료이다. 그 일부를 인용해 본다.

> 오사카 출신의 다니(溪) 군, 이름은 세존(世尊), 자는 사달(士達)이라는 자는 나와 같은 고향 사람이다. 옛 성은 가와다(河田)라 하며 원래는 에치고(越後) 출신이다. 돌아가신 가와다 부젠노카미(河田豊前守 : 河田長親)의 후손이다. 처음 향리에 있을 때 나에게 와서 학문을 배웠다. 또한 내 인척인 청문회(淸文會)라는 이에게도 나아가 배웠으며, 동사누키(東讚岐)의 기쿠치 고잔(菊池五山)의 문하에도 나아갔다. 후에 다시 내 밑으로 와서 학문을 닦았다. 이렇게 떠돌아 다니며 배우는 동안 내게서 배운 기간이 몇 년에 이른다. 명화(明和) 임인년 여름, 그는 여행 채비를 갖추어 떠나 동쪽으로는 에도를 돌아다니고 서쪽으로는 교토를 떠돌았다. 다음에 남으로 내려가 나니와(浪花 : 오사카)를 돌고, 마침내 이 지방에 정착하였다. 명가(名家)라는 평을 얻으면서 여러 제후들의 문객이 되어 모임을 가졌다. 훌륭한 선생과 벗을 만나 교유하면서 그 문재를 일시에 떨쳤다.

이에 따르면, 다니 세존溪世尊의 옛 성은 가와다河田로 가와다 부젠노카미의 후예였다. 처음에는 같은 고향의 시라키 인소에게 배운 것 같다. 그 후 인소의 인척인 청문회淸文會(미상)에게 사사하였다. 또한 다카마쓰高松의 번유인 기쿠치 고잔의 문하에 있다가, 그 후 다시 인소의 가르침을 받게 되었다. '명화 임인明和壬寅'이라 하였는데, 명화 연간에는 임인년이 없으니 '천명天明'의 오기가 아닌가 한다. 1782년 여름부터 에도와 간사이 지방을 두루 돌아다니며, 1784년 오사카에 정착한 것으로 보인다. 그 사이에 여러 스승과 벗들을 만나 크게 문재를 발휘했던 일, 돗토리鳥取 번의 유학자로서 환영을 받은 일 등은 『경전여사』 간행 후의 일이었을 것이다.

『돗토리 번사鳥取藩史』 1(돗토리 현립 돗토리도서관, 1969) 「번사열전」에 그에 대한 항목이 있다. 그중 다음과 같은 글이 있다.

> 처음에 다니 햐쿠넨이 『경전여사』를 저술했을 때 막부에서는 이렇게 생각했다. '성인의 저작에 후리가나를 붙여 출판하는 것은 경전을 가볍게 여기는 일이다'라고. 이에 그를 에도로 불러 처벌하려 하였다. 세존은 이에 답하길 '이 저술은 우리 노모에게 소독의 편의를 주고 글의 의미를 쉽게 이해할 수 있도록 하는 목적으로 만들었을 뿐이다. 다른 의도가 있을 리 없다'라고 했다. 막부의 관리는 이 책이 효를 생각하는 마음에서 나온 것이라는 이유로 결국 그 죄를 묻지 않기로 했다.

후대의 편찬물인 데다 전거도 확실치 않은 의심스러운 기술이지만, 『요시노조시』에서 전하는 소문과 얼마간 부합한다. 지금으로서는 '소환되었다召出'는 사실을 달리 증명할 길이 없지만, 경전으로 출판하기에는 가벼운 반지본半紙本 형태로* '사서를 히라가나로 읽게' 하여 스승이 필요 없도

* 일본책(和書)의 크기와 종류(가로×세로).
- 대본(大本)=18cm×27cm : 경전 및 학술서류
- 반지본(半紙本)=15~16cm×22~23cm : 통속적인 학술서, 그림책(繪本)
- 중본(中本, 대본 반 정도의 크기)=12~13cm×18~19cm : 쿠사조시, 통속서류

록 한 책은, 그 등장부터가 '경전을 가볍게 하는', 이제까지의 교수법과 학문의 전통으로부터 크게 일탈한 것으로 존재 자체만으로도 충격적이었다. 그러나 '충격적'이라는 표현을 썼는데 '폭발적'이라고도 할 수 있는 유행과 유포 양상에 비해서, 사실 '경전여사'라는 서명은 당시에도 그 이후에도 학자를 비롯한 식자들의 언설에 거의 오르지 않았다. 저자인 다니 햐쿠넨에 대해서도 근세기의 평가가 거의 없으니, '일탈'이라 할 만큼 학문의 세계로부터는 무시되고 있는 상황이다. 근대에 이르러서도 사상사를 비롯해 여러 학문에서 거의 언급되지 않았다. 고서점이나 고서전시회, 또는 구가장서에 자주 발견되고 있음에도 불구하고(오히려 발견되고 있기 때문일까) 『경전여사』라는 책에 대한 연구도 거의 없다.[2] 그 존재에 대해 경험적으로 충분히 인지하면서도, 학예사・사상사와 같은 학문의 시야에는 들어오지 않은 것이다.

한편 『경전여사』는 출판 타이밍이 절묘하였다. 관정 개혁 시기의 '학문장려'라는 분위기 속에서 크게 애독된 것이다. '높은 지위의 배우지 못한 사람들이 좋아하였다'라는 것도 꼭 소문만은 아니었다. 『요시노조시』 17에 다음과 같은 풍문에 대한 기사가 있다.

고부신 구미(小普請組)*로부터 소속 무사들의 학문에 대한 보고를 받을 경우 '성당(聖堂 : 공자를 모시는 막부의 학문소, 창평횡(昌平黌))이란 성도(聖道)를 쓰지 않으면 안된다'라며 쓸데없이 간섭하는 이도 있었다. 난부 치카라(南部主税)의 관할 조직에서는 '경전으로 『소학』을 배우고 역사서류에

* 고부신(小普請) : 에도 시대에 관직이 없는 하타모토(旗本)・고케닌(御家人)으로 녹봉 2백 석 이상 3천 석 이하를 받은 계층을 말한다.

대해서는 『논어』, 경제서는 『근사록』을 읽는다고 쓰라'라는 등의 도무지 말이 안되는 엉뚱한 소리를 하기도 한다. 보고서를 정리하는 사람이 매우 곤란하였을 것이다.

위의 기사를 그대로 받아들이면, 당시 막신의 학문 수준은 참담할 정도였다. 고부신 구미에 소속되었지만 특별한 일이 없는 고케닌御家人(쇼군 직속의 하급 무사)은 고부신의 지배역에게 취직 자리를 소개받는데, 그 때 희망 직책이나 특기 등을 적은 문서를 제출한다. 관정 개혁의 분위기에서는 학문에 열심히 몰두하는 일이 막신에게 요구되었기 때문에, 특히 학문의 진전 상황에 대한 문서가 작성되었다. 그런데 고부신 구미의 하급무사들은 대부분이 학문과 전혀 관계없는 생활을 하고 있는 이들이었기에, 당연히 체재만 대충 갖춘 문서를 작성하였다. 그 지도를 맡은 지배역인 하타모토旗本(쇼군 직속으로 만석 이하의 녹봉을 받던 무사) 또한 학문에 대해서는 마찬가지 수준인 만큼, 결국 엉터리 지도가 이루어진 셈이다. 사서를 제쳐두고 『소학』이라 한 것도 이상하며, 『논어』야말로 역사서가 아닌 경전류의 서적이며, 『근사록』은 경제 서적이 아니다. 『경전여사』와 같은 책들이 갑자기 공부에 활용되었던 일이 충분히 상상되는 상황이다.

고이가와 하루마치戀川春町 작, 1789년 쓰타야 주자부로 간행의 황표지 『아후무카에시 분부노후타미치鸚鵡返文武二道』(〈그림 1〉)는 관정 개혁 시대의 세태를 파고든 작품으로 유명한데, 그 11장 앞면에 무사가 관공菅公(松平定信에 비견함)이 지은 『구관조九官鳥』(『오무고토鸚鵡言』에 비견함)를 구하러 서점에 들르는 장면이 있다. 여백에 쓰인 메모를 보면 '학문의 길이 날로 성행하고 효제충신의 길 또한 크게 유행하면서, 이 시대에 『연희식延喜式』과 『연희격

〈그림 1〉 1789년 간행『아후무카에시 분부노후타미치』

延喜格』이라는 책도 등장하였다'라고 하여, 사다노부定信 치세하의 학문 유행을 조롱하고 있다.

여기에 묘사된 그림은 쓰하라야 이하치須原屋伊八의 가게 앞으로 '서림書林 / 스하라야すはらや / 기타자와北澤 / 서사書肆'라고 적혀 있는 간판 상자가 있으며, '관공 저작菅公御作 / 규칸조노코토바秦吉了の言葉', '대학혹문大學或問', '백년선생百年先生 저 / 경전여사經典余師'라는 외제간판外題看板이 걸려 있다. 『경전여사』가 유행하던 상황을 살피기에 충분하니, 이 책들이 인기가 있던 당시의 학문 상황을 꿰뚫고 있음에 틀림없다.

산토 교덴 작화作畫, 1790년 쓰타야 주자부로 간행의 황표지 『(地獄/一面)가가미노조하리照子淨玻梨』(〈그림 2〉)는 오노노타카무라小野篁의 지옥 순례地獄巡り 취향으로 세태를 파헤친 작품이다. 8장 안쪽 면과 9장 겉면은 「암암지옥暗闇地獄」 장면인데, 무학문맹의 죄인에게 독서의 고통을 부과하고 있다. 거기에 엄한 스승에게 소독을 배우고 있는 죽은 사람이 '당신足下은 최근에 나온 『경전여사』를 보신 적이 있습니까. 이제와 후회하는 것은 때를 놓친 일입니다'라고 말한다. '당신足下'은 센류川柳에서도 익숙한, 무사가 사용하는 언어로 유형화되어 있다. 『경전여사』가 '때를 놓쳤다'라고 언급될 정도의 중요한 책으로서, 배우지 못한 무사들 사이에서 화제가 되고 있다.

『(戲作/四書)경전여지京傳予誌』는 같은 해 후시미야 젠로쿠伏見屋善六가 간행한 교덴의 샤레본洒落本이다. 서명이 '경전여사'의 패러디인 것은 말할 필요도 없다. 봉면지 상단에는 '1790년경술신준寬政二庚戌新鐫'이라 적고, 그 아래에 '희작사서戲作四書 (紅毛天竺/翻刻必究)경전여지京傳予誌 / 서사 대관당大觀堂'이라 하였으니, 이 또한 『경전여사』의 체제를 따라한 것이다. 자서에는 "최근 세상에 유행하고 있는 『경전여사』라는 책을 보면, '안바이塩梅 맛난 오

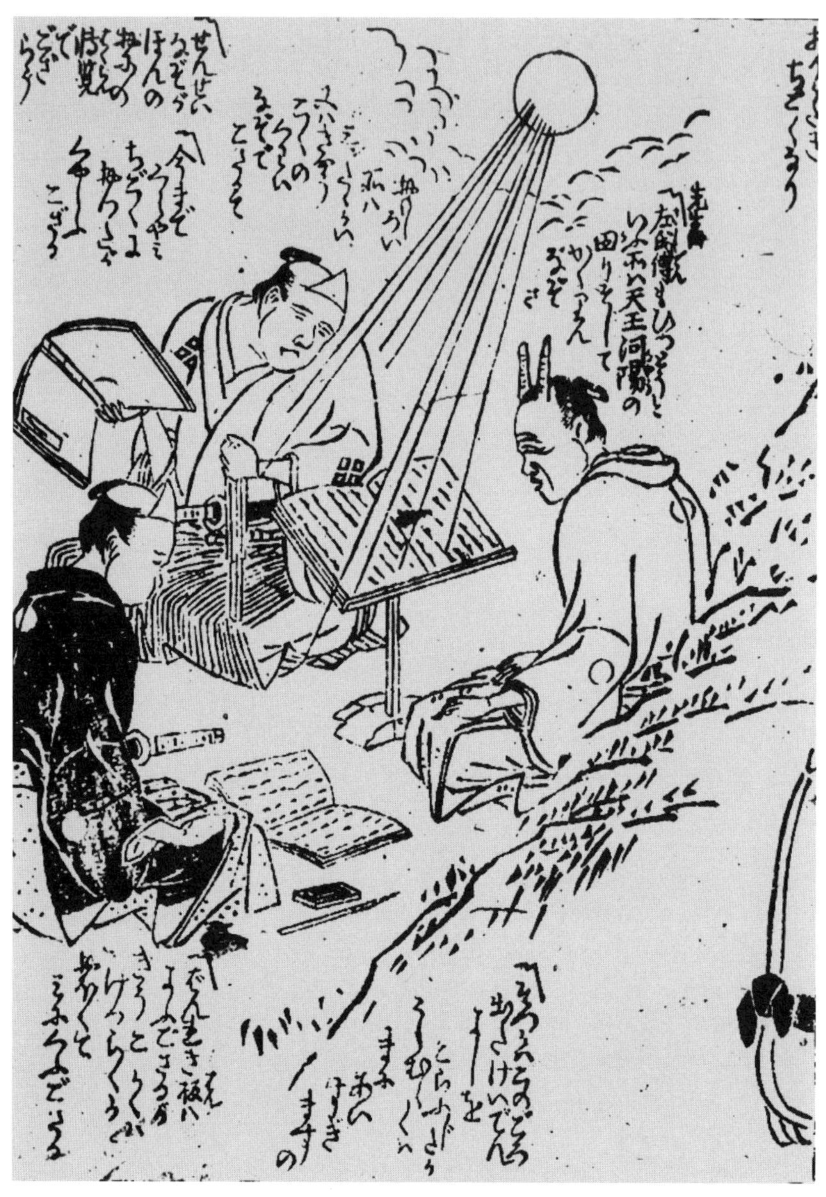

〈그림 2〉 1790년 간행 『지옥일면 / 가가미노조하리』(주오대학 소장)

뎅'(당시 유행하는 오뎅 가게의 광고 문구) 보다 훨씬 맛있고, 맹인의 지팡이와 깜깜한 밤의 초롱불 같은 것으로 무식한 하치베八兵衛들도 똑똑하게 만들고, (요시와라吉原로 통하는) 도테핫초土手八丁를* 밝게 비추어 주며 '덕德(得의 동음이의어 언어유희)으로 들어가는 대문'이라는 (요시와라의) 대문 입구에 데려가 주는 가마와 같은 것으로, 이만한 물건이 또 있을 수 없다"라고 하며, 이 또한 '무식한 하치베도 똑똑하게 만들' 매우 쓸모 있는 책이라면서 『경전여사』의 유행을 말하고 있다. 본문은 『대학』·『중용』·『논어』·『맹자』를 패러디한 「대락大樂(다이라쿠)」·「통용通用(쓰요)」·「풍후豊後(분고)」·「신申(모우시)」라는 4장으로 구성되어 있다.** 『경전여사』는 그야말로 당시 가장 유행하는 책으로 패러디의 대상이 되고 있었다.

1790년 쓰루야 기에몬이 출판한 시바젠코芝全交 작 황표지 『조로노마코토다마고노카쿠모지遊妓寔卵角文字』 또한 당시에 히라가나 읽기와 해설을 붙인 경전의 유행을 노린 작품이었다는 사실은 이미 나카야마 유쇼中山右尙의 「『조로노마코토 다마고토카쿠모지』와 『대학』」에서 지적되고 있다.[3] 『대학』의 체제와 내용을 패러디 한 『조로노마코토 다마고토카쿠모지』가 1789년 정월 쓰루야 기에몬 간행의 『대학 히라가나부』 또는 『경전여사』의 영향 아래에 있던 일을 지적하면서, 히라가나 읽기와 해설이 붙은 경전이 관정 개혁 시기 에도에서 유행하던 상황을 나타내고자 했다고 한다.

이와 같은 개혁의 분위기는 『경전여사』의 유행을 부채질한 것으로 보인다. 그러나 이는 그저 한때의 유행에 머물지 않았다. 『경전여사』 시리

---

* 도테핫초(土手八丁) : 에도막부에서 공인된 유곽인 요시와라로 통하는 길인 니혼즈쓰미(日本堤)를 말한다.

** 『대학』의 일본어 발음은 '다이가쿠'이며, 『중용』은 '츄요', 『논어』는 '론고', 『맹자』는 '모우시'이다.

즈는 대부분 명치 시기에 이르기까지 출판을 거듭하였다. 또한 봇물 터지듯이 『경전여사』의 양식을 모방한 히라가나 읽기와 해설 서적이 간행되었다. 『경전여사』 혹은 그 양식을 모방한 서적들은 '관정 이후'라는 시대를 대표하는 출판물이라 말해도 과언이 아니다.

2. 꼬리를 물고 나오는 베스트셀러

『경전여사』는 사서를 시작으로 많은 경서가 출현하였다. 그리고 각 책은 여러 번 판을 거듭하여 출판되었다. 조금 번거롭겠지만 여기서는 다니 햐쿠넨이 관여한 것을 중심으로 각 책의 간행 상황을 명확히 살피는 작업부터 시작하려 한다. 서지적인 기술이 계속되겠지만, 한번 쭉 훑어보는 것도 좋을 것이다.

사서지부

『경전여사』「사서지부」(〈그림 3〉)는 옥조집관玉藻集館, 즉 다니 햐쿠넨 소장판으로 1786년(천명 6)에 초판이 간행되었다. 지금 보이는 판본들은 어느 것이나 제10권(『중용』권) 마지막 장 뒷면에 장판기藏版記, 안쪽 면에 '교토서림 : 中川滕四郎 / 錢屋庄兵衛 / 武村嘉兵衛 / 勝村次右衛門 / 文台屋次良兵衛 / 大池次良右衛門 / 에도서림 : 須原屋茂兵衛 / 山崎金兵衛 / 오사카서림 : 淸水長右衛門 / 山口又一 / 森田傳兵衛 / 寺田吉九郎 / 柏原屋與左衛門'이라는「유통서사 일람기사」를 수록하고 있다. 첫 줄의 '나카가와 가쓰시로中川滕四郎'와 중간의 '스하라야 모헤須原屋茂兵衛', 마지막의

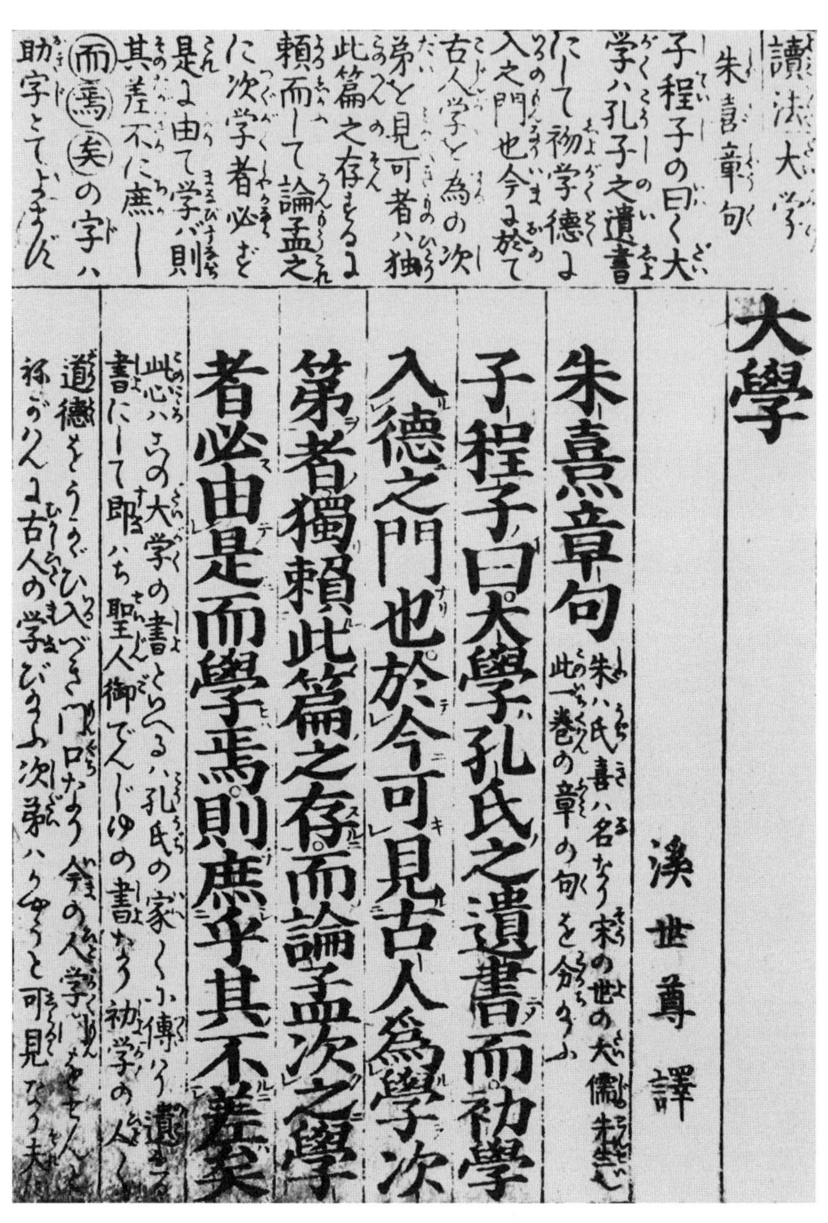

讀法大学
朱喜章句
子程子の曰く大学ハ孔子之遺書にして初学徳に入之門也今に於て古人学を為の次第を見可者ハ独此篇之存をるに頼而して論孟之に次学者必ず是に由て学バ則其差ハざるに庶し而焉矣の字ハ助字とてよまず

大學

溪世尊 譯

朱熹章句

朱ハ氏熹ハ名なり宋の世の大儒

此一巻の章の句を分つ

子程子曰大學孔氏之遺書而初學入德之門也於今可見古人爲學次第者獨賴此篇之存而論孟次之學者必由是而學焉則庶乎其不差矣

〈그림 3〉 1786년 간행 『경전여사』 「사서지부」

'가시와라야 요자에몬柏原屋與左衛門' 부분은 판목을 새로 끼워 넣어 판각한 것이다. 따라서 이것 이전의 형태, 보다 초판본에 가까운 것이 앞으로 발견될 가능성이 있다. 에도 쇼모쓰 유통조합의 기록인 『할인장割印帳(판매허가기록부)』* 「1789년 12월 25일 할인」 항목 중에 '1786년 6월 / 경전여사 사서부 전10책 / 다니 다이로쿠 작 / 출판소 교토 나카가와 가쓰시로中川藤四郎 / 판매소 야마자키 긴베山崎金兵衛'[4]라고 보이는 것은 교토 서림조합의 기록인 『가미쿠미 제장표목上組濟帳標目』의 「1789년 9월」부터 「1790년 정월」 조목 중에 '경전여사 사서지부 에도첨상지사經傳**余師四書之部江戶添狀之事'[5]라는 기록에 대응하는 것으로 보인다. 에도로 유통할 즈음 나카가와中川가 새로 추가되었을 것이다.

초판은 판심의 상부가 흑구(검은 사각의 형태으로 이루어진 부분)였으나, 제2판 이후로는 '경전여사'라는 서명이 그 부분에 새겨져 있어서 한눈에 식별이 가능하다. 제2판은 1794년에 간행되었다. 장판기는 변함없고(다만, '鳳凰'이라는 장서인 이외에 '貝葉'라는 장서인이 추가되었다), 안쪽 면에 '1786년 6월 원각原刻 / 1794년 11월 재각 / 오사카 서림 : 가시와라야 요자에몬柏原屋與左

---

* 할인장(割印帳) : 근세 중기부터 후기에 걸쳐 에도의 쇼모쓰 유통조합이 작성한 신간본의 판매허가 기록. 당시의 신간본은 먼저 각 서점들이 출판 예정 서적을 유통조합에 제출하면, 조합에서 내용을 검토한 후 판매허가서에 승인을 하고 나서야 비로소 판매할 수 있었다. 『覆本할인장』(도쿄국립박물관 소장본)에는 에도의 각 서점에서 1727년(향보 12)부터 1815년(문화 12)까지 출판한 신간본의 서명 · 저자명 · 책수 · 장수 · 출판소 · 유통소와 함께 승인를 받은 날짜와 실제로 간행된 연월일, 그리고 출판물에 대한 검토 내용이 상세히 적혀 있다. 이들 기록을 참고하면 출판 수량의 증감이나 출판 내용의 경향을 서점별, 시대별로 파악할 수 있다. 근세의 출판사정을 확실히 살필 수 있는 귀중한 자료이다. 다만 쇼모쓰 유통조합이 취급하는 책들은 곧 '모노노혼(物之本)'이라 불리는 학술적인 서적들이기 때문에 오락적인 읽을거리인 샤레혼 · 황표지 등에 대한 기록은 적다.

** 원래는 '典'이지만 자료 원문에 '傳'이라 잘못 기록된 것을 그대로 싣는다.

衛門 / 가시와라야 기헤柏原屋嘉兵衛'라는 간기가 있다. 초판 중 가장 나중에 인쇄된 것이라 추측되는 것은 제10권 뒤표지 봉면지의 간기에 '나니와(오사카) 서림浪華書林 : 가시와라야 요자에몬 / 가시와라야 기헤'라고 적혀 있지만, 그 앞에 '(경전여사)사서지부 전부10책 / 同 소학지부 전부5책 / 同 효경지부 전1책 / 同 사서서지부 전1책 / 同 시경지부 전부8책'이라는 광고가 실려 있다. 이것은 「사서서지부四書序之部」까지 광고하고 있으며(「시경지부」의 광고가 없다), 마지막의 '나니와 서림 順慶町五丁目 가시와라야 요자에몬'이라는 것보다 인쇄 순서가 늦으니, 「시경지부」를 간행한 1793년 4월 즈음의 것이라 생각된다. 판목의 마모로 인해 인쇄 상태가 매우 거칠다. 초판의 판목은 한계에 이를 때까지 인쇄하는 데 사용되었던 것이다.

오사카 서점조합의 기록인 『신판원출인형장新板願出印形帳』 제7책에 '경전여사 사서지부 재판 전부 10책 / 작자 난바무라難波村 다니 다이로쿠 / 출판인 順慶町五丁目 가시와라야 요자에몬'[6]이라는 기사가 있고, 마지막에 '1790년 4월'이라는 간기가 있다. 1790년에는 재판을 기획해야 할 정도로 폭발적인 판매가 있던 것이다. 『할인장』 「1795년 6월26일 할인」 조목에서 '1794년 11월 / 사서경전여사 전10책 / 다니 다이로쿠 저 / 판매 니시무라 겐로쿠西村源六 / 출판소 오사카 가시와라야 요자에몬'이라고 하였으니, 바로 다음해에 에도에서의 판매가 이루어졌다.

제3판은 1824년(문정 7) 간행본으로 간기는 '1824년 정월 삼각 / 오사카 서림 順慶町五丁目 가시와라야 요자에몬'이다. 『출근장』 35번(1824년 정월 11일)에는 '가시와라야 요자에몬으로부터 『경전여사』 「사서지부」의 재판 신청이 들어와 전례대로 이를 허락하고, 판목 비용을 요청하여 받아 신청을 허가하였음'[7]이라고 보인다.

제4판은 1842년(천보 13) 간행이다. 간기는 '1842년 2월 4각 / 에도서림 : 日本橋通壱丁目 스하라야 모헤須原屋茂兵衛 / 오사카서림 : 順慶町五丁目 가시와라야 요자에몬'이라 하며, 『신판원출인형장』 제19책에,

『경전여사』「사서지부」 총10책

이 책의 판목을 소지한 사람으로 판목이 마모되어 재판을 요청하였고 허가를 받을 수 있어 황송합니다. 무엇보다 재판을 하는 데 조금의 차이도 없이 원래의 판 그대로 할 것입니다. 조금이라도 다른 점이 있다면 감독관들께서 어떻게 하든 그 처분을 따르겠습니다. 그 외로 어떤 문제가 발생하든 말씀하신대로 그대로 따를 것입니다. 후일을 위해 여기에 증서를 남깁니다.

1842년 3월

가시와라야 요자에몬 [印]

감독관 여러분께[8]

라고 하여(『개판 온네가이 가키히카에開板御願書扣』에도 같은 기사가 있다), 이 또한 판목의 마모에 따른 재판이었음을 알 수 있다.

제5판은 1852년(가영 5) 간행본이다. 장판기의 안쪽 면에 '1852년 정월 5각 / 삼도 발행서사 : 須原屋茂兵衛 / 須原屋伊八 / 岡田屋嘉七 / 山城屋佐兵衛 / 勝村治右衛門 / 河內屋喜兵衛 / 河內屋和助 / 秋田屋市兵衛 / 象牙屋治良兵衛 / 柏原屋與左衛門 / 敦賀屋九兵衛 / 敦賀屋彦七'라는 간기가 있다. 또한 문정文政(1818~1829) 시기 판본까지 판심에 있던 '옥조집관 장玉藻集館藏'이라는 글자가 없어지고 서점판이 되었다.

제6판은 1871년(명치 4) 아키타야 이치베秋田屋市兵衛의 간행본이다. 『신

판원출인형장』 제21책에,

사서 경전여사 전10책　　　故人 다카마쓰 번 저술자 타니 햐쿠넨
但 1876년(천명 6) 원각　　　재판인 아키타야 이치베
1794년(관정 6) 재각　　　　외 5인
1824년(문정 7) 삼재각
1842년(천보 13) 사재각
1852년(가영 5) 오재각

이 책의 판목을 소지한 사람으로 판목이 마모되어 재판을 요청하였고 허가를 받을 수 있어 황송합니다. 재판을 하는 데 조금의 차이도 없이 원래의 판 그대로 할 것입니다. 조금이라도 다른 점이 있다면 감독관들께서 어떻게 하든 그 처분을 따르겠습니다. 그 외로 어떤 문제가 발생하든지 말씀하신 그대로 따를 것입니다. 후일을 위해 여기에 증서를 남깁니다.

1870년(명치 3) 6월 8일

아키타야 이치베

감독관 여러분께[9]

라고 되어 있다. 『출근장』 74번, 「1871년 정월 11일」 조목에 '아키이치秋市(아키타야 이치베)로부터 사서여사 재판본의 제본이 완성되어 견본 3부와 판매본 1부 모두 4부를 수취하고 판목 비용을 차출한 뒤 판매허가서 2통을 승인하였다.' 또한 「1871년 정월 27일」 조목에 '견본 품목들과 새로 출판을 희망하는 품목들, 신청서에 허가 도장을 찍은 품목들은 왼쪽과 같다 (…중략…) ○ 사서여사, 오른쪽과 같이 아키이치'[10]라고 하니, 처음

나온 후 반년쯤 뒤에 만들어진 것이라 생각된다. 국립국회도서관 소장본(139-250)에 따르면, 간기는 '1870년 12월 6각 / 관허官許 / 삼부三府 발행 서사 : 須原屋茂兵衛 / 山城屋佐兵衛 / 岡田屋嘉七 / 須原屋伊八 / 勝村治右衛門 / 河內屋喜兵衛 / 山內屋五郎助 / 伊丹屋善兵衛 / 近江屋平助 / 豊田屋宇左衛門 / 象牙屋治郎兵衛 / 秋田屋市兵衛'이다. 또한 인쇄 연도는 확실치 않지만 '관허 / 서사 동경 : 通り油町 水野慶治郎 / 오사카 : 心齋橋通備後町南へ入 小谷卯兵衛'라는 간기가 있는 것도 확인된다.

또한 이것들과 별도로 1861년에는 『(증정)경전여사』가 출판된다. 사서의 각 서문을 각각의 본문 앞에 둔 것으로, 후술할 『사서서지부四書序之部』를 적당히 섞은 것이다. 원래의 서문 및 본문과 비교해도 전혀 다른 판으로, 본문은 조금 차이가 있다.[11] 원판에 있던 마에즈케前付와 아토즈케後付가* 모두 없어지고, 여기에 더해 1857년 적취진인積翠陳人의 서문과 「부언」이 있다. 간기에는 '1861년 개각 / 에도・오사카 서사발행 : 須原屋茂兵衛 / 山城屋佐兵衛 / 岡田屋嘉七 / 河內屋喜兵衛 / 炭屋五郎兵衛 / 豊田屋卯左衛門 / 象牙屋治郎兵衛 / 敦賀屋彦七 / 秋田屋市兵衛'라고 하여 에도와 오사카의 서점이 나열되고 있다. 발행소는 마지막에 적혀 있는 아키타야 이치베이다. 교토 서림조합의 기록인 『안정기원 이후 타국판매출첨장증문장安政紀元以後他國版賣出添章証文帳』에는 '1862년 8월 16일 / 사서경전여사 출판소 오사카 아키타야 이치베 / 전10책 / 매출인 초지야 쇼베丁子屋庄兵衛 [印]'[12]라 하였으니, 교토에서는 초지야 쇼베에게 유통을 맡기었던 것이다.

---

* 마에즈케(前付) : 서적과 잡지 본문 앞에 붙이는 권두화・서문・목차 등.
아토즈케(後付) : 서적의 권말에 붙이는 후기・색인・간기 등.

1842년(천보 13), 서점 데쓰지로銕次郎에서 『대학여사』 중본 1책을 출판하였다. 제첨은 '대학여사 전'이라 되어 있고, 판심의 어미 위에 '경전여사'라고 적혀 있다. 처음 2장 「범례부언」에 경서 학습의 의의와 독법을 간략히 적고, 본문은 『경전여사』의 것을 그대로 사용하고 있다. 간기는 '1842년 4월 / 赤坂一ッ木町 / 서점 데쓰지로銕次郎 판'이다. 본서에는 야마시로야 헤스케山城屋平助가 출판한 구판재인본이 있다. 서점 데쓰지로는 1843년에 『야마타이시 여사野馬台詩余師』(중본 1책)도 출판하였다. 이때 '1843년 赤坂一ッ木町 혼야 데쓰시로 판'이라는 간기를 삭제한 것도 있어, 데쓰지로의 출판 사업은 오랫동안 지속되지 않았던 것으로 보인다.

또한 반지본 1책, 겨자색 만지쓰나기 쓰야다시卍繋ぎ艶出 표지로 '대학여사 전'이라 제첨된 『대학』만 있는 책 한 권이 있다. 봉면지에는 '사누키다니 햐쿠넨 선생 술 번각필구 / 경전여사 대학지부 전 / 서사 학유당學遊堂재'라고 적혀 있다. 붉은색 용지의 형태를 볼 때 명치 시기에 인쇄된 것이라 추측된다. '학유당'에 대해서는 미상이지만, 뒤표지의 봉면지에 '山形十日町 / 荒井太四郎 / 製本之印'라는 인문의 둥근 모양 도장이 날인되어 있어 야마가타에서 제작된 것이라 생각된다. 마에즈케 전체가 빠져 있고 본문 내용부터 곧장 시작되는데 판심에 '옥조집관장'이라고 새겨져 있어, 1842년 이전의 판본을 바탕으로 그대로 복각한 것이라 생각된다.

효경지부

『사서지부』에 이어 출판된 것이 『효경지부』이다. 초판에는 '사서지부 완결 후 오경과 충경忠經, 무경武經 칠서七書를 차례로 출판 / 1787년 11월 / 황도서림皇都書林 : 山本長兵衛 / 淡海治良吉 / 동도서림 : 山崎金兵衛 / 前

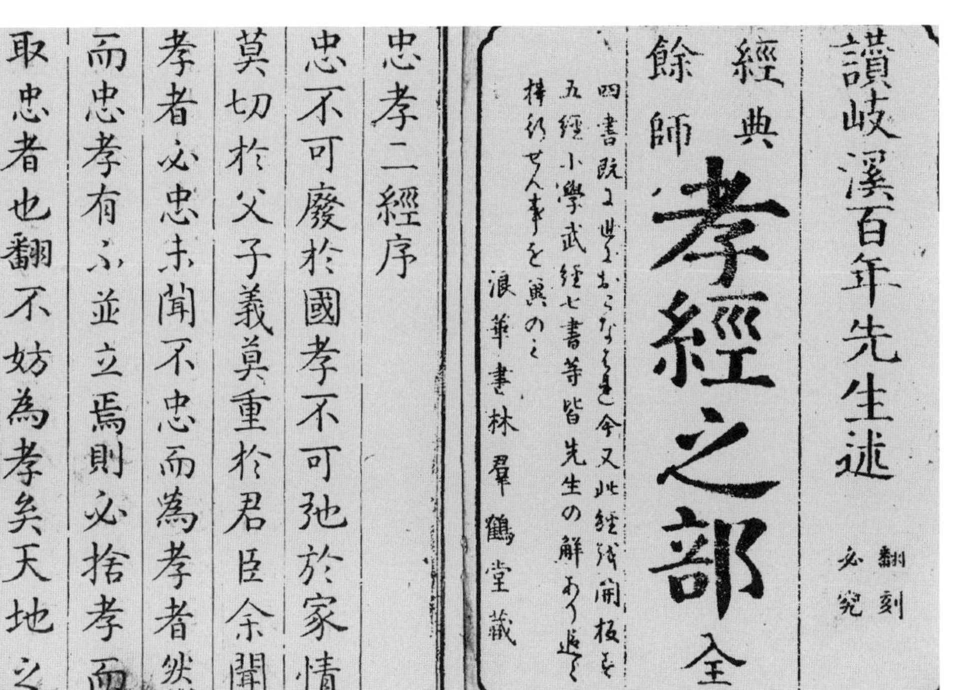

讃岐溪百年先生述

經典餘師 孝經之部 全

翻刻必究

四書既ニ世ニおこなはる今又此經を開板し五經小學武經七書等皆先生の解あり追て梓行せん事を冀のみ

浪華書林 羣鶴堂藏

忠孝二經序

忠不可廢於國孝不可弛於家情莫切於父子義莫重於君臣余聞孝者必忠未聞不忠而為孝者然而忠孝有不並立焉則必捨孝而取忠者也翻不妨為孝矣天地之

〈그림 4〉 1787년 간행 『경전여사』 「효경지부」

川六左衛門 / 나니와서림 : 荒木佐兵衛 / 山口又一郎 / 森田傳兵衛 / 淸水長右衛門'이라는 간기가 뒤표지의 봉면지에 있다. 봉면지에 "사누키 다니 햐쿠넨 선생 술 번각필구 / 경전여사 효경지부 전 / 사서가 이미 세상에 나온 지금 또한 이 경전(효경)을 출판한다. 오경・소학・무경・칠서 등 모두 선생의 해석이 있다. 계속 간행할 것을 바랄 뿐이다 / 나니와서림 군학당장羣鶴堂藏"이라는 기사가 있으며, 판심 아래 부분에도 '군학당재群鶴堂梓'라고 새겨져 있는 것으로 보아, 간기의 말미에 기재되어 있는 시미즈 초에몬淸水長右衛門의 소장판으로 보인다. 『할인장』 「1789년 3월 23일 할인」 항목에서 '1787년 / 경전여사 효경 전1책 다니 햐쿠넨 선생 작 출판소 오사카 가시와라야 사헤 판매 야마자키 긴베山崎金兵衛'(〈그림 4〉)라고 한 것으로 보아, 가시

와라야 사헤가 다른 지방으로의 판매 확대를 노리고 제작했을 것이다. 소장본에는 스하라야 모헤須原屋茂兵衛의 매입인이 있고, 그 옆의 메모에는 '柏佐'라는 글자가 보인다. 스하라야 모헤가 가시와라야 사에로부터 구입한 책이다. 『효경지부』 출판에 문제가 발생한 것으로 보이는데 『가미구미 제장표목上組濟帳標目』 「1788년 9월부터 1789년 정월까지」의 조목에 '경전여사 효경지부 판본 완성에 대한 오사카 취합지사經典余師孝經之部板出來ニ付大坂取合之事'라고, 또한 「1789년 정월부터 5월까지」의 조목에는 '효경여사 출입상제매매지사孝經余師出入相濟賣買之事'라고 하였다.[13] 시미즈 초에몬판에 이어 교토판까지 만들어지고 그것이 오사카의 서점들 사이에 유통되었기 때문으로 보인다.

이 초판을 바탕으로 만든 복각판이 존재한다. 소장본은 봉면지・범례・간기가 없고, 판심에는 '군학당재'라고 적혀 있으며 제첨이 함께 포함된 확실히 다른 판으로, 원래 판주인과 합의하여 간행한 것으로 보이지 않는다.

제2판은 1809년(문화 6)에 간행된 것이다. 『출근장』 24번 「1809년 12월 5일」의 기사에 '경전 효경지부, 허가서 3통을 승인하여 가와타河太에게 전달함 /효경여사 재판, 가와타로부터 신청서가 와서 출판을 허가함'[14]이라고 하였는데, 가와치야 다스케河內屋太助와 야마구치야 마타이치山口屋又市의 상판相版으로,* 간기는 '1809년 7월 재각 / 황도서림 : 伏見屋藤右衛門 / 동도서림 : 須原屋茂兵衛 / 나니와서림 : 山口屋又助 / 河內屋太助'이라 되어 있다. 다만, 판심 아래 부분에 '가와치서옥재河內書屋梓'라

* 상판(相版) : 두 사람 이상이 연대하여 출판한 서적.

새겨져 있으니, 주요 판주인은 가와치야 다스케일 것이다.

1815년의 간기를 지닌 에도판이 있는데, 이것은 틀림없이 해적판이다. 다니 햐쿠넨의 서문을 빼고, 간기를 '1815년 / 5월 길일 / 동도 산성당山盛堂 판'이라 한 것 이외에는 거의 1809년 가와타판의 복각이다. '산성당'이 누구인지는 미상이다. 이것과 같은 판으로 간기 부분을 삭제하고, 봉면지에 '서사 동역당東易堂/산성당 재'라 적힌 것이 있는데, 동역당 역시 불명이다.

1843년 금채당錦彩堂 기쿠지 도라마쓰菊地虎松 판이 있다. 반지본 1책, 다갈색의 무늬 없는 표지라는 『경전여사』의 가장 일반적인 형태이다(소장본은 앞표지 결락). 봉면지에는 '사누키 다니 햐쿠넨 선생 술 번각필구 / 경전여사 효경지부 전 / 서사 금채당 재'라 적혔다. 본문은 다른 판본과 같은 형태이지만(이제까지 본 어떤 판본과도 다른 판), 다른 판본에서는 2장 분량이었던 「범례부언」을 내용은 그대로 하면서 글자는 작게 배치하여 1장 안에 집어 넣고 있는 것이 특색이다. 본문은 산성당 판의 본문과 가까우니, 선후가 확실치는 않지만 같은 계통의 해적판일 것이다. 간기는 '대일본여지전도大日本輿地全圖 채색일매접彩色一枚摺 / 하야비키 절용집早引節用集 횡본橫本 1책 / 효경여사 전일책 / 1843년 계동季冬 발시發市 / 동도서사 : 北本所表町 기쿠치 도라마쓰'라 되어 있다. 기쿠치 도라마쓰는 1846년 6월 판의 『야마 다이시 여사野馬台詩余師』의 발행소인데, 「천보재각 개정일본도天保再刻改正日本圖」(1843년 간행, 『경전여사』 「효경지부」 광고에 나온 「대일본여지전도」일 것이다), 「대일본개정전도大日本改正全圖」(1867년 간행)라는 그림 지도를 출판한 것 이외에는 알려지지 않았다. 서점조합이 해산한 후에 새롭게 가입한 업자일 것이다.

소장본 중에 한 권 더 특이한 판본이 있다. 제첨은 '효경여사(이하 파

손)'라 되어 있다. 봉면지에는 '사누키 다니 햐쿠넨 선생 술 번각필구 / 경전여사 효경지부 전 / 서사 요행당堯幸堂 재'라고 적혀 있다. 간기는 없으며 봉면지에 기재된 '요행당'에 대해서는 알려진 바가 없다. 본문은 기쿠치 도라마쓰 판의 복각이다. 소장본에는 '信州 松本博勞町 / 永井甫三 / 持用'이라는 지어識語가 있고, 뒤표지의 봉면지에서 '高甚'이라는 인문의 마쓰모토 다카미야 진자에몬의 매입인을 확인할 수 있다. 거기에 기록된 암호에는 '巳小林ヨオイ / ヱシ'라 하였으니, 사년巳年에 다카미야 진자에몬이 에도의 고바야시 신베에게서 구입했다는 뜻이다. 새 판본은 아닐 것인데 이러한 해적판도 정식 서점을 중개로 유통되었음이 확인되고 이들 해적판의 종류가 여러 가지라는 사실에서 「효경지부」의 압도적 수요를 상상할 수 있다.

이것들은 어느 것이나 원판의 주인 허락 없이 출판되었을 것이다. 이것들과 별판일지도 모르지만, 『출근장』 39번 「1828년 2월 20일」 조목에 '가와타에서 『효경』의 해적판을 가져와 삼도의 서점조합에 판매 금지를 신청함', 그리고 「동년 3월 20일」 조목에 '에도의 쇼모쓰 유통조합 대표 앞으로 보내는 것으로 가와치야 다스케가 『경전여사』 「효경지부」의 판매 정지를 요청하는 내용의 문서를 승인했다. 더불어 『시운함영詩韻含英』의 공동 권리를 지닌 사람이 보내온 것으로 『운부일우韵府一隅』가 『시운함영』의 판권을 침해하였다는 내용의 문서를 『시운함영』의 발행자들에게 보냈다'라고 하는 등,[15] 「효경지부」 해적판이 화제가 되고 있다. 『가미구미 제장표목』 「1828년 정월」부터 「5월」까지의 조목에 '『경전여사』 「효경지부」 해적판의 문제로 오사카 서점조합 대표에게서 문서가 옴. 가와치야 다스케 씨가 문서로 서적 판매 정지를 요구함'이라 한 것도, 이에 대응하는 기사일 것이다. 다수의 해적판이 존재하는 사실을 통해 이 책의 수요가 높았음을 알 수 있다.

제3판은 1843년(천보 14)에 간행되었다. 본문 첫머리 끝에 '효경독법종孝經讀法終 / 1787년 11월 각 / 1809년 7월 2각 / 1843년 9월 3각'이라 하였고, 뒤표지 봉면지에 '1843년 9월 재각 / 황도서림 : 出雲寺文治郎 / 동도서림 : 須原屋茂兵衛 / 나니와서림 : 河內屋仁助 / 河內屋大助'라는 간기를 갖추고 있다.

여기에 더해 이것들과 다른 판본인 1873년(명치 6)의 판본이 있다. 봉면지 위쪽에 '황국 2533년 신전新鐫'이라고, 또한 사주쌍변 안쪽에 '사누키 다니 햐쿠넨 선생 저 / 경전여사 효경지부 / 나니와 서사 문금당文金堂'이라고 적혀 있다. 소장본에는 마에가와 겐시치로前川源七郎의 장판 목록이 뒤표지의 봉면지에 첨부되어 있다.

제3판의 판목은 오랜 기간 잘 보존된 것으로 보이며 1892년의 인쇄본이 확인된다(다만, 제첨과 범례 및 본문 일부는 제3판의 복각). 간기는 '1892년 4월 5일 재각 / 발행자 大阪市東區安土町四丁目三十八番屋敷 鈴木常松 / 전매자 大阪市東區安土町四丁目拾一番地 積善館 / 전매자 福岡市博多中島町 積善館 支店 / 인쇄자 大阪市東區南久太郎町四丁目三番地 井上義助'라고 적혀 있다.

이상과 같이 「효경지부」의 판수는 「사서지부」와 비교할 때 많지 않다. 소독의 입문서로서 압도적인 수요가 있는 경서이면서도 위험 부담이 적은 가벼운 분량이어서 해적판이나 비슷한 종류의 주석서가 대량 유통되었기 때문이다.

제자직弟子職

〈그림 5〉 1789년 간행『경전여사』「제자직」

『경전여사』「제자직」(1책)(〈그림 5〉)은 타니 햐쿠넨의『경전여사』중 유일하게 에도에서 간행된 판본으로, 1789년에 출판되었다. 봉면지에 '사누키 타니 햐쿠넨 선생 술 번각필구 / 경전여사 제자직 전 / 동도서사 (숭산방嵩山房/신초당申椒堂) 재', 간기는 '경전여사 사서지부 同 제범여사帝範余師 / 同 충효이경여사忠孝二經余師 同 손자여사孫子余師 / 同 예기여사禮記余師 同 소학지부小學之部 / 同 제자직 육서六書(追出) / 1789년 동도서림 : 室町三丁目 스하라야 이치베 / 本町三丁目 니시무라 겐로쿠 / 日本橋通二丁目 고바야시 신베'라 되어 있다(뒤표지의 봉면지에 고바야시 신베의 소장 판목 목록이 소개된 것도 있다).『할인장』「1789년 3월 23일 할인」조에 '제자직 경전여사 전1책 햐쿠넨 선생 작 출판소 판매 고바야시 신베 스하라야 이치베'라고 보인다.

이 책은 이 판본 하나밖에 확인되고 있지 않지만, 봉면지의 '嵩山房/申椒堂 梓'라는 부분을 '옥암당재玉嵒堂梓'라고 개각한 후수본後修本(간기는 같다)도 있어, 이즈미야 긴에몬和泉屋金右衛門이 후에 구판하였다고 생각된다. 이 책은 비교적 현존하는 것이 적고 후수본이라 하여도 판면이 많이 손상되지 않은 점으로 볼 때, 다른『경전여사』와 비교하여 그다지 인쇄되지 않았던 것으로 보인다. 이렇게 수요가 낮을 것이라 예상되는 특수한 책이었기 때문에 에도의 서점이 참가할 수 있었을지도 모른다.

소학지부

『소학지부』(15권 5책)의 초판은 1791년(관정 3)에 간행되었다. 간기는 '1791년 6월 / 오사카서림 : 順慶町五丁目 柏原屋清右衛門 / 同 柏原屋與左衛門 / 同 柏原屋嘉兵衛'라 하였으니, 오사카의 서점에서 나온 것이다.

『신판원출인형장』 제7책에, '경전여사 소학지부 작자 산슈 마루카메讃州丸亀 쓰지 다이조辻泰藏 / 전부 5책 / 출판인 順慶町五丁目 가시와라야 세에몬柏原屋清右衛門 / (…중략…) / 1790년 2월'이라 하여, 쓰지 다이조의 명의로 그 절차를 밟은 것임을 알 수 있다. 서문에 따르면 이미 간행된 것에 대해 '이때에 이르러 젊은 날의 허식을 없애지 못하고 어리석게도 성씨를 적었다. 지금에 와서 깊게 후회하며 명가를 본받으려 한다'라고 하였다. 서문 마지막의 서명도 '야부 지野夫識'라고만 한 것은 이름을 숨기려 했기 때문이다. '쓰지 다이조'라는 이름은 1793년에 간행된 『시경지부』에도 사용되었으며, 1796년에 간행된 『손자지부』에서는 '작자 산슈讃州 하마 치카타浜千賀太'라는 이름이 적혀 있다. 실재한 사람인지는 둘 다 미상이다.

『할인장』「1792년 4월 정월 13일 할인」의 조에는 '1791년 6월 / 경전여사 전5책 오오카 준나 토스케大岡順和藤祐 선選 출판소 오사카 가시와라야 세에몬 판매 니시무라 겐로쿠 / 본문墨付 258장 소학지부'라 하여, 오사카에서 출판된 이후 거의 시차를 두지 않고 에도에서 널리 팔렸던 상황을 알 수 있으며, 이를 통해서도 『경전여사』의 인기를 살필 수 있다. 초판 중에도 판목이 손상된 후쇄본(소장본에는 제5책 마지막 뒤표지의 봉면지에 '(발행서림) / 에도 : 日本橋南壱丁目 須原屋茂兵衛 / 同 淺草茅町二丁目 同 伊八 / 同 日本橋通二丁目 山城屋佐兵衛 / 同 芝神明前 岡田屋嘉七 / 同 横山町三丁目 和泉屋金右衛門 / 同 下谷池之端仲町 岡村庄助 / 同 芝神明前 和泉屋吉兵衛 / 同 本石町十軒店 英屋

大助 / 교토 : 三条通御幸町角 吉野屋仁兵衛 / 비슈 나고야 : 本町通 永樂屋東四郎 / 同同所 菱屋藤兵衛 / 오사카 : 心齋橋通北久太郎町 河內屋喜兵衛'라는 간기가 있다)이 확인되고 있어 오랜 기간에 걸쳐 인쇄되었음을 짐작할 수 있다.

이 책은 1863년(문구 3)에 재판되었다. 간기는 '1791년 여름 6월 / 1863년 재각 / 에도서사 : 須原屋茂兵衛 / 岡田屋嘉七 / 山城屋佐兵衛 / 교토서사 : 菱屋孫兵衛 / 나니와서사 : 豊田屋卯左衛門 / 河內屋喜兵衛 / 河內屋和助'라 하였다. 『혼와타시조本渡帳』「8월 5일」 항목에 '소학 경전여사 재판 가와우치야 기헤河內屋喜兵衛[印] / 허가서 2통添章貳通, 신청서 포함願本共'[16]이라 하였다.

사서서지부四書序之部

1792년(관정 4)에는 『사서서지부』(1책)라는 책이 나왔다. 봉면지의 '『경전여사』「사서지부」가 이미 세상에 간행되어 크게 유행하였는데 사람들이 모두 그 서문이 빠진 것을 한스럽게 여기기에 이제 그 서문들을 모아 판각한다'라는 기록을 그대로 믿으면, 「사서지부」에 생략된 각 책의 서문에 대한 요구가 높아 기획된 것이다. 간기는 '경전여사 사서지부 전부10책 / 同 소학지부 전부5책 / 同 효경지부 전1책 / 1792년 6월 / 나니와서림 : 柏原屋與左衛門 / 柏原屋嘉兵衛 / 鴻池屋卯吉 / 山口屋又一郎'라 되어 있지만, 첫 장의 판심 아래에 '옥조집관장'이라 새겨져 있으니 다니 햐쿠넨의 소장판일 것이다. 초판에는 뒤표지 봉면지의 간기가 없고, 마지막에 가와치야 다스케의 장판 목록이 실린 후쇄본도 있다.

제2판은 1846년(홍화 3) 간행본이다. 봉면지 상단에 '1846년 병오'라 기록하였고, 간기는 마지막 장 안쪽에 '1846년 5월 / 서림 에도 : 日本橋

通一丁目 須原屋茂兵衛 / 오사카 : 南久太郎町心齋橋通 河內屋又市郎 / 順慶町五丁目 柏原屋與左衛門'라고 적혀 있다. 『사서서지부』는 모두 두 종류의 판본뿐인데, 앞서 서술한 바와 같이 1861년 간행의 『(증정)경전여사』에도 서문이 실려 있다.

시경지부

『시경지부』(8권 8책) 또한 모두 두 종류의 판본이 있다. 초판은 1793년(관정 5) 간본으로 권말에 '1793년 4월 / 오사카서림 : 가시와라야 요자에몬 / 가시와라야 기헤'라는 간기가 있다. 『신판원출인형장』 제7책에 '覺 / 경전여사 시경지부 전부5책 / 작자 산슈 마루카메 쓰지 다이조 / (…중략…) / 1791년 2월 / 출판인 가시와라야 기헤[印] / 御行司中'라는 출판 신청서가 있다. 『할인장』「1793년 10월 15일 불시할인寬政五年癸丑十月十五日不時割印」 항목에서 '1793년 9월 / 경전여사 시경지부 전10책 사누키 햐쿠넨 선생 저 / 출판소 오사카 가시와라야 기헤 / 판매 니시무라 겐로쿠'라 하여 에도에서도 1793년 10월에 보급되었음을 알 수 있다.

제2판은 1849년(가영 2)에 간행된 것으로 '1793년 4월 각 / 1849년 4월 재각 / 에도서림 : 日本橋通一丁目 須原屋茂兵衛 / 오사카서림 : 北久太郎町五丁目 河內屋喜兵衛 / 順慶町五丁目 柏原屋淸右衛門 / 同町 柏原屋與左衛門'라는 간기가 있다. 이 책은 '발행서사 / 에도 : 日本橋通一丁目 須原屋茂兵衛 / 同 二丁目 山城屋佐兵衛 / 同 芝神明前 岡田屋嘉七 / 교토 : 御幸町御池南 菱屋孫兵衛 / 오사카 : 堺筋長堀橋南詰 柏原屋武助 / 同 心齋橋南一丁目 敦賀屋九兵衛 / 同 安堂寺町 敦賀屋彦七 / 同 堺筋大寶寺町角 豊田屋宇左衛門'이나 '발행서사 / 에도 : 日本橋南壱丁目 須原屋茂兵衛

/ 同 淺草茅町 同 伊八 / 同 日本橋通二丁目 山城屋佐兵衛 / 同 芝神明前 岡田屋嘉七 / 同 横山町三丁目 和泉屋金右衛門 / 同 芝神明前 內野屋弥平治 / 同 日本橋通二丁目 須原屋新兵衛 / 同 室町二丁目 大坂屋藤助 / 교토 : 三条通御幸町角 吉野屋仁兵衛 / 비슈 나고야 : 本町通 永樂屋東四郎 / 오사카 : 心齋橋通安土町 河內屋和助 板', 또한 '발행서림 / 에도 : 日本橋南壱丁目 須原屋茂兵衛 / 同 淺草茅町 同 伊八 / 同 日本橋通二丁目 山城屋佐兵衛 / 同 芝神明前 岡田屋嘉七 / 同 横山町三丁目 和泉屋金右衛門 / 同 下谷池之端仲町 岡村庄助 / 同 芝神明前 和泉屋吉兵衛 / 교토 : 三条通御幸町角 吉野屋仁兵衛 / 비슈 나고야 : 本町通 永樂屋東四郎 / 同 同所 菱屋藤兵衛 / 同 同所 菱屋平兵衛 / 오사카 : 心齋橋通北久太郎町 河內屋喜兵衛'라는 간기가 있는 것 등 다양한 종류의 후쇄본을 확인할 수 있다. 또한 '1856년 개정 / 삼도서사 / 에도 : 日本橋南壱丁目 須原屋茂兵衛 / 同 二町目 山城屋佐兵衛 / 비슈 나고야 : 本町七町目 永樂屋東四郎 / 교토 : 二条東洞院 田中屋治助 / 오사카 : 心齋橋安土町南エ入 河內屋和助 板'이라는 간기가 있는 책도 있는데, 이것은 가영판과 같은 판본이다.

손자지부

『손자지부』(2권 2책)는 1796년(관정 8)에 간행되었다. 간기는 '1796년 정월 발행 / 오사카서림 : 松村九兵衛 / 澁川與左衛門 / 澁川清右衛門 / 泉本八兵衛 / 淺野弥兵衛 / 梶原嘉兵衛'라고 한다. '1796년 정월 발행 / 발행서사 / 에도 : 日本橋南一丁目 須原屋茂兵衛 / 同 芝神明前 岡田屋嘉七 / 비슈 나고야 : 本町 永樂屋東四郎 / 교토 : 寺町筋三条西 丸屋善兵衛 / 仝三条御幸町角 吉野屋仁兵衛 / 오사카 : 心齋橋筋北久太郎町 河內

屋喜兵衛 / 同 唐物町南エ入 河内屋太助'라는 간기의 후쇄본도 있지만, 이는 한 판본밖에 확인되지 않는다.

「개판 온네가이 가키히카에」에 '경전여사 손자지부 71장 전부 2책 / 작자 산슈 하마 치카타 / 출판인 博勞町 가시와라야 기헤'[17]라는 기록이 보인다. 『신판원출인형장』 제8책에는 '경전여사 손자지부 전2책 / (…중략…) / 1795년 11월 가시와라야 기헤 [印] / 御行司所中'이라는 기록이 있다. 또한 『출근장』 13번, 「1796년 5월 18일」 항목에는 '경전손자지부 판매허가서'라고 하니 다른 지역에서의 판매가 허가된 것이다. 『할인장』 「1796년 5월 8일 불시할인」 항목에는 '同 1795년 정월 / 경전여사 손자지부 햐쿠넨 선생 / 출판소 가시와라야 기헤 / 판매 니시무라 겐로쿠 / 同 본문 72장'이라 하여 날짜가 약간 어긋난다. 『출근장』의 기사는 에도 이외 지방에서의 판매 허가에 대한 기록으로 보인다.

서경지부

『서경지부』(6권 6책)는 1815년(문화 12) 출판본이다. 초판의 간기는 마지막 책 뒤표지의 봉면지에 '1815년 2월 / 헤이안(교토)서림平安書林 : 今村八兵衛 / 田中市兵衛 / 石田治兵衛 / 風月庄左衛門 / 동도서림 : 須原茂兵衛 / 나니와서림 : 澁川與左衛門 / 藤井六兵衛 / 柳原喜兵衛 / 森本太助'라 하였다. '발행서림 / 에도 : 日本橋南壱丁目 須原屋茂兵衛 / 同 淺草茅町 同 伊八 / 同 日本橋通二丁目 山城屋佐兵衛 / 同 芝神明前 岡田屋嘉七 / 同 同所 和泉屋吉兵衛 / 同 下谷池之端仲町 岡村庄助 / 同 本銀町三丁目 永樂屋丈助 / 同 十軒店 英屋大助 / 교토 : 三条通御幸町角 吉野屋仁兵衛 / 비슈 나고야 : 本町通 永樂屋東四郎 / 同 同所 菱屋藤兵衛 / 오사

카 : 心齋橋通北久太郎町 河内屋喜兵衛'라는 간기를 별책에 갖춘 것도 있다. 『출근장』 28번(1814.5.11)에 '경전여사 서경지부, 가와타에게 출판 신청서가 와서 심사료를 받고 신청을 허락하였음'[18]이라 하였다. 그 신청서는 『신판원출인형장』 제12책에 '경전여사 서경지부 전5책 / 작자 인슈 돗토리因州鳥取 다니 다이로쿠 / 출판인 唐物町四丁目 가와치야 다스케 / (…중략…) / 1814년 5월 출판인 가와치야 다스케 [印] / 年行司衆中'[19]라고 보인다. 또한 『개판 온네가이 가키히카에』에는 '同上 (1814년 7월) / 경전여사 서경지부 전5책 / 작자 인슈 돗토리 다니 다이로쿠 / 출판인 唐物町四丁目 가와치야 다스케'라 하였다. 그리고 『출근장』 29번, 「1815년 2월 20일」 항목에 '『서경여사』가 완성되어 판매 허가서 3통을 가와치야 다스케에게 보냈다. 신청서가 돌아오면 판목 비용을 수취한다. (…중략…) 경전여사 서경지부, 견본을 보내 옴'이라 한 것은 다른 지역으로의 판매와 관련된 것이라 생각된다.

이 책은 1858년에 재판되었다. 간기는 '1815년 2월 / 1858년 정월 재각 / 헤이안서림 : 丸屋市兵衛 / 石田治兵衛 / 風月庄左衛門 / 동도서림 : 須原屋茂兵衛 / 山城屋佐兵衛 / 나니와서림 : 河内屋喜兵衛 / 河内屋太助 / 河内屋源七郎 / 河内屋和輔 / 柏原屋與左衛門 / 豊田屋卯左衛門'라 하였다. '발행서사 / 에도 : 日本橋南壱丁目 須原屋茂兵衛 / 同 淺草茅町 同 伊八 / 同 日本橋通二丁目 山城屋佐兵衛 / 同 芝神明前 岡田屋嘉七 / 同 兩國横山町三丁目 和泉屋金右衛門 / 同 芝神明前 内野屋弥平治 / 同 日本橋通二丁目 須原屋新兵衛 / 同 室町二丁目 오사카 : 屋藤助 / 교토 : 三条通御幸町角 吉野屋仁兵衛 / 비슈 나고야 : 本町通 永樂屋東四郎 / 오사카 : 心齋橋通安土町 河内屋和助 판'이라는 간기의 후쇄본도 있다. 『출근장』 61번,

「1858년 정월 11일」 항목에 '가와치야로부터 경전여사 서경지부 재판 신청서가 도착해 확인 후 승인하였음', 「20일」 조에 '가와치야 다스케로부터 경전여사 서경지부가 완성된 후 24문 1분의 판목 비용을 요청하여 받고, 완성본 1부를 받아 장부에 적었음'[20]이라고 보인다. 또한 『1854년 이후 타국판매출첨장증문장他國版賣出添章證文帳』에는 '경전여사 서경지부 출판소 오사카 가와치야 와스케 / 전부 6책 매출인 오른쪽과 동일인(후게쓰 쇼사에몬風月庄左衛門) [印]'[21]라고 하여, 간기에 나타나는 후게쓰 쇼사에몬에서 교토의 보급과 판매를 맡고 있음을 확인할 수 있다.

역경지부

『역경지부』(7권 7책)도 모두 두 종류의 판본이 있다. 초판은 1819년(문정 2) 출판본으로 간기는 '1819년 11월 발행서림 / 교토 : 勝村治右衛門 / 에도 : 須原茂兵衛 / 同 伊八 / 오사카 : 澁川與左衛門 / 淺野弥兵衛 / 柳原木兵衛 / 岡田儀助 / 森本太助'라 한다. 이 책 또한 '발행서사 / 에도 : 日本橋通壱丁目 須原茂兵衛 / 同 二丁目 山城屋佐兵衛 / 同 二丁目 須原屋新兵衛 / 同 芝神明前 岡田屋嘉七 / 同 芝神明前 和泉屋吉兵衛 / 同 兩國橫山町壱丁目 出雲寺万治郎 / 同 淺草茅町二丁目 須原屋伊八 / 오사카 : 心齋橋通 北久寶寺町 河內屋源七郎 판'이라는 간기가 있는 것 등 후쇄본을 몇 가지 확인할 수 있다.

『출근장』 32번(1819.2.5)에 '오른쪽과 동일한 사람(가와치야 다스케)으로부터 『역경 경전여사』의 출판 신청서가 왔으니 잘 살필 것', 같은 책 33번(1819.10.5)에 '같은 날 다섯 번째 시, 텐만구미 총회소天滿組摠會所 / 주역 경전여사 출판인 가와치야 다스케 / 수음발구집秀吟發句集 同 후지야 젠시치

藤屋善七 / 東御奉行様御免'라 하였으며, 또한 33번(1820.2.5)에 '경전여사 역경, 견본을 보내와 승인함'[22]이라고 하여, 그 출판 과정의 흐름을 추적할 수 있다. 『신판원출인형장』 제13책의 기록에 따르면,* '주역 경전여사'라는 서명으로 출판 절차가 진행되고 있던 것을 '경전여사 역경지부'라 고치고, 거기에 서발문을 더하여 출판하였던 사정을 살필 수 있다(『개판 온네가이 가키히카에』에도 같은 내용의 기사가 있다).

제2판은 1848년(가영 元)에 간행되었다. 간기는 '1848년 3월 재각 / 서림 교토: 勝村治右衛門 / 에도: 須原茂兵衛 / 同 伊八 / 山城屋佐兵衛 / 오사카: 澁川與左衛門 / 柳原木兵衛 / 岡田儀助 / 森本太助'라 하였다. 같은 판으로 '발행서사 / 교토: 三条通御幸町 吉野屋仁兵衛 / 도쿄: 日本橋南壱丁目 須原屋茂兵衛 / 同 通二丁目 山城屋佐兵衛 / 同 同所 須原屋新兵衛 / 同 芝神明前 岡田屋嘉七 / 同 同所 和泉屋市兵衛 / 同 兩國横山町三丁目 和泉屋金右衛門 / 同 下谷池之端仲町 岡村屋庄助 / 비슈 나고야: 本町通 永樂屋東四郎 / 同 同所 万屋東平 / 同 同所 菱屋藤兵衛 / 同 同所 菱屋平兵衛 / 오사카: 心齋橋通安土町 河內屋喜兵衛 판'이라는 간기가 있는 것도 있어, 이 판목으로 명치 시대까지 인쇄되었음을 알 수 있다.

---

* "覺 / 周易經典余師 全部七冊 / 作者 因州鳥取 溪代錄 / 開板人 唐物町四丁目 河內屋太助 / 右之書文政二卯年二月奉願上 同年十月奉御奉行樣御免被爲 仰付難有奉存候所此度序文貳枚跋文貳枚都合四枚相增幷ニ題號 經典余師易經之部與仕板行仕候處十一日作者より申出候間何卒御願上可被下候万一何方より差構申出候共年行司衆中御差圖次第違背申間敷候爲後日仍而如件 / 文政二卯年十一月 開板人 河內屋太助 [印] / 年行司衆中"

근사록

『경전여사』「근사록」(14권 5책)은 1843년(천보 14) 가와치야 다스케가 간행한 것이다. '1843년 정월 발행 / 삼도서림 / 교토 : 三条通堺町西へ入 出雲寺文治郎 / 에도 : 日本橋通壱丁目 須原屋茂兵衛 / 오사카 : 心齋橋通 唐物町南へ入 河內屋仁助 / 同 同南久寶寺町北へ入 河內屋直助 / 同 同通 唐物町南へ入 河內屋太助'라는 간기의 판본 하나밖에 확인되지 않는다. 『출근장』 51번(1839.8.5)에 '가와타로부터 『경전여사』「근사록」 간행 신청서가 와서 규정대로 확인 도장을 찍고 심사료를 청구하였음' 또한 「1839년 10월 25일」의 항목에는 '가와타로부터 『경전여사』「근사록」 신청서가, 가와하라에게서 『도규사록導窺私錄』 신청서가 와서, 이 두 가지 품목에 대한 신청을 허가하였음'[23]이라 하여, 출판 신청부터 간행에 이르기까지 몇 년이 걸렸음을 알 수 있다.

3. '여사'의 시대

『경전여사』는 「사부지부」를 필두로 하여 상당한 양이 간행되었는데, 이는 그 판수로부터 추측할 수 있다.

1832년에 출판된 『경성정사 대객傾城情史 大客』(關亭京鶴 作, 京都 田中專助 版)은 『경전여사 대학』의 패러디였다. 샤레본 같은 희작에 잘 쓰이지 않던 '반지본' 형태로 출판한 것은 『경전여사』를 모방한 것이다. 봉면지에 '이 책은 하쿠넨 선생의 『경전여사』를 본받아'라고 한 것처럼, 자서나 부언 그리고 본문도 『대학』을 흉내 내어 한문 본문에 두 줄의 히라가나

할주를 붙인 『경전여사』 양식을 재현하고자 한 왕해물枉解物(주석서 패러디)이다. 『경전여사』가 히라가나 읽기와 해설이 붙은 한적 주석서의 대명사로 인식되고 있는 상황에서 만들어진 희작이다.

다메나가 슌스이爲永春水 작 · 게사이 에센溪齋英泉 그림의 『의견 하야비키 대선 절용意見早引大善節用』은 하야비키 절용집의 양식을 모방한 통속 교훈서이다.[24] 1843년 야마자키야 세시치山崎屋清七가 간행한 것으로 권두화口繪에* 야마자키야 세시치의 가게가 그려져 있다. 여기에 '사서주해 전부', '증보 하야비키 절용집 전1책', '경전여사 신각교합新刻校合'이라는 세 장의 외제간판이 있다. 야마자키야는 가영(1848~1853) 연간의 유통업 부흥 시기에는 쇼모쓰 서점조합에 가입하고 있지만, 천보(1830~1843) 시기부터는 오직 왕래물만을 출판하던 서점이다. 가게 앞에는 '해상안전海上安全'이나 '오사카□쵸大坂□町 / 가와치야□헤河内屋□兵衛'라는 말이 쓰여 있는 뱃짐이 쌓여 있어, 가미가타에서 출판된 서적을 에도로 유통하는데 주력하던 모습을 살필 수 있다. 『경전여사』의 간기에는 나오지 않는 서점이지만, 다른 두 책들과 마찬가지로 야마자키야가 취급하기에 좋은 안정적으로 팔리는 서적의 대표로 『경전여사』가 언급되고 있다. 『경전여사』의 침투 상황을 잘 살필 수 있다.

2장에서 다루었는데, 가이노쿠니 시모이지리甲斐國下井尻 마을의 지주였던 요다依田 집안[25]의 문서에도 『서물대차공일기장書物貸借控日記帳』이 있다. 이에 따르면 요다 소지依田宗二와 그 주변 사람들의 독서물은 어느 것이든 심학서 또는 교훈서이다. 『경전여사』는 이 책들과 함께 독서의 대상이 되

---

* 구치에(口繪) : 서적이나 잡지에서 표지 다음이나 본문 앞에 별도로 집어 넣은 그림이나 사진.

고 있다. 경서의 세계를 헤치고 들어감으로써 확고한 윤리적 지침을 획득하고, 지역에서의 지도적 입장을 확보해 간다는 목적을 확인할 수 있다.

관정 시기 이후부터 촌락의 지도자층 이외의 계층에도 소독이 유행하기 시작하였다.(제2장 참조) 그리고 그러한 호학의 풍조와 연동하여, 지방으로의 또한 지방으로부터의 서적 유통망이 열려 그 밀도를 더해갔다. 『경전여사』와 같은 독학을 위한 참고서는 새롭게 형성되어 가는 서적 유통의 회로를 타고 구석구석까지 흘러가기에 적합한 서적이었다. 그리고 이와 같은 서적의 등장이 신분과 지역을 넘어서 이전 시대에는 없던 서적의 수요를 불러왔음에 틀림없다.

성현의 가르침을 '히라가나로 대략 설명한다'라는 점으로 인한 『경전여사』에 대한 거리낌은 보통의 독자들에게는 처음부터 없었을 것이다. 앞서 언급했던 요다 집안의 장서목록에도 『경전여사』를 구입한 사실이 적혀 있다. 오카다岡田 마을의 관리 데라사와 나오오키寺澤直興의 장서목록인 『서물목록』(1804년 정월)에도 '다니 햐쿠넨 선생 술 / 경전여사(대학/맹자/논어/중용) 전부10책 / 다니 햐쿠넨 선생 술 / 경전여사 효경 전1책'[26]이라고 보이는 등 장서목록에 적혀 있는 사례가 적지 않다. 서당이나 가숙을 경영하는 사람도 이 책의 편리함에 혜택을 입고 있다. 예를 들어 조슈 하라노고上州原之鄕 마을에서 서당 구십구암九十九庵을 열고 있던 3대 후나쓰 덴지베船津傳次平[27]의 『가재세시기家財歲時記』「쇼혼 오보에諸本覺」라는 서적 구입에 대한 기록이 있는데, 여기서 '1849년(酉) 봄 / 시경여사 15문', '〃(巳 · 1857년) / 300문 사서서여사四書序余師 / (…중략…) / 서경여사 12문', '〃(酉 · 1861년) / 고문전후집 여사古文前後集余師 금1분과 100문'이라는 기사를 볼 수 있다. 덴지베는 백문白文 경서도 구입하고 있어, 소독의 '정해正解'를 간편하게 얻기 위한 공구서로 『경전여사』를 이용하였다고 추측된다. 또한 기류신마치桐生新町의 구미가시라組頭役*로서 '잔원사潺湲舍'라는 사설도서관을 설립한 문인 나가사와 진에몬長澤仁右衛門의 장서목록인 『서적목록 잔원사』 「1819년 3월」에는 '경전여사 제자직효경지부 2본'[28]이라는 기록이 보인다. 그 외로도 시나노 도요시나信濃豊科에서 사숙 실천사實踐社를 열고 있던 후지모리 게이코쿠藤森桂谷의 장서(豊科町 향토박물관 소장) 등 지방의 습자와 소독 선생의 구장서에도 『경전여사』가 다수 포함되어 있다. 소독의 수요가 높아지는 것에 부응하여 사숙의 선생에게도 점점 『경전여사』가 중요한 서적이 되었던 것이다.

세타가야世田谷 령領 제10대 대관代官 오바 야주로大場弥十郎가 지은 『아가타노이시즈에県の礎』 권3에 「이즈미무라 구리치후 진조 귀촌취계기和泉村久離致候甚藏歸村取計記」라는 기사가 있다. 이에 따르면 근방 제자의 교육에 정렬을 쏟고 『(道話)자수편自脩編』(1828년 간행) 등을 저술한 오마치 유하치小町雄八는 원래 '진조甚藏'라 불리던, 노름과 장물 매매 등에 종사한 난봉꾼이었다. 1795년 21세가 되던 해, 마을을 떠나 에도로 나와 가메다 보사이龜田鵬齋의 문하에서 밥을 짓고 나무를 하는 한편, 글자와 소독 공부에 진력하여 기쿠치 고잔菊池五山과 오타 긴조大田錦城에게 입문하는 등 학문을 연마하는 데 힘을 쏟았다. 고향으로 돌아가는 것을 허락받고, 유학자로 입신하게 되면서 '오마치 유하치'라고 개명하였다.[29] 같은 기사 중에 '도박에 빠져 지내는 중에도 『당시선』이나 가나본 종류의 책을 품속에 지니었다는 소문이 있었다'라는 내용이 있다. '가나본 종류仮名本之類'가 '히라

* 구미가시라(組頭役) : 에도 시대의 지방 관리의 하나. 촌장을 도와 마을의 일을 맡아 보던 직분이다.

가나 해설平仮名付訓' 경서라고 단언할 수는 없지만, 그의 소독 학문 성취의 기반이 되는 독학의 공구서로서 『당시선』과 함께 나열되고 있다는 점에서 그 가능성이 적지 않다.

그렇다면 『(증정)경전여사』(1861)에 수록된 「독서의 대의讀書の大意」에 나온,

> 이 책은 『대학』·『중용』·『논어』·『맹자』 사서를 읽는 방법을 간단히 얻을 수 있고, 그 의미의 대강을 어린 사람들도 알 수 있도록 히라가나로 읽는 방법을 붙인 것이다. 궁벽한 산중의 소독 선생이 없는 곳에서도 이 책을 옆에 두고 항상 숙독한다면, 성인과 현자의 가르침의 요체를 깨달아 스스로를 닦고 집안을 다스리며, 만물의 원리를 밝게 살피고 사물에 현혹되지 않는 근본을 확립할 수 있다. 그야말로 우주 제일의 책이니, 뜻을 세운 아이들은 게으름 피지 말고 이 책을 숙독해야 할 것이다.

라는 광고 문구를 그대로 실천한 사례가 될 것이다.

한편, 스즈키 리에鈴木理恵 씨는 게이슈 야마가타芸州山県 군에서 대대로 신직神職에 종사해 온 이노우에井上 가문의 장서를 조사하고 그 장서의 기능에 대해 오랫동안 연구해 왔는데,[30] 그에게 다음과 같은 정보를 얻었다. 다음의 기술은 모두 그의 조사에 따른 것이다. 이노우에 가문에는 『경전여사』 「사부지부」가 9책(『중용』 부분이 결락) 현전하고 있는데, 제9책(『맹자』 4)에 '『경전여사』의 사서와 『효경』, 모두 11책은 이노우에 요리사다井上頼定의 부인 미카미三上 씨가 가져온 책이다'라는 기록이 있다.* 다시 말해, 이노우에 요리사

---

* "經典餘師四書幷ニ孝經共十一冊, 井上賴定妻三上氏(石見國邑智郡上田村長田郷柿ノ尾山神社大宮司三上式部正藤原隆邦之五女登那美, 賴壽之母也)持參之本也. 賴壽誌置"

다의 후처로서 1821년에 이 가문으로 시집 온 미카미 도나미登那美가 『경전여사』 「효경지부」와 함께 친정에서 가져온 서적이었다. 도나미에 대해서는 이 가문의 소장 문서 「내용서內用書」(부인을 병으로 잃은 이노우에 요리사다의 후처가 될 만한 여성을 찾는 일을 부탁받은 지인으로부터의 답장, 「1821년 3월 27일」에 수록)에 따르면 '나이 24세, 기량이 출중하고 총명하며 사서 정도를 읽을 수 있음'이라고 하였다. 중매인의 말이라 그대로 믿을 수는 없지만, 젊은 여자가 '사서 정도를 읽을 수 있다'라는 평가를 받을 정도의 교양을 쌓은 일에 대해서는 『경전여사』가 적지 않은 역할을 담당했을 것으로 추정된다. 즉 이것은 여성의 『경전여사』 향유라는 흥미 깊은 사례로 인정할 수 있다. 더구나 기록에 나오는 '주인 요리토시賴壽'는 도나미의 외아들이다. 이 『경전여사』 각 권에 '이노우에 요리토시 소장본井上賴壽藏本'이라는 기록도 있어, 그 또한 이 서적에 도움을 받았을 가능성이 높다.[31] 『경전여사』는 다양한 계층의 사람들에게 경서의 세계로 열리는 문호를 크게 넓힌 것이다.

가업에 지장을 주지 않는 범위에서, 소독의 스승을 구하지 못할 경우 독학으로 학문을 할 수 있는 시대가 찾아왔다. 그 때에 필요한 서적으로 가장 널리 알려진 것이 『경전여사』이며, 여기서 더 나아가 『경전여사』의 양식을 모방한 일련의 '여사'까지 등장하였다. 이 책들의 유행은 근세 후기, 지역과 계층을 넘어 넓은 범위로 두텁게 쌓여가던 소독과 학문을 향한 지향을 그대로 보여주고 있다. 그들의 잠재적인 수요에 응했다고도 생각되는 『경전여사』의 등장은 기실 역사의 필연이었을 수도 있다. 그리고 이러한 히라가나 읽기와 해설이 붙은 경서의 쉬운 주석서라는 발명품은, 보다 고차원적인 자신을 이루려는 사람들의 의욕을 키우고, 넓은 범위의 지식 수준 향상에 커다란 기여를 했음에 틀림없다.

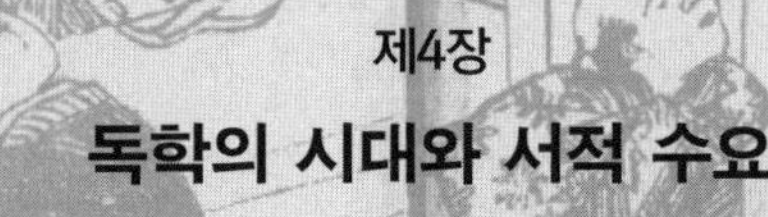

제4장

독학의 시대와 서적 수요

1786년(천명 6) 6월, 『경전여사』 「사서지부」(옥조집관玉藻集館 장판)가 출판되고, 다음해 1787년 1월에 『경전여사』 「효경지부」(清水長右衛門 판)가 출판되었다. 이 책들은 큰 호평을 받았고 이후 이 시리즈는 순조롭게 간행되었다. 1788년에는 『경전여사』 「제자직」(須原屋市兵衛・西村源六・小林新兵衛 판), 1791년 6월에는 『경전여사』 「소학지부」(柏原屋清右衛門 판), 1792년 6월에는 『경전여사』 「사서서지부四書序之部」(옥조집관 장판), 1793년 4월에는 『경전여사』 「시경지부」(柏原屋嘉兵衛 판)가 나왔다. 여기에 더해 1794년 11월에는 초판을 닮도록 찍었던 『사서지부』(옥조집관 장판)의 재판이 간행되었다. 그리고 1796년 정월에 『경전여사』 「손자지부」(柏原屋嘉兵衛 판)가 출판되고, 1815년 2월 간행의 『경전여사』 「서경지부」(河內屋太助 판), 1819년 11월 간행 『경전여사』 「역경지부」(河內屋太助 판), 1843년 정월 간행 『경전여사』 「근사록」(河內屋太助 판)을 마지막으로 다니 햐쿠넨이 편찬한 『경전여사』가 전부 갖추어졌다.

앞서 언급한 대로 『경전여사』의 출판은 관정 개혁 아래 학문의 장려를 중시했던 분위기와 맞아 그 유행의 기세를 더했다. 그러나 갑작스럽게 학문을 강요받았던, 그동안 학문을 닦지 않던 막신들만의 수요로는 이 책의 다양한 판종을 통해 짐작되는 방대한 발행 부수가 소화되었을 리 없다. 그와 같은 유행이 가능했던 것은 보다 광범위한 수용자층의 지지가 있었기 때문이다. 그리고 그 지지는 『경전여사』가 개척한 것도 있지만 그보다는 잠재적으로 존재하던 일반 대중들의 취향과 맞았기 때문에 얻은 것이다.

이 장에서는 『경전여사』의 영향을 받아 나타난 서적들까지 그 범위를 넓혀 당시 일반 대중의 지향에 대해 고찰하기로 한다.

1. 『경전여사』 스타일의 배경

히라가나 읽기와 해설이 붙은 경서

『경전여사』는 '히라가나 해설이 붙은 주석서平仮名付訓注釋書'라는 매우 정형화된 형식을 만들어냈고, 이 형식을 모방한 유사 서적이 다수 출판되었다. 그러나 이러한 형태를 따르지 않은 평이한 경서 주석서나 히라가나 훈점만 붙은 경서도 천명(1781~1788) 연간에는 출현하였다.

예를 들면, 히라가나로 쓴 『효경』 주석서로 1788년(천명 8) 정월 에도의 고바야시 신베에서 출판된 다이호 쓰카타 다몬大峯塚田多聞 편찬의 『고문효경 화자훈古文孝經和字訓』(대본 1책)이 있다. 서두에 '이 책에 붙은 요미가나(한자 옆에 가나로 읽는 법을 적은 것)는 세간의 아동을 지도하기 위한 것인데, 사람들이 간절히 부탁하기에 이를 거절하지 못하고 대강 적었다'라고 적고 있다. 이 책은 『경전여사』 「효경지부」가 에도에 유통된 것과 비슷한 시기에 출판되었으니, 『경전여사』의 성공을 의식하고 기획되었음에 틀림없다. 각 문장마다 두 줄로 옆에 가타카나 해설을 붙이고 있다.

가키쿠다시문은 없고 본문에 가에리텐과 가타카나로 쓴 해설을 더한 형태이다. '대본大本'이라는 책의 형태에서 초학자들의 독학 자습을 위한 것으로 보기에는 『경전여사』보다 약간 문턱이 높다는 인상이 든다.

마찬가지로 고바야시 신베에서 1802년에 출판한 긴쇼센金勝仙의 『(和字/正註)고문효경해』(반지본 1책) 또한 히라가나 해설이 붙은 『효경』 주석서이다. 세밀하게 구절을 나눈 본문에 가에리텐과 히라가나 읽는 법을 옆에 붙이고, 두 줄로 히라가나가 섞인 총방훈總傍訓(전부 훈독한 것) 주석을 적은 형태로, 이 또한 『경전여사』의 방식은 아니다. 봉면지의 출판소 인사말에는 '이 책은 본문에 히라가나로 읽는 방법을 적고 주석에 자세한 해설을 붙여 아동들도 이해하기 쉽도록 하였다. 스승에게 나아가 배우지 않아도 효의 길을 알 수 있는 보물과 같은 책이다'라고 적혀 있다. '배우지 않고'라는 구절은 '스승에게 나아가지 않고도'라는 의미일 것이다. 이 책 또한 『경전여사』의 부산물 중 하나임은 말할 필요도 없다.

1789년 정월 간행된 쓰루야 기에몬鶴屋喜右衛門 판 『대학 히라가나부』는 중본 1책이며, 책머리에 '학문의 대의學問之大意', '학문의 지름길學問之捷徑' 등이 적힌 것으로, 커다란 제첨을 갖춘 외양으로 볼 때 왕래물과 같은 형태이다. 쓰루야 기에몬은 쇼모쓰(학술서)와 지혼(통속물)을 모두 취급하는 서점으로, 이 책은 형태로 짐작하건대 분명히 지혼 서점에서 나온 책이다. 왕래물의 독자와 유통 경로를 상정하고 출판한 것임에 틀림없다. 『경전여사』의 출현으로 새롭게 부상한 시장에 신속하게 대응한 기획이다.

이 책에 대해서는 『할인장』 「1793년 9월 할인」 조목에 '1789년 정월 / 대학 히라가나부 수서중본首書中本 전1책 기타오北尾 그림畵 (출판소 신청인) 쓰루야 기에몬'이라는 기사가 있다. 당시 에도판 왕래물의 전형적인 형태이며, 판목의 글씨 또한 기타오 시게마사北尾重政가 쓴 것으로 보인다.[1] 이 할인(허가)은 다른 지역으로의 유통을 위한 것이다. 이 즈음부터 에도를 넘어서 전국적으로 두드러진 현상이 된 읽기 쉬운 경서에 대한 수요의 판매를 대비한 것이다.

이 책 중에는 1821년 판도 있는데 그 간기는 '1821년 겨울 11월 길단吉旦 / 서사 강도江都(에도) 本町筋下エ八丁目通油町 쓰루야 기에몬 재'라 되어 있다. 이렇게 간편한 형태의 경서가 왕래물의 독자와 별반 다르지 않은 계층에서 크게 환영받고 있었다.

쓰타야 주자부로의 사례

쓰타야 주자부로 또한 『효경』에 대해 히라가나로 읽는 교훈서, 또는 일본어 해석본으로 출판할 것을 일찍부터 생각했던 것 같다.

1782년 3월 간행의 왕래물 『연중용문지보장年中用文至寶藏』 권말에 '화국가나和國仮名 효경 대본 전'이라는 광고가 있으며, 1783년에 간행된 『하마노키사코浜のきさこ』에도 '화국가나 효경 중본 전1책'이라는 광고가 있다. 그러나 실제로 이 시기에 이러한 제명의 서적을 출판했는지는 확인되지 않는다. '근각'이라 하여 이후에도 한동안 같은 서명이 쓰타주에서 나온 출판물 마지막의 광고 목록에 보인다. 출판 기획은 있었지만 실제로 출판되지는 못한 채 시간이 흘러간 것으로 보인다.

1784년 간행 『(靜世/政勅)무가제법도武家諸法度』의 권말 광고에는 '(新撰) 화훈가나和訓仮名 효경 / 근각 : 히라가나로 『효경』을 아동에게 가르치다'라는 기사가 있다. '화훈'이라는 단어가 쓰이고 있는 점에서 이 시기 히라가나 훈점 아니면 히라가나 표기의 일본어 번역이라는 기획을 생각했을 것이다.

1789년 3월에 간행된 『(貞永規定)어성패식목』 권말의 광고에는 '화국가나 효경 대본 두서회입 / 전1책 근일출래近日出來: 이 책은 『효경』의 의미를 쉽게 히라가나로 풀어 자식으로서 부모님께 효도해야 하는 도리를 가르친다'라고 적혀 있다. '대본 두서회입'이라는 점에서 왕래물과 같은 형태를 의도했다고 추정된다.

1796년에 간행된 황표지 『무카시가타리 기쓰네노요메이리昔語狐娵入(옛날 여우 며느리 들이는 이야기)』의 광고 목록에는 '효경 전 : 고문·금문 『효경』의 서문과 본문의 의미를 자세히 해석하고 히라가나로 적어, 소독을 배우지 않고 스승에 나아가지 않아도 『효경』의 뜻을 이해할 수 있도록 설명하였다'라고 되어 있다. '소독을 배우지 않고 스승에 나아가지 않아도'라는 것은 그야말로 『경전여사』가 의도한 것과 겹친다. 원고가 확정되었거나 혹은 상당히 구체적인 정도로 내용이 완성된 것이라 생각된다.

한편, 이렇게 힘들게 나온 가나 해설 『효경』의 출판 기획은 1797년 3월에 드디어 실현된다. 아술재蛾術齋(이시카와 마사모치石川雅望) 편, 중본 1책의 왕래물과 같은 체재로, 서명은 『효경 히라가나부』이다. 권말에 '효경소해孝經小解 전3책 구마자와 료카이熊澤了海 저 : 가타카나로 『효경』을 자세히 해설한 책으로 아이들이 자주 펼치며 덕을 키울 것'이라는 『효경소해』의 광고가 보인다. 쓰타야 주자부로가 관여했음에 틀림없는 『효경소해』는 아직 실물을 본 적이 없는데, 『효경』의 주석서를 간행하는 동안 판권을 취득하였을 것이다. 서명 옆에 작은 글씨로 '국자방훈國字傍訓 / 이어약해俚語略解'라고 쓰여 있으며, 본문의 형식은 당연히 해적판類板의 혐의를 입지 않기 위해 『경전여사』와 다르다. 가에리텐이 붙은 『효경』 본문을 계선 없이 대자 7행으로 배치하고 총방훈으로 훈독을 도우며, 상단에 쉬운 어주語注를 붙이고 있다. 이미 간행된『경전여사』「효경지부」와 다른 양식이면서도 같은 부류의 수요에 응하기 위한 궁리가 필요했을 것인데, 이 출판소가 출판을 구상한 후 적절한 인재를 구해 완성하기까지 이 정도의 시간이 필요했던 것이다. 이 책의 체재는 반지본의『경전여사』와 비교할 때 중본의 얇은 표지에 커다란 제첨을 갖춘 왕래물과 같은 형태로, 쓰루기鶴喜 판『대학 히라가나부』와 함께 이 에도의 출판소가 어느 계층을 판매 대상으로 생각하는지 잘 보여주는 사례이다.

『경전여사』의 유행을 배경으로 이와 같은 서적이 출현했음은 틀림없지만, 쓰타주 등이『경전여사』이전부터 일찍이『효경』의 일본어 번역본을 출판하려 했던 일을 보면,『경전여사』가 세상에 크게 환영받은 것도 결국 이와 같은 서적들의 잠재적 수요가 임계점에 도달했기 때문일 것이다.

한편 쓰타주가 1794년 6월에 간행한『천자문』주석서로 아술재 주인이 지은『약해 천자문』(반지본 1책)(〈그림 1〉)이 있다. 황표지『무샤아와세텐구 하이카이武者合天狗俳諧』(1797, 쓰타야 주자부로 판)에 붙은 광고 목록에 '약해천자문 1책 : 소독의 방법을 상단에 표시하고 본문에 그 해석을 자세히 적었다'라고 하여, '소독의 방법'과 '해석'을 특징으로 내세우는『경전여사』의 양식을 빌린 것이었다. 본문을 적절히 구분하여 쌍행으로 주석을 적고 있다. 책머리에는 '국독 요미카타國讀よみかた'라 하여 가키쿠다시문을 내세우고 있다. 초학자들을 위한 한적 독학서로서 가장 유효한 것으로『경전여사』형식이 확고부동한 위치를 차지하고 있었다. 이 책에는 오와리 에라쿠야 도시로尾張永樂屋東四郎 판과 오사카 도사야 기헤大坂土佐屋喜兵衛 등의 구판후인본求版後印本이 다수 전할 뿐만 아니라 해적판이라 생각되는 별판도 보이고 있어, 막부 말기 명치 시대에 이르기까지 초학자

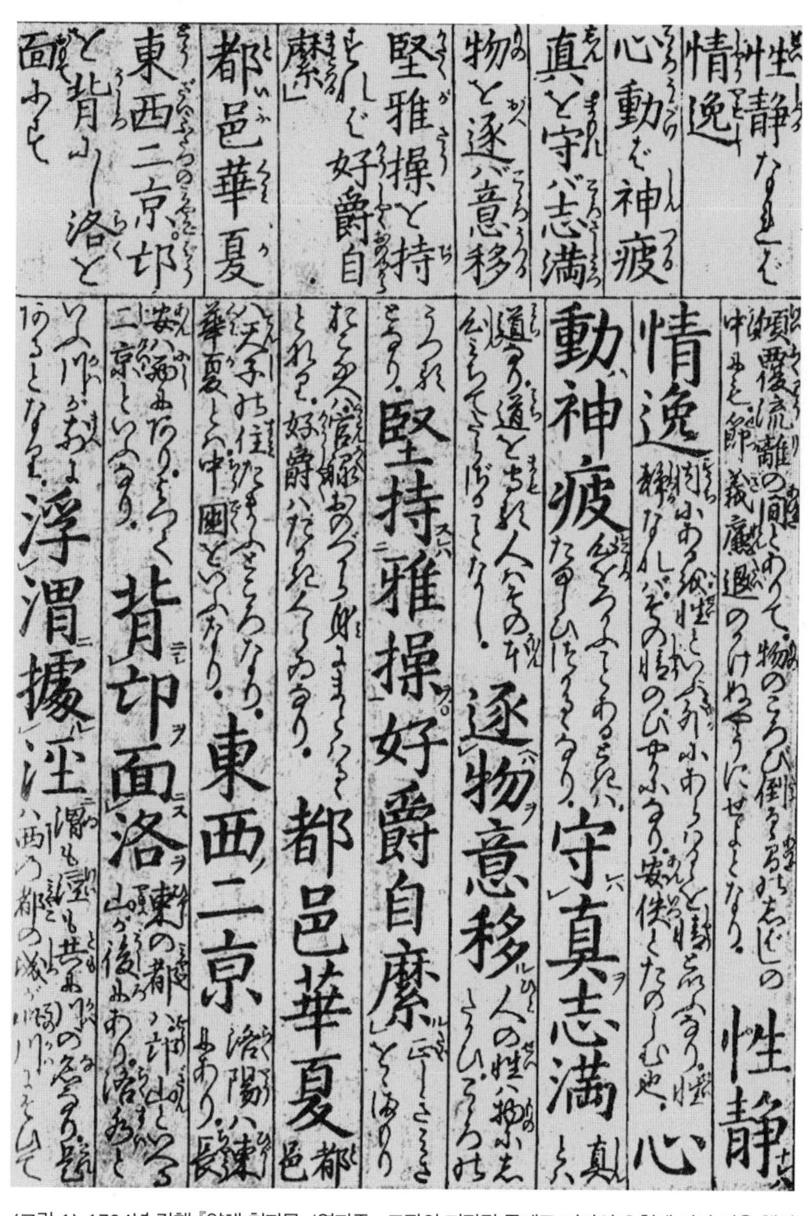

性静情逸 心動神疲 守真志満 逐物意移 堅持雅操 好爵自縻 都邑華夏 東西二京 背邙面洛 浮渭據涇

〈그림 1〉 1794년 간행 『약해 천자문』(역자주 : 도판의 저작권 문제로 저자의 요청에 따라 같은 책의 다른 면을 실었다)

들에게 중요한 책으로 수용되었다고 추측할 수 있다.

1797년 정월 간행 『에혼 이십사효繪本二十四孝』(茂木寛 그림, 반지본 3권3책)도 마찬가지로 이시카와 마사모치가 번역한 것인데, 본문은 『경전여사』의 양식을 빌리고 있다. 같은 해 간행된 『무샤아와세텐구 하이카이』의 광고 부록에는 '화본 이십사畵本二十四 3책 : 세간에 유포된 이십사효는 히라가나의 요미혼으로 오류가 많은데 이번에 중국책을 번각하고 히라가나로 자세한 설명을 덧붙여 아이들을 위한 소독본을 만들었다'라고 하면서, 『약해 천자문』과 동일한 특징을 내세우고 있다.

이들 쓰타주 판 『경전여사』 형식의 주석서는 전국적인 시장의 변화를 염두에 두고 매우 의도적으로 제작된 것으로 다른 책들의 선구자 격인 기획이었다. 1790년에 쇼모쓰 조합에 가입하고 다른 지역으로의 서적 유통에 뛰어들었던 쓰타주의 눈에 『경전여사』는 이상적인 상품으로 보였으며, 이 책의 유통으로부터 새로운 독자층 즉 서적 구매층이 대두하리라 확신했음에 틀림없다. 이에 따라 평이한 주석과 히라가나 읽기를 갖춘 형식이 새로운 독자층을 향한 계몽 서적에 가장 어울릴 것으로 주저 없이 선택된 것이다. 관정 시기에 들어와 쓰타주는 교훈적인 내용의 황표지를 다수 출판하기 시작하였다. 이 또한 새롭게 등장하기 시작한 에도를 넘어선 지방의 독자를 상정하였음에 틀림없으니, 곧 계몽 서적의 향유자와 겹치는 독자층을 생각했을 것이다.(제1장 참조) 다만, 광역적인 서적 유통에 뛰어 들어 그러한 유통에 부합하는 상품을 주도적으로 제작하였던 초대 주인은 1797년 5월에 죽고, 이후 쓰타주 서점에서는 이러한 선취적 자세를 더 이상 볼 수 없었다.[2]

2. 다양한 '여사'들과 다카이 란잔高井蘭山—천보 말기까지

다니 햐쿠넨의 저작에서 빠진 한적들에 대해 『경전여사』의 형식을 기본으로 한 주석서 편찬이 시도되었다. 1842년(천보 13) 서점조합이 해산되면서 서점 업계의 질서와 출판물에 큰 변화를 맞이하였기에, 천보 말기까지와 그 이후로 구분하여 검토하기로 한다.*

각종 한적의 '여사'들

당시에 한시 시선집의 대표로서 흔들림 없는 지위를 얻고 있던 『당시선』에 대해서는 각종의 주석서가 나와 있었는데, 『경전여사』의 형식을 의식한 주석서도 1790년(관정 2)이라는 비교적 이른 시기에 출판되었다. 고바야시 신베 판 『당시선 화훈唐詩選和訓』(반지본 3권 3책)이 그것이다. 표지 이외에도 전체적인 분위기가 『경전여사』의 형태와 매우 유사하다. 서문은 가키쿠다시문이 아니고, 가에리텐과 히라가나 총방훈을 붙인 본문의 형태지만, 판면의 모습은 『경전여사』와 비슷하다. 발행소 숭산방嵩山房의 고바야시 신베의 서문을 보면 다음과 같다.

> 이 책은 일상어로 한시의 대강을 해석한 것이다. 이해하기 쉽게 의미를 따라 읽을 수 있도록 배려하였다. 학생이나 학문에 뜻을 둔 사람들은 일본어로

---

* 에도 시대 서점들은 일찍부터 동업자가 모여 서점조합(本屋仲間)을 결성했고 여기에 가입하지 않으면 서적을 판매할 수 없었다. 에도의 서점조합은 1722년에 막부로부터 공인되었고 오사카의 경우 1723년에 공인되었다. 그러다가 1841년 동업자 조합의 독점으로 물가가 급등하는 등 사회 문제가 발생하자 에도 막부에서 '조합해산령'을 내리면서 서점조합도 함께 해산되었다가, 1851년 조합재흥령을 통해 다시 결성되었다.

번역한 것이나 히라가나로 표시된 것을 읽으면 안 된다. 이는 오히려 멀리 돌아가는 일이 된다. 선생에게 나아가 훈점이 표시되지 않은 책으로 배우는 것이 가장 빠른 길이다. 그러나 궁벽한 곳이라 선생이나 학우가 없는 경우, 또는 일 때문에 선생에게 나아가 소독의 기초를 배울 기회가 없는 사람들은 히라가나로 적은 일본어 번역이 있는 것부터 시작하여, 이것을 공부하면서 글자를 익히고 드디어 가나 번역서를 벗어나 박식한 학자가 되기도 한다. 나는 배움이 얕아 본격적인 학문을 쌓은 적이 없다. 그야말로『논어』에서 말하는 '길에서 들은 것을 길에서 말한다(그 자리에서 대충 듣고 곧장 자기의 학설처럼 으스대며 말한다)'라는 유형의 사람이다. 그러나 여러 학설을 듣고 일본어로 해설된 책을 읽으면서 마음속에 떠오른 생각들을 적어, 스승에게 나아가기 어려운 사람들을 위해 이 책을 편찬하였다. 멀리 가기 위해서는 먼저 가까이에 목표를 설정한다는 말처럼, 이와 같은 책에서 시작하여 웅심하고 청아한 경지에 이르기를 마음 깊이 바란다.

이와 같이『경전여사』의 발굴은, 새로운 시장으로 부상된 계층 곧 '스승에게 나아가 배우기 어려운 사람들'을 대상으로 기획된 것임에 틀림없다. 출판소의 이러한 의도는 적중하였으니, 1793년에 속편이 나오고 초편 또한 1823년 재판되기에 이른다.

1811년 간행『고문후집 여사古文後集余師』(반지본, 4권4책)는『고문진보 후집』의 주석서이다. 서명에서도 확실히 드러나지만 외형과 본문 양식도『경전여사』를 매우 의식한 것이다. 표제는 '고문여사 후집지부古文余師後集之部', 내제는 '고문후집여사', 미제는 '고문진보여사'라 되어 있다.『전집前集』을 출판할 예정이 당초부터 없었기 때문인지 서명이 약간 불

안정하다. 권말의 간기는 '1811년 봄 / 동도서림 : 須原屋茂兵衛 / 황도서림 : 吉野屋仁兵衛 / 植村藤右衛門 / 菱屋孫兵衛 / 著屋宗八 / 菊屋長兵衛 / 梅村伊兵衛'라고 되어 있는데, 마지막 책 뒤표지의 봉면에 '황도서림 : 富小路通二条上ル町 / 弘簡堂 須磨勘兵衛'라는 간기를 싣고 있는 후인본도 있다. 『고문진보』도 『당시선』과 함께 한문 습득을 위한 독서의 교재로서 널리 사용된 것이다.

『고문진보전집』과 관련하여 『고문전집 여사』(반지본, 4권 4책)가 1836년에 출판되었다. 향색香色(주황색)의 무늬 없는 표지는 분명히 『경전여사』를 의식한 것이다. 봉면지 상단에 '1836년 병신 신각'이라 하였고, 간기는 '1836년 봄 각성刻成 / 동무서사東武書肆 : 須原屋茂兵衛 / 섭양서사攝陽書肆 : 河内屋喜兵衛 / 황도서사 : 風月莊左衛門 / 勝村治右衛門 / 山本長兵衛 / 藤井孫兵衛 / 神先宗八 / 須磨勘兵衛 / 大谷仁兵衛'라 되어 있다. 봉면지에는 '이 『고문진보』는 스승에게 나아가 배우지 않아도 읽을 수 있도록 그 읽는 방법을 히라가나로 적고 본문에 주석을 더해 어구의 의미를 쉽게 해설하는 등 독학의 편의를 제공한 책이다. 또한 고사 등을 자세히 가나로 해설하고 있어 한시와 와카・렌카・하이카이를 짓는데 유익한 책이다'라고 하였다. 『경전여사』 형식의 책이 한시와 시가 창작을 위한 것으로까지 확대되고 있는 점이 흥미롭다. 이 책은 1870년 11월 간행의 재판본도 있다.

『주자가훈朱子家訓』에는 사이타 도조齋田東城 주 『경전여사 주자가훈』(반지본 1책)이 있다. 옥암당玉巖堂 이즈미야 긴에몬和泉屋金右衛門 판, 1818년 서문 간행본이 있다. 본문 뒤로 쌍행의 주를 적고 있으며 서문은 없고 본문에 총방훈을 붙인 형식으로 『경전여사』의 형태가 아니다. '경전여사'라는 말은 히라가나 읽기 표시와 해설 및 평이한 주석을 붙인 책들에 널리 적용되는 보통명사와 같은 뜻이 되어, 초학자를 위한 책이라는 성격을 주장하는데 가장 어울리는 말이 되었다.

1826년 가와치야 다스케 간행 『경전여사 몽구지부蒙求之部』(반지본, 3권3책)는 본문 양식은 물론 표지와 제첨까지도 『경전여사』의 분위기를 흉내내고 있다. 교카나 희작도 취급하는 도카엔 미치마로桃華園三千麿의 편저이다.

왕래물계의 '여사'

한편, 『경전여사』 형식의 주석은 한적을 넘어서 왕래물에도 적용되어, 수많은 주석서가 범람하였다. 독서용 교재로 일반적인 책들은 거의 망라되었다. 예를 들어 『(개정)고상전 여사』 부재付載 「중부각장서목기衆富閣藏書目記」에 '(실어교동자교)여사', '고상전 여사'라는 광고가 있다. 거기에서 '이 두 책은 세상 사람들이 잘 알고 있는 것처럼 배우는 아이들에게 가장 기본적인 책으로, 철이 들 무렵부터 장난감처럼 곁에 둔다면 충신이나 효자 또는 박식한 학자가 되는 지름길로 이만한 것이 없다'라고 한 것처럼, 서당에서 사용한 것이 아니라 스승에게 의지하지 않고 가정에서 독학하는 도구로 활용될 수 있도록 제작된 것이다.

고마고메 은사駒籠隱士 주 『정훈왕래 첩주捷註』(대본 1책, 江戶大和田安兵衛 · 角丸屋甚助 판)는 『경전여사』 형식의 왕래물 계열 주석서 중 가장 이른 시기의 것으로, 본문 마지막의 간기에는 '1800년 가을 7월'이라 하였다. 소장본에 붙은 광고에는 '(訂誤)상매왕래商賣往來 첩주 근각 / (정오 · 실어교동자교) 첩주 근각 / (정오)화한낭영和漢朗詠 첩주 근각 / (정오)풍월왕래風月往來 첩주 근각 / (정오)어성패식목 첩주 근각'이라는 근간 예고가 있어 이를 통해 『경전여사』 형식으로 왕래물의 주석서를 다수 간행할 의도가 있었다고 짐작되지만, 이 책들이 실제로 간행되었는지는 확인할 수 없다.

『실어교동자교 증주証註』(대본 1책)(〈그림 2〉)는 신로테이振鷺亭의 주석이라 한다. '1816년 윤8월 / 에도서림 : 兩國橋通吉川町 山田佐助 / 神田かち丁二丁目 北島長四郎 / 本石町十軒店 英平吉郎 / 糀町平川二丁目 角丸屋甚助 / 江戶橋通四日市 上總屋利兵衛'라는 간기를 갖춘 에도의 다섯 서점에서 발간한 1816년의 인쇄본이다. 구판후인본인 이즈미야 긴에몬판이 다수 남아 있는데, 그중에는 판이 상당히 손상된 것도 있다. 이를 통해 이 책이 널리 유행했던 사실은 상상하기 어렵지 않다.

신로테이는 관정 시기부터 샤레혼이나 요미혼을 저작하였던 인물로, 만년에는 부슈 시오하마武州塩浜에서 서당 선생이 되었다. 문인인 하마 센스케浜專輔가 쓴 본 책의 발문에도 '에도를 벗어나 무사시武藏의 다마가와多摩川 부근에 암자를 지었다. 둥근 창문 아래에서 시골 아이들을 모아 읽고 쓰는 것을 가르쳤는데 실어동자實語童子 두 가지 가르침敎을 바탕으로 삼았다'라는 구절이 보인다. 이 강의를 들었던 센스케가 신로테이의 '입으로 가르친 것'을 스승의 사후에 '초록하여'하여 만든 것이 바로 이 책이다. 따라서 아동의 독학에 어울리는 본문 형식으로 『경전여사』의 양식을 사용한 것이 신로테이였다고는 말할 수 없다. 『실어교동자교』는 독서의 교재에서 가장 유행한 것 중의 하나이며, 이 책은 그중에서도 오래 향유되어 온 주석서이다. 신로테이의 이름도 이 책과 함께 오랫동안 생명을 유지하였다. 이러한 형식의 『실어교동자교』 주석서는 이 책이 세상에 나온 이후로 다수 출판되었다. 이것들은 어느 것이나 모방작이라고 불러도 좋을 정도로 『실어교동자교 증주』의 영향을 짙게 받고 있다.

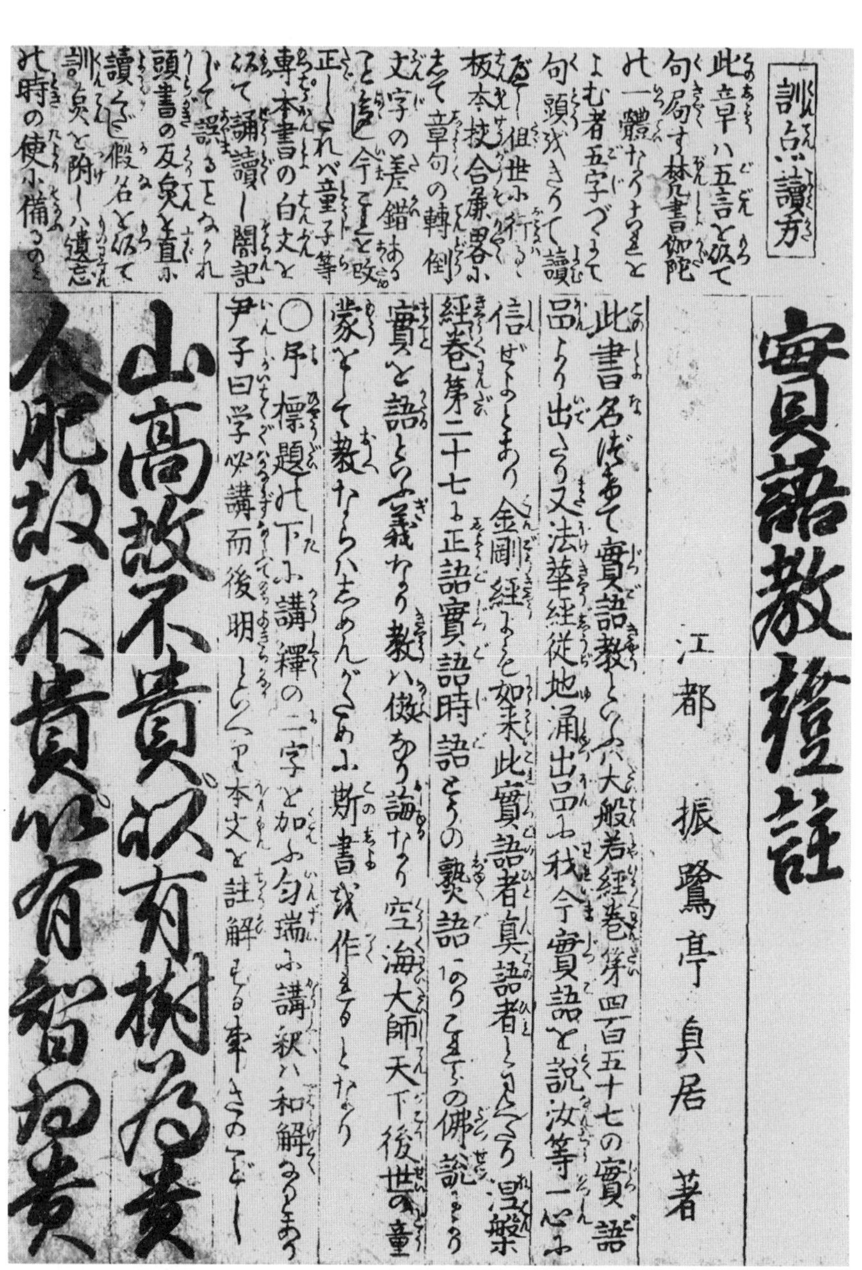

〈그림 2〉 1816년 간행『실어교동자교 증주』

다카이 란잔의 작업

이상과 같이 『경전여사』를 의식하거나, 그 양식을 모방한 주석서가 다수 출판된 상황에서 특히 주목해야 할 것으로 다카이 란잔高井蘭山의 작업이 있다. 왕래물계의 텍스트를 포함하여 많은 주석서가 그의 손에서 편집되었는데, 그는 『경전여사』의 형식을 적극적으로 받아들여 이러한 책들의 본보기를 마련하였다. 『경전여사』 형식이 초학자를 위한 주석서의 기본이 되는 추세에 크게 관여하였다.

『(和漢)낭영국자초朗詠國字抄』는 『화한낭영집』에 『경전여사』 형식의 주석과 가키쿠다시문을 붙인 것이다. 반지본 8권 4책, 1803년의 서발문이 있다. 1807년의 하나야 규지로花屋久次郎 판이 초판이다. 간기는 '1807년 정월 발행 / 춘하추동잡春夏秋冬雜 전8권 / 서사 오사카 : 順慶町五丁目 柏原屋淸右衛門 / 에도 : 東叡山池之端 高橋與摠次 / 江戶上の麓下谷町 花屋久次郎'이라 되어 있다(後藤憲二 씨의 가르침에 따른다). 그 외로 오카다야 가시치岡田屋嘉七 구판본이 있는데 시중에 돌아다니는 것은 오히려 이 책들이다. 또한 명치 시기의 재판본도 있어 크게 유행했던 서적이었음을 알 수 있다. 서문에서 '스테가나捨仮名(한문을 훈독할 때 옆에 다는 가나)와 쓰케요미付け讀み를 가나로 표기하여 읽을 수 있게 하였다. 조사는 □ 기호를 가지고 읽을 수 없는 글자임을 표시하였다. 재독문자는 ○ 기호로 표시하였다'라고 하였으니, 『경전여사』 '독법'의 영향이 짙은 책임을 알 수 있다.

『삼자경三字經』은 한학 교과서로 널리 사용되었기에, 이 책의 평이한 주석서가 출현한 것은 당연한 일이다. 1815년 간행 『(경전여사)삼자경지부』(반지본 1책)도 란잔의 주석에 따른 것이다. 간기가 '1815년 춘 신각 /

下谷黑門町 하나야 규지로 / 本石町十軒町 하나부사 헤키치로英平吉郎'라 된 것이 초판이다. '1815년 봄 신각 / 1854년 여름 구판 / 감천당 芝神明前 이즈미야 이치베'라고 간기를 수정한 이즈미야 이치베 구판후인본도 있다. '경전여사'라고는 하지만, 이 책은 상단에 가키쿠다시문을 갖추고 있지 않다. 내제와 판심제는 '삼자경 초三字經抄'라 하고, 외제와 봉면제에서 '경전여사'라고 언급한 것은 발행소가 아는 척한 것인지도 모른다. '경전여사'라는 말은 이윤과 엮이는 말이 된 것이다. 한편, 『경도서림행사 가미쿠미제장표목京都書林行事 上組濟帳標目』 1819년 5월부터 9월까지의 조목 중에 '삼자경 경전여사 : 에도의 하나부사 헤키치英平吉 씨가 제작. 교토의 누카타額田가 에도 판매를 금지해달라고 요청하며 보내온 문서'라 한 부분이 있다. 누카타 쇼자부로額田正三郎 판 『삼자경 훈고해』(1801)와 같은 기존 『삼자경』 주석서의 모방판에 해당하는 것이라 생각되는데, 어떻게 결말이 났는지는 알 수 없다.

『(경전여사)여효경女孝經』(반지본 1책)은 1824년에 고바야시 신베가 출판한 것이다. 서명에서부터 드러나는 것처럼 정씨鄭氏 『여효경』을 『경전여사』 형식으로 만든 주석서이다. 여성들을 위한 한문체 교훈서를 일본 여성들이 이해하기 쉽도록 설명하기 위해 주저 없이 선택한 것이 바로 이러한 형식이다.

『관가문장菅家文章 경전여사』(대본 1책)도 란잔이 「관승상 왕래菅丞相往來」를 『경전여사』 형식의 주석서로 만든 것이다. 1825년의 서문이 붙어 있어 이 시기에 간행된 것이라 짐작되지만, 초판으로 보이는 것은 발견되지 않고 있다. 자서에 다음과 같은 대목이 있다.

소년들이 읽기 어렵기에 지난 1803년 훈점과 히라가나 해설을 붙여 처음으로 출판하였다. 그로부터 25년이 지났는데 이번에 서점 감천당 이즈미야 이치베가 재판을 희망하였다. 예전의 것은 문장 중에 아동들이 이해하기 어려운 부분이 있었기에 곧장 히라가나로 적은 주석을 붙였다. 스가와라노 미치자네(菅原道眞 : 학문의 신)의 약전을 적어 권두에 실었다.

읽는 방법에 대하여. 본문의 글자를 하나씩 가리키면서 가에리텐을 따라 읽어가는데, 이 때 읽기 어려운 부분이 있으면 상단의 가키쿠다시문에 붙은 후리가나를 보고 본문과 비교한다. 가능한 가나에 기대지 않도록 하며 읽고 외운다. 상단은 글자의 순서를 바꾸어 읽지 않도록 오쿠리가나까지 붙여 위에서 아래 방향으로 읽을 수 있게 적어 놓았다. 한 글자를 두 번씩 반복해서 읽는(재독문자) 글자의 경우 □ 기호로 두 번 읽는 표시를 하였다. 본문의 뜻 중 이해하기 어려운 부분은 두 줄로 적어 놓은 주석을 보면 곧장 이해할 수 있을 것이다.

1803년의 간행본은 발견되지 않는데 하나야 규지로 판이 아닐까. 1825년 감천당 이즈미야 이치베의 의뢰를 받아 '재판'하게 되면서, '상단은 글자의 순서를 바꾸어 읽지 않도록 오쿠리가나까지 붙여 위에서 아래 방향으로 읽을 수 있게 적어 놓았다. 한 글자를 두 번씩 반복해서 읽는(재독문자) 글자의 경우 □ 기호로 두 번 읽는 표시를 하였다. 본문의 뜻 중 이해하기 어려운 부분은 두 줄로 적어 놓은 주석을 보면 곧장 이해할 수 있을 것이다'라고 하였으니 이는 『경전여사』의 방법을 그대로 받아들인 셈이다. 이 책에는 1836년 이즈미야 이치베 판이나, 1839년 이즈미야 긴에몬金右衛門 판, 또한 고바야시 신베 판도 있다.

『상매왕래商賣往來』는 가장 널리 퍼진 왕래물 중 하나인데, 다카이 란잔의 『상매왕래 강석講釋』(대본 1책, 내제 '상매왕래 초商賣往來抄')이 그 책의 『경전여사』 형태 주석서이다. 1827년에 간행된 에도의 하나부사 헤이키치 판으로, 자서에 '먼저 15개의 단락으로 나누고 본문만으로는 이해할 수 없는 어구 등에 대해서는 주석을 붙였다. 문장 중에 문자의 배치가 다르게 되어 있는 곳은 설명을 넣고, 한자 읽는 방법이 예전부터 잘못된 상태로 익숙해져 이제 와서 새롭게 고치기 어려운 부분은 자세히 설명하여 아이들이 공부하는데 참고할 수 있도록 하였다'라고 하였는데, 이러한 방침을 실현하기 위한 최적의 형태가 『경전여사』의 양식이었다.

『어성패식목』 또한 독서용 교재로 일반적인 책이었다. 다카이 란잔의 『어성패식목 증주』(대본 1책)(〈그림 3〉)는 그 『경전여사』 형식의 주석서로서, 유서 중에서는 가장 널리 유행하던 것으로 보인다. 뒤표지의 봉면지에 있는 간기는 책들에 따라 다양하였는데, '1831년 3월 각성刻成'이라는 간기를 가진 가즈사야 리헤上總屋利兵衛 외 다섯 서점의 판이 이른 시기의 것으로(이나오카 마사루稲岡勝 씨의 가르침에 따름), 그 판본의 이즈미야 긴에몬 구판본이 널리 유포되고 있다. 제목과 서문이 같으면서 중본으로 만들어진 것도 있는데, 이 또한 이즈미야 긴에몬 판이다.

『소식왕래消息往來』 중에서 『경전여사』 형식의 주석서로서는 『소식왕래 상주詳註』(대본 1책)가 있다. '文政己丑(12년 : 1829)'이라는 연기의 발문이 있으며 간기에 '1831년 여름 신각 / 오사카 : 心齋橋通博勞町 河內屋茂兵衛 / 에도 : 常盤橋筋通油町 鶴屋喜右衛門'라고 한 것처럼 1831년에 출판된 쓰루야 기에몬 판이 있다.

『(天保翻刊)유학지남幼學指南』(반지본 1책) 또한 중국인(淸) 왕운헌王雲軒의

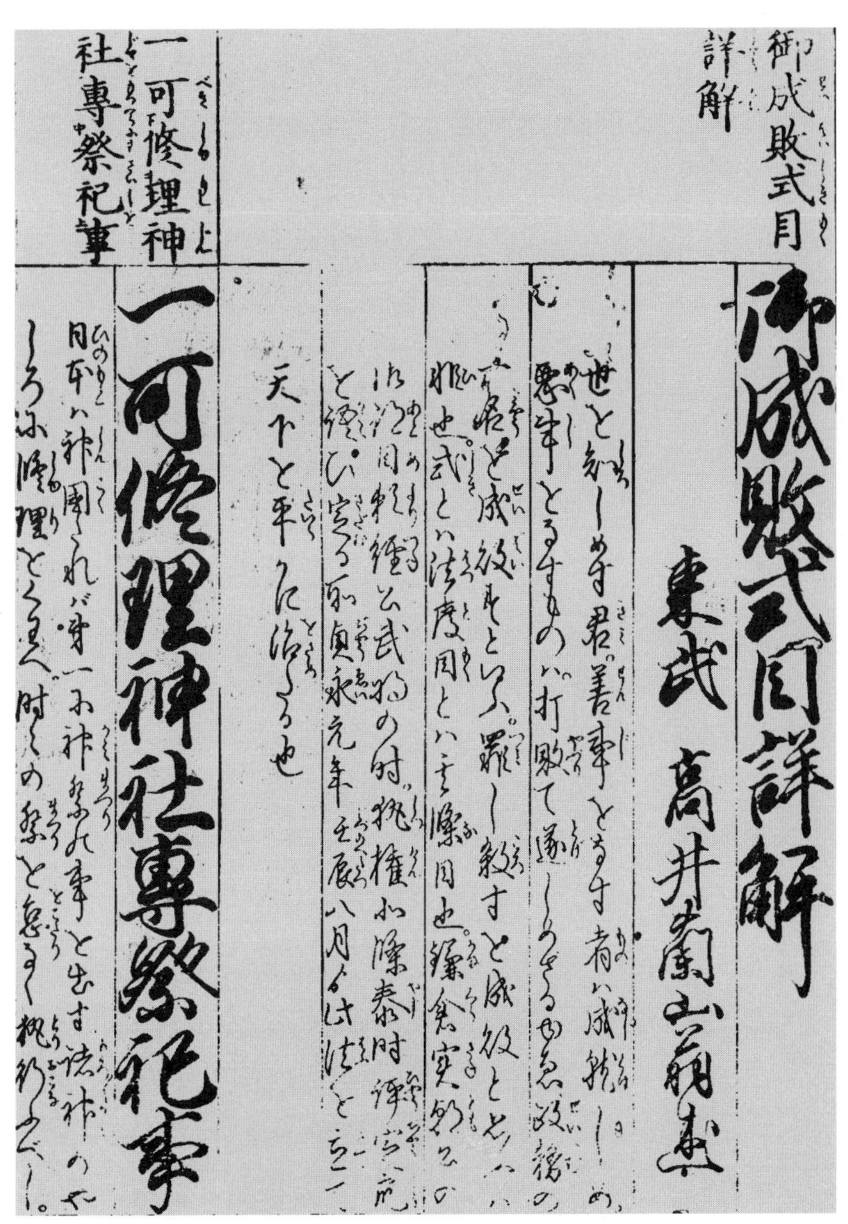

〈그림 3〉 1828년 간행『어성패식목 증주』

『유학지남』에 대해 란잔이 지은 『경전여사』 형식의 주석서이다. 봉면지에 '서포書舖 숭산방嵩山房 / 만급당万笈堂 합전合鐫'이라 하였으니, 고바야시 신베와 하나부사 분조英文藏의 합작판이다.

『고상전』의 주석서 중에서 가장 널리 유행한 것은 1833년에 간행된 다카이 란잔의 『아독 고상전 증주兒讀古狀揃證註』(대본 1책)(〈그림 4〉)일 것이다. 명치 시기의 후인본에 이르기까지 다수의 판종을 확인할 수 있다. 이것은 1806년에 하나야 규지로가 간행한 『아독 고상전 강석』의 주석을 거의 그대로 따라하고, 『경전여사』의 본문 형식을 받아들여 상단에 히라가나 총방훈의 '읽는 방법'를 갖춘 것이다. 자서에 다음과 같이 나온다.

> 종래 형태를 고치지 않고 『정문(正文) 고상전』이라는 제명만 바꾸어 1806년 즈음 성운당(星運堂)에서 소장했던 판목을 춘수당(春壽堂)이 구판한 것인데, 판목의 손상이 매우 심해 판을 새로 만들게 되었다. 이때에 '경전여사' 양식을 모방하여 상단에 가키쿠다시문을 적고, 오키지(置き字 : 훈독할 때 읽지 않고 두는 글자)는 ㉮於와 같이 원형을 두르고, 宜 未과 같은 재독문자는 □ 형태로 주위를 둘러 표시하였다. 본문 중에 할서(割書)로 주석을 넣어 읽는 방법을 표시하였다.
>
> 란잔 다카이 반관 사명 술(蘭山高井伴寛思明述)
>
> 1833년 하지일

이에 따르면, 1806년 정월에 성운당 하나규지로에서 출판된 『정문 고상전』(외제는 『(文化新刻)아독 고상전 강석』)을 춘수당이 구판하였는데, 판면의 마모로 인해 개판이 필요하였고 그 과정에서 본문을 고쳤다고 한다.

이때 그 개정은 '경전여사의 형식을 모방한' 것이라고 하였다.

춘수당은 풍래산인風來山人의 『사토노오다마키 평里のをだまき評』(1774) 등에 손을 대었다는 정도가 알려졌을 뿐 그 실체가 제대로 알려지지 않은 서점이다. 1833년에 춘수당에서 출판한 책을 이즈미야 긴에몬이 구판한 것으로 보이며, 오늘날까지도 이 판본은 흔히 남아 있다. 이즈미야 긴에몬 판 『농가용문장대전農家用文章大全』에 붙은 장판 목록에 다음과 같이 나온다.

실어교동자교 증주	신로테이 저	전1책
고상전 증주	다카이 란잔 저	전1책
어성패식목 증주	동상	전1책

위의 세 책은 다니 햐쿠넨 옹의 '경전여사'를 모방하여 다카이 란잔 · 신로테이 두 선생이 본문에 주석을 더하고, 정확한 글자를 가르치기 위해서 해서로 상단에 본문을 적고 거기에 후리가나를 덧붙인 것이다. 어린이들이나 선생에게 배우지 못하는 이들 모두 이해하기 쉬워 스스로를 닦는 기초를 기를 수 있게 할 것이다.

신로테이의 『실어교동자교 증주』도 함께 구판하여, 독서 교재로 제공된 왕래물계의 서적 중에서 가장 널리 알려진 『실어교동자교』 · 『고상전』 · 『어성패식목』 세 책을 『경전여사』 형식의 주석서와 같은 형식으로 만들어 판매한 것이다. 이 작업은 상당히 성공한 것으로 보이니 앞서 서술한 것처럼 이즈미야 긴에몬 판이 다수 남아 있다. 이 광고의 문장을 통해 '다니 햐쿠넨 옹'과 그가 이룬 『경전여사』가 흔들리지 않는 규범을 갖춘 '권위'로 정착하고 있음을 느낄 수 있다. '란잔 · 신로 두 선생' 또한 그 이

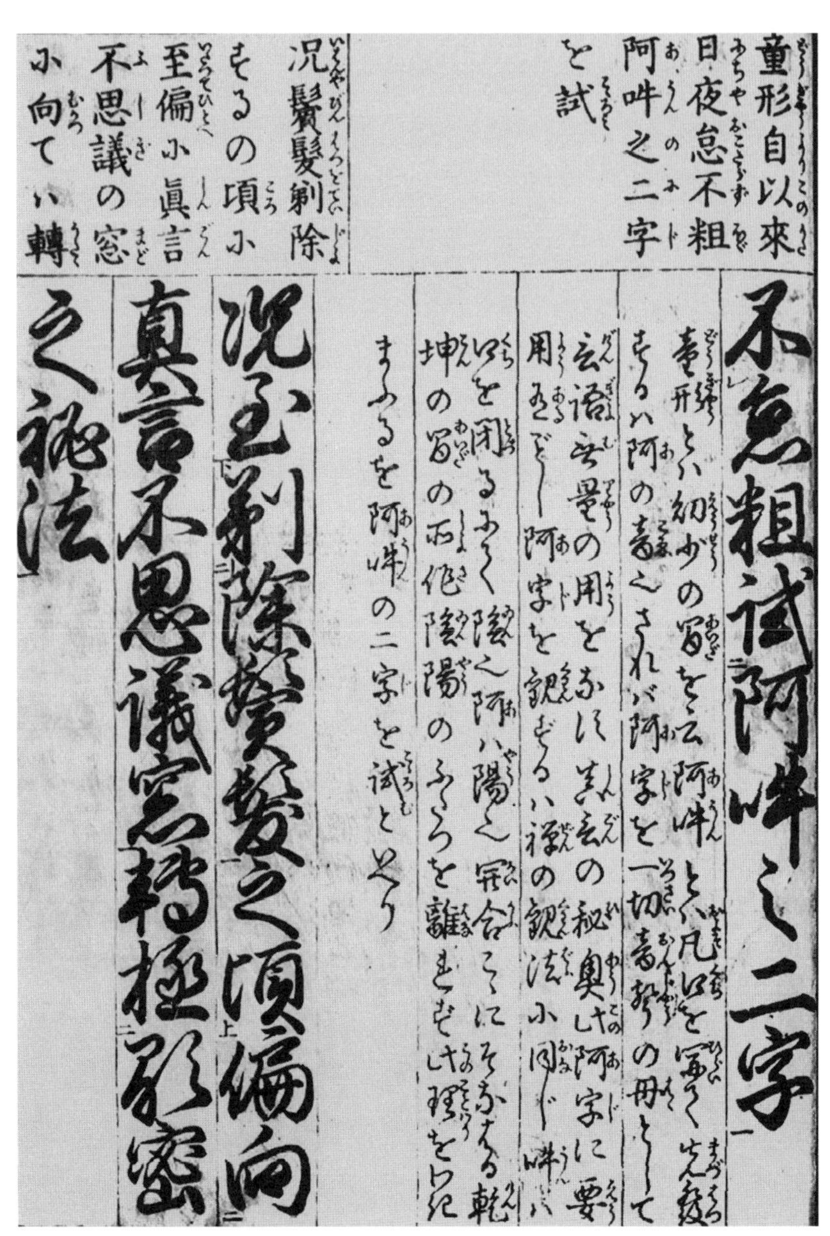
童形自以來日夜怠不粗阿吽之二字を試

況鬢髮剃除をるの頃ㇵ至偏ㇵ眞言不思議の窓ㇵ向てハ轉

不怠粗試阿吽之二字

況已剃除鬢髮之須偏向

眞言不思議究竟極秘密

之秘法

〈그림 4〉 1833년 간행『아독 고상전 증주』

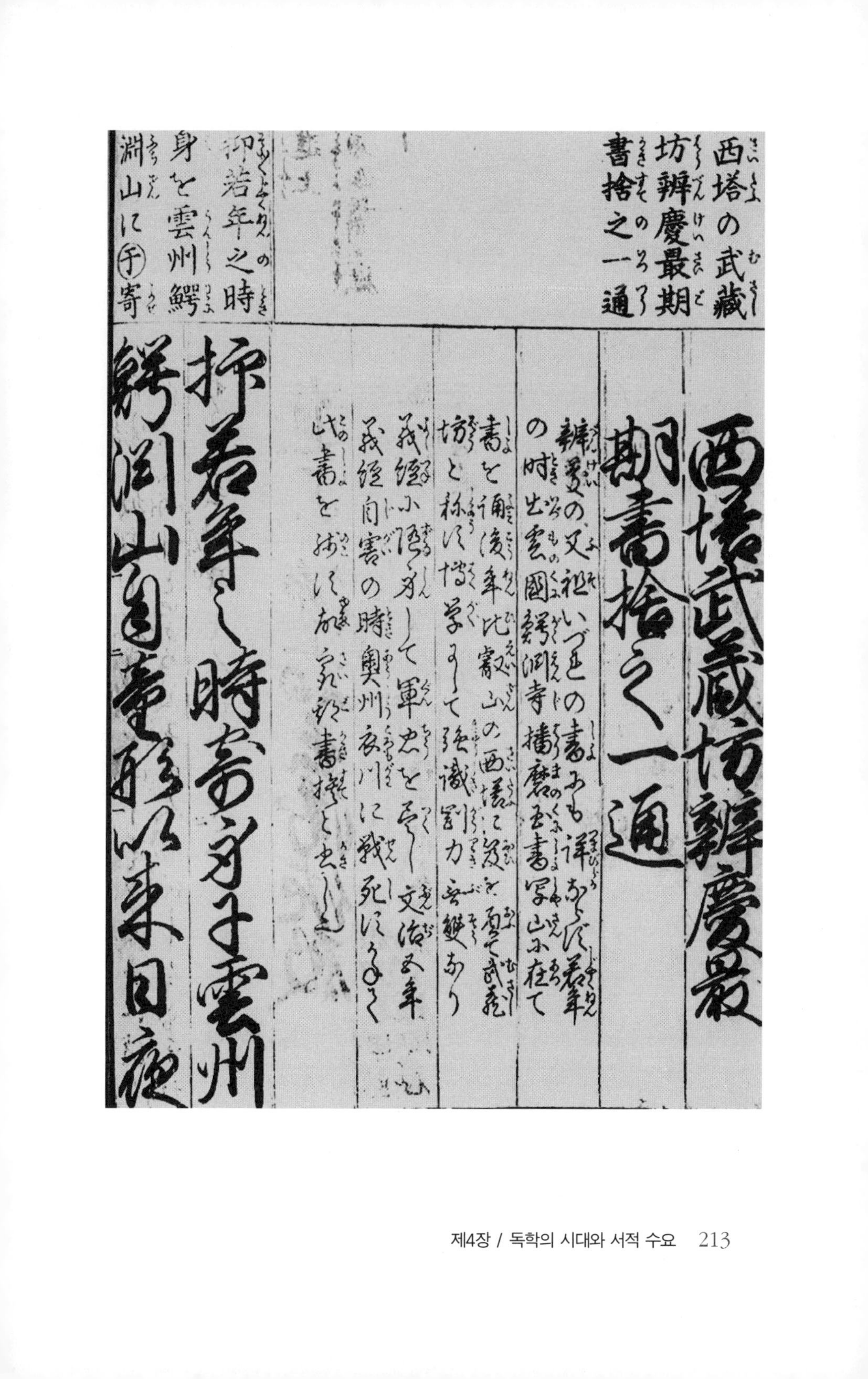

西塔の武蔵坊辨慶最期書捨之一通

御若年之時身を雲州鰐淵山に寄

西塔武蔵坊辨慶最期書捨之一通

름이 그대로 상품의 부가가치가 되어 큰 역할을 수행하고 있었다.

란잔이 편찬한 『(아독)원평고상전 강석源平古狀揃講釋』은 란잔의 사후 4년이 지난 1842년, 에도의 문성당文盛堂 오카모토 리스케岡本利助에서 간행되었다. '1822년 중추仲秋'라는 연기의 자서에 '읽는 방법은 『경전여사』 양식을 모방하였다. 상단의 본문에 붙인 후리가나를 참고하여 아래의 본문을 읽으시오'라고 하여, 본문의 양식으로 『경전여사』를 규범으로 삼고 있음을 알 수 있다. 이 책은 명치 시기의 재판본도 확인된다.

란잔은 이와 같이 『어성패식목 증주』를 시작으로 다수의 『경전여사』 형식의 주석서를 제작하였다. 독학 자습용 서적 양식으로서 『경전여사』의 형식이 초학자에게 가장 친숙한 것으로 정착되던 시대 상황을 비추어 보면 당연한 판단이라 말할 수 있다. 이러한 양식을 받아들여 다수의 『경전여사』 형식의 주석서를 제작하고 이 양식의 정착에 커다란 역할을 수행한 이가 곧 다카이 란잔이었다.

란잔은 『성월야현매록星月夜顯梅錄』 등을 저술한 요미혼 작가로 유명하다. 그러나 실제로 소설류는 그의 저작 중 극히 일부에 지나지 않는다. 『에도당시江戶當時 제가인명록諸家人名錄 2편』(1818)에 다음과 같이 적혀 있다.

> 잡학(雜學)
>
> 란잔(蘭山) (이름 반관(伴寬) 자 사명(思明) / 에도인) 다카이 분자에몬(高井文左衛門 : 芝伊皿子台町)

전문 분야는 '잡학'에 배정되어 있다.

1809년 간행의 『수미산 도해須弥山圖解』의 서문에 다음과 같이 나온다.

저자는 다카이 란잔 선생이다. 선생의 성은 다카이, 이름은 반관(伴寛), 자는 사명(思明), 란잔은 그의 호이다. 약관부터 독서를 좋아하였고 그 범위가 넓어 내전과 외전에 걸쳐 있다. 그중에서도 특히 천문역수(天文曆數)의 학문에 조예가 깊으며 서양 여러 나라의 학문에도 식견이 이르고 있다.

그러나 그가 누구를 스승으로 삼고 어떻게 학문을 배웠는지 등에 대한 구체적인 정보는 거의 알려져 있지 않다.

그의 작업으로 알려진 가장 이른 시기의 것은 1790년(관정 2) 간행의 『베센소바하야미米錢相場早見』, 『마마나카야마모우데眞間中山詣』로, 어느 것이나 하나야 규지로 판본이다. 이어 1791년 출판의 『(천지개벽)연중시후변年中時候弁』 또한 하나규 판, 중본 1책의 얇은 책이다. 같은 해 스하라야 이하치 판 『훈몽천지변訓蒙天地弁』(반지본 3권 3책)과 같은 작업도 있었다. 그런데 관정(1789~1800) 연간부터 향화(1801~1804) 연간에 걸친 시기에는 하나규 판의 중본형 왕래물(이때까지 다뤄지지 않았던 지역을 제재로 한 지지형地誌型의 책이라는 점이 특징이다)이나 간단한 교양서라고 불러야 할 것이 많다. 교육용 서적의 출판을 충실히 하고자 했던 하나규와 그 요구에 정확하고 신속하게 대응하였던 란잔의 결합은 서로에게 커다란 의미를 지녔다. 하나규는 새로운 분야의 출판 수량을 크게 늘렸고 그 출판물의 유통에 따라 란잔의 명성도 높아졌던 것이다.

한편으로 란잔의 아들 반쿄伴恭가 『(화한)낭영국 자초』의 발문에서 '스스로 말하기를 옛사람의 찌꺼기를 짜내었다'라고 토로하였듯이, 선구적인 저작이라 부르기에는 부족한 것으로 서점의 의뢰에 따라 요령 있게 한 권의 책으로 만든 작업들이 대부분이다. 그 분야는 여러 방면에 걸쳐 있어 잡다한 것에까지 이른다. 말 그대로 오려 붙이는 작업을 포함한 편저서의 수량이 매우 많다.

이렇게 서점의 의뢰에 따라 신속하고 정확한 문장으로 책을 만드는 재능은 이 업계에서 귀중하게 생각되었다. 『경전여사』 형식의 주석서를 다수 편찬한 것도 시장과 시류를 정확하게 읽고 그에 맞춰 책을 만드는 재능에 따른 것이라 평가할 수 있다. 관정 연간 이후 나타난 『경전여사』의 속간・재판이라는 현상에서 단적으로 보이는 것처럼, 교육과 교양 관계서의 새로운 시장이 이제까지 희박하였던 계층과 지역으로 급속히 열리고 있었다. 란잔과 하나규의 작업은 분명히 이 시대의 파도를 탄 것이다. 다양한 분야의 저작을 많이 지닌 '란잔 선생'이라는 이름은 이 파도를 타고 멀리 뻗어나갔다. 요미혼 작업 등은 이러한 그의 '이름'이 지니는 상품 가치를 빼고서는 논할 수 없다.

이렇게까지 그 이름의 가치를 높인 다카이 란잔이지만, 그의 실생활과 생생한 인간상에 대해 살펴볼 수 있는 자료는 쉽게 찾기 어렵다. 일화나 전설도 보이지 않는다. 오늘날 전하는 다카이 란잔이라는 인물 그 자체에 대한 사료라면 그가 관여한 판본밖에 없다고 말해도 좋을 정도인데, 이는 당시에 있어서도 마찬가지 상황이었을 것이다. 모든 분야에 걸쳐 해박한 지식을 지니고 있으며 견고한 도덕의식을 갖춘 사람이라는 이미지, 또한 정확하고 군더더기 없는 표현 능력에서 야기된 충분히 신뢰할 수 있는 '스승'이라는 이미지, 그것들을 허상이라고 쉽게 단언할 수는 없다. 그러나 이렇게 오늘날 우리들이 갖게 된 이미지는 당시에도 그의 저작들을 통해 널리 정착된 이미지였다. 그러한 이미지가 그의 저작이라는 상품에 지니는 가치 중 상당 지분을 차지하였다면, 그 이미지를 넘어서거나 그 이미지에 반하는 저작은 그의 손에서 제작될 수 없었을 것이다.

실제 생활에서는 학문의 제자를 두지 않았지만 출판물의 세계에서 다카이 란잔은 이미 '선생'으로 대접받고 있었다. 그는 미디어 상의 스승, 그야말로 '여사 시대'의 산물이라 말할 수 있다.

『농가조법기農家調法記』는 1809년에 초편이 간행되었다(하나 규지로 판). 호평을 받고 1815년에는 사편嗣編, 1822년에는 속편이 간행되었다. 이 책들은 판목의 마모가 심해져 1856년부터 1857년에 걸쳐 개판된다. 이 책은 다카이 란잔의 대표작이라 말하기에 부족함이 없다. 이렇게 매우 실제적이며 구체적인 농가를 위한 계몽서가 상업적으로 성공한 데는 농촌에까지 침투되었을 그의 '선생'으로서의 명성과 이미지가 크게 작용했음에 틀림없다. 또한 『농가조법기』에 대한 농촌의 지지는 『경전여사』 양식을 따라한 것을 비롯하여 그의 다른 계몽 저작들의 시장 개척과도 연결되었을 것이다. 1838년 12월 23일, 77세의 나이로 란잔은 세상을 떠났지만, 사후에도 그의 저작들은 재판되고 그의 유고 또한 계속해서 출판된다(1836년 서문의 『효자교 초해孝子教鈔解』 등이 1881년에 간행되었다). 거기에 그가 관여하지 않았을 것으로 보이는 책들까지도 '란잔 선생 저'라며 출판되기도 하였다. '란잔'이라는 이름의 안정적인 이미지가 오랫동안 상품 가치를 지니고 있던 것이다.

'여사'의 의미

『경전여사』「사서지부」 수권首卷인 『대학』에 붙은 범례에서 다니 햐쿠넨은 에도 시대 유학의 역사와 전통에 대해 다음과 같이 약술하였다.

옛날 일본에서는 유학의 학풍이 하나였다. 후지와라 세이카(藤原惺窩) 선생이 처음으로 주자학을 주창하면서 송나라의 학문이 성행하게 되었다. 주자학에서 이름이 높은 사람들을 보면, 하야시 도슌(林道春) · 기노시타 쥰안(木下順庵) · 아라이 하쿠세이(新井白石) · 무로 규소(室鳩巢) · 가이바라 아쓰노부(貝原篤信) · 나카무라 데키사이(中村惕齋) 등으로 이상의 여러 선생들은 누구든지 견줄 수 없는 대유(大儒)였다.

이어서 '고의학古義學은 이토 진사이伊藤仁齋 선생에게서 일어났다' 또한 '고문사학은 소라이徂徠 선생의 학문이 있었고'라고 서술하고는, 계속 '와타라이度會 · 야마자키山崎 · 아사미淺見 · 이자와井澤 등의 여러 선생들은 모두 송학의 사람들이라 하지만 예의 무축신도巫祝神道의 일에도 관심이 있었다'라며 각 학파에 대해 설명하였다. 그 뒤의 단락에서도 "에도의 정도政道를 보면 세이카와 도슌 두 선생으로부터 정주학程朱學이 천하에 성행하였다. 와타라이와 야마자키 두 선생은 유학자이면서도 무축의 학문을 겸하였다. 진사이 선생은 고의의 학을 세웠다. 소라이 선생은 복고의 문장을 창도하고, 마침내 천하의 유풍儒風이 삼품이 되었으니, 주자와 진사이, 소라이 이 세 사람이 그것이다"라고 정리하고 있다. 그 우열에 대해서는 평가하지 않고 모든 것을 한꺼번에 나열하며 각각의 존재를 드러낼 뿐이다.

학문의 권위는 그동안 학통과 사계師系 안에서 어디에 위치하고 있는가에 따라 보장되었다. 그러한 상황에서는 '이 책은 혼자 읽는 사이에 저절로 스승을 얻게 되는 것과 같다'(『경전여사』「사서지부」 범례)라는 『경전여사』의, 사계와는 인연이 없고 어떠한 학통과도 이어지지 않는 소위 학문적 권위로부터 벗어난 상태는, 곧 '권위'를 부정하는 것이었다. 그 선을 밟고 지나간 것에 대한 마음의 거리낌으로 인해 어쩌면 이와 같이 학통에 대해 장황하게 설명하는 글을 남겼을지도 모른다. 다니 햐쿠넨은 자신이, 또한 자신의 학문이 어떤 학통으로 이어지는지에 대해서는 서술하고 있지 않다. 범례 중에 '학문에 필요한 것은 중정中正을 지켜 치우침偏倚을 꺼리는 것이다'라는 것은 '본말'의 '본'을 잊지 않고 존중해야 한다는 뜻과 이어지는 서론이지만, 학통과 사계에 대한 '치우침' 또한 은근히 부정하는 말일 것이다. 이 범례는 "일본에서 소위 교토는 온 나라 사람들이 떠받드는 장소인데, 이는 시골에서 올라온 보물(인재)들이 이곳으로 모이기 때문이라고 이해된다. 이를 학문의 대성大成이라 한다"라며 마무리 짓고 있다. 존경받는 '교토'를 이루고 있는 '시골에서 올라온 인재'를 교육하는 일이 이『경전여사』의 목적이라고 해석할 여지가 있는데, 이는 결국 이제까지의 학문과는 크게 다른 방향을 나타내기에, 이렇게 완곡하게 비유하며 이해하기 어렵게 한 것이다.

이렇게 다니 햐쿠넨의 '모험'을 거치면서 '권위'에 대한 금기로부터 자유로운 세계가 하나 성립하였다. 그 후속 작업, 예를 들어 란잔의 작업은 애초부터 기존의 '권위'에 대한 굴레를 신경 쓰지 않고 있다. 처음부터 란잔의 작업은 '권위'와는 상관없는 지평에서 그저 학문의 세계에 접촉하고자 하는 욕구를 지닌 독자들을 대상으로 한 것이었다. 여기서 사계와 학통과는 관계없이 학문을 접하고자 하는 새로운 계층의 출현을 확인할 수 있다. 다시 말해 주도적 입장에 있는 학자나 학파만을 주목한 곳에서는 결코 보이지 않는, 학문의 커다란 상황 변화를 살필 수 있는 것이다. 혼자서는 크게 주목을 끄는 빛을 내지 못하는, 이 '시골에서 올라온 인재'들이 각기 소소한 빛을 내뿜으면서 드디어 일본 전체를 뒤덮는 세상이 되고 있었다.

출판물에서 '스승'을 구하는 시대, 그 다양한 수요에 응하여 다양한 종류의 '여사'를 출판계가 앞다투어 제공하는 시대를, 일본은 맞이한 것이다.

가미가타 서점에서 나온 '여사'

왕래물 등의 주석에 『경전여사』 형식을 받아들인 것은 물론 에도의 서점만이 아니었다.

1834년 간행의 『(수서독법)정훈왕래 구주초具注鈔』(대본 1책)가 가미카타 판본으로는 이른 시기의 것으로 보인다. 범례에 '이 책은 다니 햐쿠넨 옹이 『경전여사』를 따라하여 본문 상단에 해설을 더하고 읽는 방법을 붙인 것'이라고 한 것처럼 『경전여사』를 규범으로 삼은 일이 명확하게 언급되고 있다. 봉면지에 '나니와 화사 시토미 간규 선생 저浪華畵士蔀關牛先生著'라고 하였으니, 화공 시토미 간규가 붙인 주석이다. 소장본의 간기는 '1834년 극월極月 발행서사 비슈 나고야 : 本町七丁目 永樂屋東四郎 / 교토 : 二条通御幸町 吉野屋仁兵衛 / 同 麩屋町 山城屋佐兵衛 / 同 富小路 升屋勘兵衛 / 오사카 : 心齋橋通北久太良町 河內屋喜兵衛 / 同 唐物町 河內屋太助'라고 되었는데, 봉면지에는 '경섭서사京攝書肆 5서당五書堂 합재合梓'라고 되어 있으니, 에라쿠야 도시로永樂屋東四郞는 유통서점이 될 것이다. 또한 봉면지 윗부분에 '1846년 봄 재전再鐫'이라는 후판본이 있으니 이 책은 판을 거듭하여 찍은 것이다.

앞서 다룬 것처럼 『(경전여사)삼자경지부』(1815)에 대해서 교토의 누카타 쇼자부로가 에도에서의 판매 금지를 신청하였는데, 그 누카타가 1841년에 출판한 것이 『(여사)삼자경 동자훈』(반지본 1책)이다. 이 책은 상단에 총방훈 가키쿠다시문을 갖춘 『경전여사』 형식의 본문이다. 권말의 출판소 인사말에 '이 책은 예전에는 아동이 처음 읽어야 하는 책으로 인식되었는데, 지금도 지방에서는 이 책을 읽히고 있지만 삼도에는 읽는 사람이 많지 않다'라고 하여, '지방'에서의 표준, '시골풍'의 실제적인 것이 도시 지역에서도 판매가 될 것이라며 크게 기대하는 출판이다. 누카타 쇼자부로는 『삼자경 훈고해訓詁解』(1801년 간행)를 출판한 일도 있어 『삼자경』의 유통에 대해서 그 나름의 자부심이 있었을 것이니, 그만큼 『(경전여사)삼자경지부』의 출판에 대해 위기감을 느꼈다고 생각된다.

1843년 서문・간행의 『정훈왕래 정주초精注鈔』(대본 1책, 오사카 文精堂 堺屋新兵衛 판) 또한 『경전여사』의 형식을 따르고 있다. 쿠로다 요코黒田庸行의 주석으로, 그 범례에 '이 책은 돌아가신 스승 시토미 간규 옹이 지은 『정훈왕래 구주초』를 모방한 것으로, 본문 상단에 가키쿠다시문을 적고, 본문 옆에는 후리가나를 붙여 아이들이 낭독하면서 몸에 익히는 일을 잊지 않는 방편이 되도록 하였다'라고 한 것처럼, 『(수서독법)정훈왕래 구주초』를 바탕으로 엮은 것이다.

1843년 오사카 사카이야 신베堺屋新兵衛 판 『(두서훈독)고상전 정주초』(대본 1책)는 다카이 란잔의 『아독 고상전 증주』의 모방작이라 불러도 좋을 정도로, 시토미 도쿠후蔀德風가 주를 붙였다고 하는데 『아독 고상전 증주』와 그 내용이 거의 다르지 않다.

후술하겠지만, 에도에서는 천보(1830~1844) 연간 말기부터 이러한 종류의 『경전여사』 형식의 책들이 중본의 형태로 다수 출판되고 있는데 반해, 가미가타에서는 그러한 경향을 보이지 않고 있다.

3. 초학자를 위한 상품들—천보 말기 이후

『동자통童子通』

『동자통』이라는 계몽서(〈그림 5〉)가 1844년(천보 15) 4월에 에도의 이즈미야 긴에몬에서 출판되었다. 저자는 야마모토 쇼이치山本蕉逸라는 시모쓰케 미부下野壬生 번의 유신儒臣이다. 이 책은 중본 1책의 간단한 체재로 가타카나가 섞여 있으며 학문의 초보들이 이해하기 쉽게 강의한 것이다. 「수목數目」(구구단九九 포함)·「방명方名」·「십간십이지十干十二支」를 시작으로 「구두붙이는 법句讀ノ付ケ方」, 「주인 다는 법朱引ノコト」, 「음훈의 변音訓ノ弁」 등을 설명하고 있다. 독학과 자습을 위해 필요한 기초적이며 실제적인 지식이 망라되어 있다. "소독은 말하는 것을 그대로 외우기 쉽다. 주석을 보지 않아도 여러 차례 읽는 중에 열에 하나는 대략 뜻을 알 수 있다. 그러기 위해서는 가능한 훈에 의지해 읽어야 한다"라 하는 등 상당히 실제적인 내용이다. 당연하다면 당연한 것들을 늘어놓고 있는 이 책은 바로 직전 시대에는 아무도 출판할 것을 생각하지 못했지만 오늘날에 보면 촌스러운 것이다. 이 책은 고서 시장에서도 자주 발견되며, 판면이 조악한 후인본도 많다. 오늘날에는 인기가 없을 것 같지만, 당시에는 유통량이 적지 않았다. 읽기 쉽지 않은 작은 글씨에다 도저히 가지런하다고 볼 수 없는 싸구려 판목으로 만든 것이지만, 달리 비슷한 것이 없는 상황에서 이 책이 지닌 구체적인 실용성은 많은 지지를 받았다. 그중에 다음과 같은 기록이 있다.

> 오늘날 도시에서 아동들에게 소독을 가르칠 때는 먼저 『대학』을 교재로 삼고 다음에 『사서』를 모두 마치며 그 다음은 『오경』을 가르친다. 학문의 단계로서

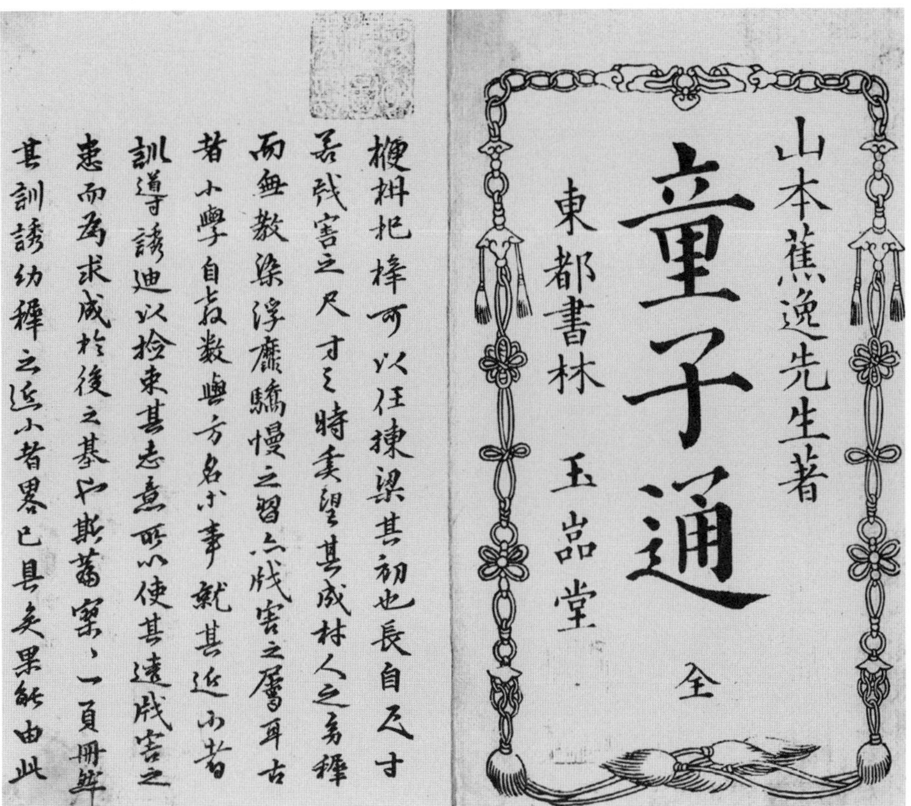

山本蕉逸先生著
童子通
全
東都書林　玉嵒堂

梗枏杞梓可以任棟梁其初也長自尺寸
吾戕害之尺寸之時委望其成材人之勇稚
而無教染浮靡驕慢之習亦戕害之屬耳古
者小學自能数與方名小事就其近而者
訓導誘迪以檢束其志意所以使其遠戕害之
患而為求成於後之基也斯篇窠、一頁冊然
其訓誘幼穉之近小者畧已具矣果能由此

〈그림 5〉 1844년 간행 『동자통』

는 더할 나위 없는 것이지만 8~9할은 학문적 재능이 부족하기에 『오경』을 마친다고 해도 일상적인 편지글이나 가나로 쓴 책도 읽지 못하는 이들이 많다. 이는 생각해보면 가르치는 아이의 기억력도 고려하지 않은 채 욕심만 부려 억지로 많은 것을 읽히려고만 하기 때문이다. 말로는 『사서오경』을 다 끝냈다고 해도 실제로는 『효경』 한 권도 읽지 못하는 사람이 되니, 세상에서는 위를 목표로 하는 것만이 당연하게 여겨지기 때문이다. 차라리 시골 방식으로 『정영식목(貞永式目)』, 『이마카와장(今川狀)』, 『정훈왕래』 등의 왕래물을 병행해서 읽는 것이 좋다. 그렇게 하면서 『인황정통기(人皇正統記)』를 시작으로 『전태평기(前太平記)』와 『후태평기(後太平記)』 그리고 『태합기』와 『삼하기(三河記)』 등을 차례로 읽는다. 왕대(王代)와 무가(武家)의 사적을 대강 알고 나서는 중국의 역사서 통속본을 읽어야 할 것이다. 『십이조군담(十二朝軍談)』부터 시작하여 『명청문기(明淸鬥記)』와 함께 『수호전』까지 통독한다. 제대로 된 정사(正史)와 비교하면 어긋나는 곳도 있지만 대의를 알기에는 충분하다.

여기서 설명하고 있는 것은 매우 실제적이고 실천적인 학문 방법이다. 천보 연간 말년이 되면 '촌스러운' 방법을 거리낌 없이 말하는 간본이 나타난다. '촌스럽지만' 실제적 효용을 필요로 하는 수준으로 학문의 지향을 끌어올리는 것이 이 책의 성립 배경이라고 볼 수도 있다. 『정영식목』·『이마카와 첩今川帖』·『정훈왕래』 등의 왕래물을 독학하기 위한 주석서가 출현한 것은 이 시대의 필연이었다.

본래는 사숙 등지에서 배울 만한 초보적인 지식과 학문의 태도 등을 적고 있는 이와 같은 책이 출현한 것은, '학문'에 뜻을 둔 계층이 확대되고 '학문'의 수요가 높아지며 독학으로 배우려는 사람들이 다수 출현하면서, 예전에는 생각할 수 없던 이러한 내용의 책의 수요를 지지하는 시장이 형성되었기 때문이다. 이는 『경전여사』와 같은 독학을 위한 경서의 성행과 대응하고 있다.

독학을 하기 위해서는 강한 의지가 필요하다. 현존하는 『경전여사』를 손에 놓고 보아도, 전권을 독파한 흔적이 있는 것은 오히려 적고, 대부분 『대학』 부분에만 약간의 사용감이 있을 뿐이다. 도중에 좌절한 경우가 많았던 것이다. 그렇지만 출판물을 통해 독학의 길이 펼쳐진 상황이 된 것은 사실이다.

한편, 천보 말기부터 이상의 『경전여사』 형식의 주석서 출판이 한층 더 증가하며, 구판과 재판까지 나타나 정신없이 복잡한 양상을 드러내기 시작하였다.

천보 개혁 아래서 1842년(천보 13)에 서점조합도 해산되기에 이른다. 그에 따라 그때까지 조합 밖에 있던 사람들이 다수 출판업에 참여하면서 업계의 양상이 크게 변하였다. 조합이 해산되었어도 기존의 유통서점들은 예전부터 내려오던 관습을 지키고 있었지만, 거기에 구속받지 않은 신규 참가자들로 인해 업계 내의 질서가 변하지 않을 수 없었다.

1851년 3월에 쇼모쓰 유통조합이 다시 결성되기 전까지, 종래였다면 중판・유판이라 하여 유통이 허락되지 못했을 출판물까지 돌아다니게 되었고, 이는 그 후에도 제어되지 않았다. 이때 이들 신규 참가 서점들은 『경전여사』 형식의 주석서 출판에 다수 관여하였다. 대부분이 중본 크기라는 점도 한 가지 특색이며(『동자통』도 같은 형태이다), 그 책들의 형태는 대체로 소시와 비슷하다.

『경전여사』 형태 중본의 경서주석서

『경전여사』 「사서지부」는 1786년(천명 6)에 간행되었다. 이제까지 기술한 것처럼, 이 주석서의 등장은 경서 세계의 금기를 밟고 넘어, '히라가나 읽기와 본문의 해설이 붙은 경전주석서'라는 유력한 하나의 정형을 보여주었다. 독학과 자습을 통해 보다 고차원적인 자신을 이루고자 하는 욕구의 광범위한 상승과 함께, 다양한 종류의 『경전여사』 출판이 이루어지고 각각 판을 거듭하였다. 이러한 양식을 그대로 따라하면서, 햐쿠넨과 상관없는 다양한 한적 주석서가 나타난 것은 필연적인 일이다. '경전여사' 또는 '여사'라는 말은 이러한 유형의 주석서를 통칭하는 것으로 점차 정착되었다.

야마자키 요시시게山崎美成의 『(경전여사)대학강석』은 표제 그대로 『경전여사』 형식의 주석서이다. 1847년 이즈미야 이치베 구판본밖에 아직 본 것이 없어, 그것을 바탕으로 대체적인 양상을 적기로 한다. 제첨에 '(경전여사)대학강석 전'이라 적혀 있고, 봉면지에는 '北峯先生 述 대학지부 / (경전여사)사서강석 / 동도서림 감천당 재'라고 적혀 있어 사서四書를 망라한 것 같지만 아직 다른 책들은 보지 못했다. 권두화 반 페이지에 「공자지상孔子之像」, 이어서 「대성지성문선황제공부자지략전大成至聖文宣皇帝孔夫子之畧傳」 두 페이지, 「독법」 반 페이지를 수록하고 있다. 판심은 어미 위에 '사서강석', 간기는 '1842년 만동晩冬 탈고 / 1843년 초추初秋 각성 / 1847년 가을年秋 구판 / (원판)藤屋宗兵衛 / 伊勢屋藤七 / 山崎久作著 / 동도서림 : 芝神明前 岡田屋嘉七 / 日本橋通壱丁目 須原屋茂兵衛 / 同 二丁目 山城屋佐兵衛 / 本石町十軒店 英大助 / 日本橋通二丁目 小林新兵衛 / 芝三島町 和泉屋市兵衛'로 되어 있다. 원판은 1843년 후지야 소베藤屋宗兵衛·이세야 후지시치伊勢屋藤七 판인 것 같은데(후지야 소베·이세야 판 『실어교동자교 구주초』 광고), 이것은 실물을 확인하지 못했다.

1842년 간행의 『실어교동자교 구주초』(藤屋宗兵衛·伊勢屋藤七 판)의 간기 앞 광고에는 '동도 北峯先生 저 / 오경강석 전30책 : 이 책은 『사서강석』과 마찬가지로 상단에 읽는 법을 표시한 히라가나를 통해 강석을 하면 스승에 의지하지 않고도 학문을 할 수 있는 지름길의 진서珍書가 된다'라고 하여, 『오경』에 대해서도 아직 실제로 확인하지는 못했지만, 야마자키 요시시게가 지은 것과 같은 형태의 주석서가 기획되어 있었음을 알 수 있다. 『시중토리시마리류집市中取締類集 쇼모쓰니시키에지부書物錦繪之部』 제247건 「1853년 3월 / 向方相談廻 / 역경 외 3품 유통 판매 신청」에

역경강석(易經講釋) 7책 芝三嶋町家持くに後見
시경강석(詩經講釋) 8책 쇼모쓰 유통서점
서경강석(書經講釋) 6책 신청인 이치베
간다 야나가와초(神田八名川町)
초닌 야마자키 규사쿠(山崎久作) 보산(補刪)
요네쿠라노토마 도노(米倉能登間殿) 가래(家來)
시마니 사부로(嶋仁三郎) 장판

위의 책들은 작년 정월에 학문소의 검열을 마치고 소장하게 되었는데, 신청인이 이 판목을 인수하여 유통 판매를 원하며 판목을 새로 만들고자 하여 원고를 제출하니 살펴주시기 바랍니다.[3]

라고 하였으니, 1852년의 단계에서 삼경三經 정도의 출판은 구체적으로 있던 것 같다.

다니 하쿠넨의 『경전여사』는 반지본이었다. 이 형태는 대본을 기본으로 하는 경서 중에서는 색다른 것이다. 쉬운 내용의 주석서였기 때문에 선택되었다. 천보 말기부터 출판되기 시작한 중본 형태의 『여사』는 우선 제작 비용을 적게 하는 일이 첫 번째 목적이었다. 염가로 유통시킴으로써 많은 구매자를 얻고자 했다. 그리고 그렇게 염가로 구입할 것이라 상정된 구매자층은 소시 등 중본에 익숙한 계층이기도 하였다.

또한 1851년 우류씨瓜生氏 소장판 중에서 『논어여사』와 『중용여사』를 확인할 수 있다. 아마도 『대학』과 『맹자』도 동시에 출판되었을 것이다. 『논어여사』는 중본 4책, 『중용여사』는 1책이다. 두 책 모두 판심 어미 윗부분에 '경전여사'라고 새겨져 있다. 간기는 '1851년 여름 6월 출판 / 우류씨 장판'이라 한다.

『시중토리시마리류집 쇼모쓰니시키에지부』 제198건(1851.8)에 다음과 같은 기록이 보인다.

> 논어여사 4책
>
> 온모치즈쓰가시라(御持筒頭) 모토다이쿠마치(元大工町)
>
> 바바다이스케쿠미노 동심(馬場大助組同心) 헤지로 점(平次郎店)
>
> 작자 우류 구마지로(瓜生熊次郎) 同
>
> 同人 장판 同 헤스케(平助)
>
> 다만, 작년 11월 중에 학문소의 검열을 마쳤으므로, 학문소의 허가를 받은 원고 4책과 그 원고를 출판한 간본 4책을 제출합니다.[4]

장판자 우류씨는 우류 구마지로임이 확인되었다. 『칠편인七偏人』을 시작으로 골계본이나 인정본, 그리고 구사조시 등 다수의 희작을 지은 바이테 긴가梅亭金鵞 또한 우류씨로 통칭 구마자부로熊三郎였다. 두 사람의 이름이 비슷한 것이 주목되는데 이에 대한 조사는 다른 기회에 하겠다.

또한 제213건 「1852년 윤2월 / 向方相談廻 / 대학여사 외 3품 유통판매 신청」에,

대학여사 1책　　　　　모토라이쿠 마치

중용여사 1책　　　　　헤지로 점

온모치즈쓰가시라(御持筒頭) 바바다이스케쿠미노 동심

쇼모쓰 서점 가리구미(仮組)

우류 구마지로 저　　　신청인 헤스케

同人 장판

다만, 작년 11월 중에 학문소의 검열을 마쳤으므로, 학문소의 허가를 받은 원고 2책과 그 원고를 간행한 출판본 2책을 제출합니다.

라고 하여, 야마시로야 헤스케山城屋平助가 장판을 관리하며 널리 판매하였던 것으로 보인다. 야마시로야 헤스케는 1851년(가영 4) 조합 부흥 시기에 지혼 소시 유통서점의 가리구미仮組에* 가입한 서점으로, 조합 해산 이후부터 출판업을 시작한 사람이다. 위에도 나온 것처럼 1852년에는 쇼모쓰 유통서점의 가리구미에도 가입하고 있다. 『중용여사』 뒤표지의 봉면지에 붙은 장판 목록은 다음과 같다.

『대학』 소독본 전1책

『하야비키 절용집(早引節用集)』(三ッ切懐中本) 1책

『대학여사』 중본형 1책

『중용여사』 중본형 1책

『정훈왕래 회초(繪抄)』 중본형 1책

* 가리구미(仮組) : 1841년 조합 해산령 이후에 신규 개업한 중소 상인으로 1851년 조합 재흥령(再興令)부터 조합원의 특권을 얻게 되었다.

『이십사효 회초(二十四孝繪抄)』 중본형 1책

여교물 여러 종류(女教物品々)

소형 구사조시 합권 여러 종류(小形草双紙合巻 品々)

위의 책들 이외에도 쇼모쓰 종류의 책은 무슨 책이든지 나랑 매입해 두었고 가격은 특별히 싸게 드리니, 필요하시면 언제든지 말씀해 주시기 바랍니다.

동도서림 송영당(松榮堂 : 日本橋通二町目) 야마시로야 헤스케

아마도 창업 바로 직후, 즉 천보(1830~1843) 말년부터 가영(1848~1854) 연간 전반 즈음의 것으로 보인다. 목록 중의 『대학여사』는 서점 데쓰지로銕次郎로부터 구입한 구판본으로 야마시로야 헤스케 판은 마지막 장 안쪽 면에 데쓰지로의 간기를 그대로 남기고 있다. 가벼운 형태의 가격이 저렴한 것을 구판본으로 소장하여 판매를 시작한 것이라 생각된다. '소형 구사조시 합권'은 아주 작은 책이다. 소시류 중에서도 저렴한 가격으로 오락물 같은 것이다.[5] 이렇게 소시와 경서가 함께 취급되는 시대가 되면서, 1855년 간행의 『여정훈왕래女庭訓往来』나 간년 미상의 『일필계상一筆啓上』 등 막부 말기의 쇼테이 긴스이松亭金水가 관여한 왕래물과 「송영어강호회도松榮御江戸繪圖」(1854년 간행) 같은 에도의 지도도 출판하였다.

또한 별건이지만 『시중토리시마리류집 쇼모쓰니시키에지부』 제211건, 「1852년 윤2월에 의논한 「문선정본文選正本」 외 11품 출판 유통 판매 신청」 중에는 다음의 기록이 있다.

(增補校正)역경 경전여사 7책

온사쿠지가타 이시가타 도료(御作事方石方棟梁)

가메오카 이와미(龜岡石見) 교정

(…중략…)

(校定音訓)문선정본 외 11품 출판 유통 신청

(…중략…)

(증보교정)역경 경전여사 7책 니시가시초(西河岸町)

온사쿠지가타 이시카타 도료 리헤모치다나(利兵衛持店)

가메오카 이와미 교정 同

同 가쓰고로(勝五郎)

위의 기록에 해당하는 책을 확인하지는 못했지만 『역경』 등에도 『경전여사』 형식의 책이 출판되기에 이른 것으로 보인다.

1853년에 간행된 문승당文昇堂 판 『사서강석』 중본 10권 10책도 유사한 책이다. 각각 『대학여사』·『논어여사』·『맹자여사』·『중용여사』 라는 외제를 갖추고 있다. 봉면지는 각 권 첫 책에 '사서강석지내四書講釋之內 전4책 / 맹자여사 / 동도 문승당 박행'이라 하였고, 간기는 사서 모두 각각 마지막 책 뒤표지 봉면지에 '1853년 계춘 발행 / 동도서사 : 日本橋通壱丁目 須原屋茂兵衛 / 同 二丁目 山城屋佐兵衛 / 芝神明前 岡田屋嘉七 / 同 和泉屋市兵衛 / 淺草茅町 須原屋伊八 / 横山町一丁目 出雲寺万治郎 / 同 三丁目 和泉屋金右衛門 / 淺草福井町 山崎屋清七 / 大傳馬町二丁目 丁子屋平兵衛 / 馬喰町二丁目 山口屋藤兵衛 / 同町 森屋治兵衛 / 元大工町 山城屋平吉 / 照降町 惠比壽屋庄七'라 하였다. 사서를 개별적으로 나누어서 판매한 것이라 생각된다.

에비스야 쇼시치惠比壽屋庄七는, 『유통서점 명단』 「지혼 소시 유통서점地本

双紙問屋」의 항목에 '세이지로政次郎店 서점은 1852년 4월 혼구미 가와구치야 쇼조로부터 양도받아 혼구미에 가입하고 가리구미에서 제명'이라고* 나온 것처럼, 1851년의 조합 부흥 시기에 지혼 유통서점의 가리구미에 가입하였다. 그런데 1852년에는 혼구미가 되었고 명치 연간에 이르러서도 영업을 계속하였다. 『쇼모쓰 유통서점 명단』에는 혼구미의 마지막에 실려 있으니, 쇼모쓰와 지혼의 이매간판二枚看板 영업을 한 것이다.

이 『사서강석』에는 후수후인본이 있다. 명치 연간이 되면서부터 후지오카야藤岡屋 게이지로慶次郎가 구판하여 출판한 것이라 생각된다. 각각의 권수, 봉면지 상단 밖에 '판권면허版權免許'라고 새기고, 그 아래에 '사서강석지내四書講釋之內 전4책 / 논어여사 / 동도 송림당松林堂 발행'이라고 하였는데, 이것은 '文昇'을 '松林'으로 개각한 것이다. 후지오카야 게이지로도 1852년에 쇼모쓰 유통서점 조합의 혼구미에 가입하여 막부 말기부터 명치 연간에 걸쳐 활약한 신흥 서점이다.

『효경』의 여사 상품들

에무라 홋카이江村北海의 『수업편』에

> 아동이 소독을 시작할 때 세간에서는 『대학』을 교과서로 하는 일이 많다. 또는 『효경』부터 시작하는 일도 있다. 내 생각을 말하면, 먼저 『효경』으로 시작하는 것이 좋다. 『소학』은 권수가 조금 많다. 게다가 아동이 읽고 외우기 어려운 부분이 많다. 『대학』 또한 『효경』과 비교하면 읽기 어렵기 때문에 아

* "小船町三丁目政次郎店, 嘉永五年四月, 本組川口屋正藏より讓受本組加入仮組除名."

동의 소독은 문자 수도 적고, 어려운 글자도 없고, 읽고 외우기 쉬운 『효경』부터 시작하는 것이 좋다.

라고 한 것처럼, 『효경』은 소독의 첫 번째로 언급되는 경서이다. 또한 산토 교덴의 황표지 『삼세도회치강석三歲圖會稚講釋』(1797년 쓰루야 기에몬 판)에도 '사람으로 태어나서는 비록 다른 책은 읽지 않아도 『효경』이라는 책은 반드시 읽어야 한다'[6]라고 하였으니, 어떤 경전보다도 『효경』이 우선해야 한다는 생각이 민간에까지 정착되고 있었다.

『경전여사』「효경지부」는 1787년(천명 7)에 초판이 출판된 이후부터 1809년에 2판, 1843년에 3판이 출판되고, 그 이외에도 각종 해적판이 출판된 일은 앞 장에서 서술하였다. 해적판이 아니더라도 『효경』의 경우에는 히라가나 해설의 주석서라는 발상이 오래전부터 있어 수많은 유서가 출판되었다.

한편 '여사'를 표제로 한 중본의 책 중에 『효경여사』가 있다. 이제까지 세 종류를 확인할 수 있었는데, 이외에도 여전히 유서가 있을 수 있다. 이 세 종류는 서문도 범례도 본문도 같은 내용이지만 다른 판본들이다. 먼저 한 책은 앞서 언급한 야마시로야 헤스케에서 출판한 것이다. 다음은 1843년 요시다야 분자부로吉田屋文三郎 판으로 간기는 '1843년 3월 발시發市 / 동도서사 에도 馬喰町壱丁目 요시다야 분자부로'라고 되어 있다. 이것과 완전히 같은 판으로 간기가 빠져 있는 것도 있다. 마지막 하나는 봉면지에 '만연신각万延新刻 / (幼童必讀)효경여사 / 동도서림 숭산방재'라고 한 것처럼 1860년에 나온 고바야시 신베 판이다.

다카이 란잔 판본의 후예들

앞서 다룬 다카이 란잔에 의한 『고상전』 주석서 『아독 고상전 증주』는 높은 완성도를 증명하듯이, 각종 모방작이 나와 천보(1830~43) 연간 말기 이후로 모방판이 다수 확인된다.

또한 『고상전여사』라는 표제를 지닌 것도 두 종류 확인할 수 있다. 어느 것이든 중본 크기의 책으로 하나는 외제・내제・미제를 '고상전여사'라고 하고, '1843년 계추지일 / 동도서사 : 馬喰町壱丁目 吉田屋文三郎 / 日本橋元大工町 布袋屋市兵衛 / 京橋南紺屋町 三河屋甚助'라는 간기를 권말에 갖추고 있다. 편자의 기사는 없다. 『아독 고상전 증주』의 내용을 거의 그대로 이용하고 있다. 간기 앞의 광고에 '『효경여사』(중본전1책) 본문에 히라가나 읽기를 붙이고 서문 없이 매 구절마다 해설을 자세히 기록하였음 / 『천자문여사』 同 이와 동일 / 『실어교동자교 여사』 同 이와 동일한 문장임'이라며, '여사'라는 말을 붙인 서명이 나란히 있다. 이 책은 요시다야 분자부로吉田屋文三郎・호테이야 이치베布袋屋市兵衛・미카와야 진스케三河屋甚助의 합작판이다. 요시다야 분자부로는 조합 중흥 이후 쇼모쓰 유통서점 가리구미에 가입한 신흥 서점으로(1854년 『쇼모쓰 유통서점 명단』), 1861년 6월에는 지혼 소시 유통서점에도 가입하고 있다.(『유통서점 명단』) 이 광고에 보이는 『천자문여사』는 소장본의 간기에 따르면 1842년 5월, 미카와야 진스케・요시다야 분자부로가 출판한 것으로 확인된다. 중본 1책으로 서문에 '히라가나國字로 주를 붙임. 또한 읽는 방법을 기록함. 그 의미를 알기 쉽게 함'이라 한 것처럼 『경전여사』 형식의 책이다. 봉면지에는 '햐쿠넨 선생 저 / (국자/강석)천자문 전 / 동도 성덕당誠德堂 재'라고 하였지만, 실제로 다니 햐쿠넨이 관여한 것이 아니라 '햐쿠넨 선생의 저술'이라 말하는 것의 효과를 노렸음에 틀림없다.

미카와야 진스케는 이 시기 이 책 이외에 몇 건의 왕래물을 더 출판하였는데, 이제까지 확인한 바로는 홍화(1844~1847) 연간의 것을 마지막으로 그 이후의 출판 활동은 볼 수 없다. 오래 지속하지 않은 것인지 유통서점 부흥 시기의 자료에도 이름이 나오지 않는다.

호테이야 이치베도 마찬가지로 홍화 연간에는 몇 건의 왕래물을 출판한 일이 확인되는데 그 이후의 활동은 보이지 않는다.

『고상전』으로 화제를 돌려서, 먼저 『(개정)고상전여사』를 살펴 보자. 표지의 제첨을 '(개정)고상전여사 전'이라 하고, 내제・미제는 '고상전강석'이라 하였다. 봉면지는 '두서훈독頭書訓讀 / 고상전 여사 전 / 동도 중복각衆富閣 재', 간기는 '삼도서림 / 교토 : 吉野屋甚兵衛 / 오사카 : 敦賀屋九兵衛 / 同 綿屋喜兵衛 / 동도 : 須原屋茂兵衛 / 同 同新兵衛 / 同 山城屋佐兵衛 / 同 同政吉 / 同 出雲寺万次郎 / 同 和泉屋市兵衛 / 同 山口屋藤兵衛 / 同 森屋治兵衛 / 同 丁字屋平兵衛 / 同 山崎屋清七 / 同 藤岡屋慶治郎 / 日本橋通二丁目 青木屋嘉助 판'이라고 하여, 중복각 아오키야 가스케青木屋嘉助 판이다. 제일 첫 장 계선 밖에 개인改印 '米良'이 있으니, 나누시단인名主單印* 시대의 출판이다. 아오키야 가스케에 대해서는 이 책 이외에는 출판물을 확인할 수 없으며 조합 부흥 이후의 자료에도 이름이 나오지 않는다.

이 책에는 『(개정)고상전강석』이라는 개제改題 후인본이 있다. 간기는 '삼도서림 교토 吉野屋勘兵衛 / 오사카 : 敦賀屋九兵衛 / 同 綿屋喜兵衛 / 동도 : 須原屋茂兵衛 / 同 同伊八 / 同 山城屋佐兵衛 / 同 同政吉 / 同 出雲

* 나누시 단인(名主單印) : 1843년(천보 14)부터 1847년(홍화 4)까지 에조시 개정 담당 관리(繪草紙改掛名主)가 매달 당번으로 돌아가며 소시류를 개정했는데 그때의 출판물에 찍은 인장이다. 이 인장을 통해 이 시기 출판물임을 확인할 수 있다.

寺万次郎 / 同 和泉屋市兵衛 / 同 山口屋藤兵衛 / 同 森屋治郎兵衛 / 同 丁子屋平兵衛 / 同 山崎屋清七 / 同 通油町 藤岡屋慶次郎版'라고 되어 있으며, 후지오카야 게이지로의 구판본이다. 구판 시기는 확실치 않은데, 이 책의 존재를 볼 때 이오키야는 오래 지속된 출판소로 보이지 않는다.

『(두서훈독)고상전강석』(중본 1책) 도 『경전여사』 형식의 주석서이다. 첫 장 그림의 낙관에 '일봉재一鵬齋 요시후지芳藤 화畵'라고 되어 있다. 간기에 '동도서림 大傳馬町二丁目 초지야 헤베丁子屋平兵衛 판'이라고 한 것처럼 초지야 헤베 판이며, 첫 장 겉면에 '村田'라는 개인이 하나만 찍혀 있어 1843년(천보 14)부터 1847년(홍화 4) 사이의 출판이라는 기준에 부합한다.

『(增補繪抄)천자문여사』(중본 1책, 봉면제는 '(증보)千字文余師繪抄')(〈그림 6〉)는 간기에 '1846년 여름 5월 재각 / 야마자키야 세이시치山崎屋清七 판'이라 되었다. 앞서 언급한 1842년 간행 『천자문여사』와 주석 및 '독법'을 거의 같이 하고 있으며(用字에 약간의 차이가 있다), 책 첫머리에 삽화를 더하였다. 서명의 쓰노가키角書와* 간기의 '재각'을 의미하는 것이라 짐작된다. 또한 간기를 '동경서가東京書賈 야마자키야 세이시치 판 / 紀伊國屋德藏 구판'이라 개각한 명치 시대의 인쇄본도 있다. 야마자키야 세이시치는 문화 연간(1804~1817)의 출판 활동이 확인되는 비교적 선배격의 서점이다. 막부 말기부터 명치 시대에 걸쳐 왕래물을 시작으로 교육 관계 서적을 다수 출판하였다.

또한 같은 중본 1책으로 『회입繪入 천자문여사』라는 표제를 갖춘 책도 있다. 주석과 본문은 『(增補繪抄)천자문여사』와 거의 비슷하다. 다만 처음 부분이 모두 삽화이며, 생략된 '읽는 방법'은 권두의 천자문 본문에 총방훈을

* 쓰노가키(角書) : 조루리나 논문의 제명 혹은 책명 따위의 위에 두 줄로 나누어서 작은 글씨로 쓴 간단한 내용의 글.

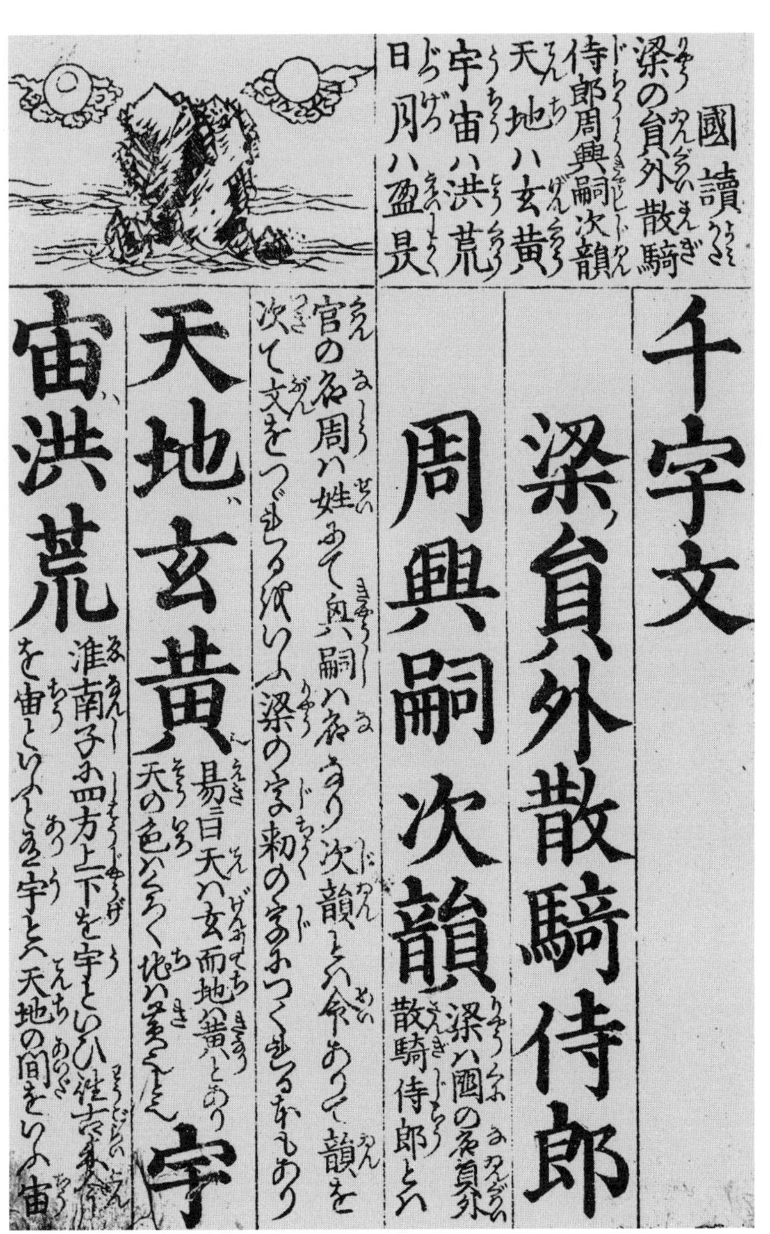

國讀
梁の員外散騎
侍郎周興嗣次韻
天地ハ玄黄
宇宙ハ洪荒
日月ハ盈昃

千字文
梁員外散騎侍郎
周興嗣次韻
天地玄黄
宇宙洪荒

〈그림 6〉 1846년 간행『증보회초 / 천자문여사』

붙인 것 다섯 장으로 대용하고 있다. 이제까지 확인한 책들은 모두 간기가 없어서 간년과 출판소가 확실치 않다.

「야바타이시野馬台詩」의 주석서로는 다카이 란잔의 『야바타이시 국자초國字抄』(1797년, 하나야 규지로 판)가 있는데, 이 책의 『경전여사』 형식으로 『야바타이시 여사』(중본 1책)가 있다. 이제껏 본 것은 두 가지 판본으로 세 종류가 있다. 하나는 봉면지에 '야바타이시 / 경전여사 / 성문각星文閣 장재藏梓'라 하였고, '1843년 赤坂一ッ木町 혼야 데쓰지로本屋鉄次郎 판'이라는 간기를 지닌 것으로, 여기에는 간기 부분을 깎아 없앤 후수본後修本도 있다. 또 다른 하나는 앞의 것과 복각 관계로 보이는데 봉면지는 '야바타이시 / 경전여사 / 금채당錦彩堂 장재', 간기는 '1846년 여름 6월 각성刻成 / 동도서사 通油町 송림당松林堂 후지오카야 게이지로 판'이라 되어 있다. 아마도 이 책은 금채당 기쿠치 도라마쓰菊池虎松 판으로부터 후지오카야 게이지로가 구판한 것으로 보인다. 또한 이 책에는 첫 장 겉면의 '기비다이진 야바타이시 독도吉備大臣野馬台詩讀圖'에 ㊖이라는 나누시 인장이 보인다.

서점 데쓰지로는 앞 장에서도 다루었는데 1842년에 『경전여사』 「사부지부」 중 『대학』의 해적판인 『대학여사』(중본 1책)을 출판한 서점이기도 하다. 이 책 이외에는 이름이 알려지지 않았다. 서점 조합의 해산은 이와 같은 업자의 신규 가입을 다수 초래했다. 이들 같은 업자에게 『경전여사』 형식의 중본 책자는 매력적인 출판물이었다.

또한 『야바타이시 여사』에는 내용이 거의 같은 별판이 있다. 간기는 '1846년 여름 6월 각성 / 동도서사 本所表町 기쿠치 도라마쓰 재'로 되어 있다. 출판소 기쿠치 도라마쓰는 앞 장에서 서술한 것 같이 1843년 판인 해적판 『경전여사』 「효경지부」의 출판소이다.

『경전여사』 형식의 『실어교동자교』

히라가나 읽기 주석서라는 형태는 여러 장르에 걸쳐 증가하는 추세였지만, 『경전여사』 형식을 모방한 것만 있지는 않았다. 상단에 가키쿠다시문을 게재하지 않고 본문에 방훈을 붙이는 형태로 처리한 것 등 이제까지도 몇 가지 소개하였지만 예외적인 것들도 다수 확인된다. 예를 들면 1839년에 간행된 『실어교 주해』(대본 1책, 須原屋茂兵衛・勝村治右衛門 판)도 본문에 이어 훈독과 주석을 두어 자세히 설명하는 형태로 구성되어 있다. 또한 1852년 야마모토 헤이키치山本平吉 간행, 오운정五雲亭 사다히데貞秀 그림 『실어교 치회해稚繪解』(중본 1책), 『동자교 치회해』(중본 2책)는 총방훈의 본문과 구사조시에 쓸 것 같은 작은 글씨의 평이한 히라가나 중심의 쉬운 주석을 양쪽 좌우 끝에 적고, 그 사이에 사다히데가 그린 그림을 배치하고 있는데, 이는 아동을 겨냥한 고안이라 추측된다. 그러나 일반적으로는 『경전여사』 형식의 책들이 압도적으로 많다. 『실어교동자교』의 경우 독서용 교재로 널리 유행하였기 때문에 이 양식의 주석서가 특히 많이 보인다.

1843년 간행 『실어교동자교 구주초』(반지본 1책, 에도 伊勢屋藤七・藤屋宗兵衛 판)은 『실어교동자교 증주』의 양식을 이어받은 『경전여사』 형식으로, 야마자키 요시시게山崎美成의 주석이 붙어 있다. 요시시게의 『경전여사』 형식의 주석서에는 앞서 서술한 『사서강석』 이외에 『(신각개정)정훈왕래 언해』(대본 1책, 에도 이즈미야 이치베 판)이 있다. 또한 『(수서훈독)실어교동자교 정주초』(대본 1책)은 1850년의 서문이 있는 간본이다. 시토미 간규 주석이라 하지만, 내용이 거의 『실어교동자교 구주초』와 같다. 이 책의 본문을 그대로 답습하고 첫머리에 삽화를 더한 것이 1876년 판 『(수서독법)실어교동자교 구주초』(대본 1책)이다.

『실어교동자교 여사』를 표제로 한 것도 몇 종류가 확인된다. 어느 것이든지 '중본 1책'이라는 형태로 에도의 구사조시야에서 간행한 출판물이다. 먼저 게이사이 에이센溪齋英泉 그림과 주석으로 '동도 神田白壁町 와카바야시 고로베若林五郎兵衛 장판'이라는 간기가 있는 책이 있다. 와카바야시 고로베는 잘 알려져 있지 않은 서점인데, 이 책 이외의 출판물이 더 있는지는 지금으로서는 확인되지 않는다. 이 책에는 '작자 惠齋善次郎 / 화공 同 / 1844년 정월 / 동도서사 横山町三丁目 이즈미야 긴에몬 / 本銀町河岸 야마시로야 신베山城屋新兵衛'라는 간기를 뒤표지 봉면지에 갖춘 구판후인본이 있다(봉면에 '서사 남수당南壽堂'이라 한 것으로 볼 때 야마시로야 신베의 소장판일까). 이 책의 존재로 볼 때도 와카바야시 고로베의 출판 활동은 일시적이었다고 생각된다. 이 책을 구판한 야마시로야 신베는 『쇼모쓰 유통서점 명단』의 가리구미 항목에 '남수당南壽堂 本銀町壱丁目宇兵衛地借 야마시로야 신베'라고 하였으니, 마찬가지로 신규 가입 업자이다. 막부 말기에 이르기까지 왕래물을 적지 않게 출판하였다.

또한 별판으로 '1844년 2월 고성稿成 동년 6월 발행 / 동도서사 京橋銀座四丁目 정은당頂恩堂 혼야 마타쓰케本屋又助 재'라는 간기의 『실어교동자교여사』도 있다. 이 책은 본문 마지막에 '야마다 쓰네스케山田常助 주'라 하였다. 또한 이 책을 복각한 판도 있는데, 여기에는 '1852년 가을 신각 / 동도 신장당新庄堂 수재壽梓'라는 간기가 있다. 신장당新庄堂은 이토야 쇼베糸屋庄兵衛로 1854년의 조합 부흥 시기에 지혼 유통서점의 가리구미에 가입한 서점이다. 절부본切付本과* 같은 소시류를 다수 출판하였는데 중본형의 왕래물 출판물도 많다. 『유통서점 명단』의 자료에 따르면** 명치 연간 이전에 폐업하였음을 알 수 있다.

『(에혼/신각)실어동자교여사』라는 표제의 것은 본문 마지막에 '야마다 쓰네스케山田常助 주'라고 하여 1844년 간행의 『실어교동자교여사』에 삽화를 더해서 만든 것이다. 화공에 대해서는 봉면지에 '요시오카 요시토시吉岡芳年 화도畵圖'라고 보인다. 간기는 '1858년 10월 / 동도서사 室町二丁目 오사카야 도스케大坂屋藤助'라고 되어 있다. 오사카야 도스케는 명치 시기까지도 교육 관련 서적을 출판하였던 곳이었지만, 1854년 조합 부흥 시기의 기록에는 이름이 나오지 않는다. 출판물도 안정安政(1854~1859) 시기의 것 이외에는 확인되지 않는다. 이 책으로는 동일 판목을 사용하여 표제를 '(화본)실어교동자교여사'라고 한 것도 있는데, 그 책의 간기는 '발행서사 / 和泉屋市兵衛 / 藤岡屋慶次郎 / 森屋治兵衛 / 山口屋藤兵衛 / 大黑屋平吉 판'이다.

희작자에 의한 '여사'

『소식왕래여사』(중본 1책)는 쇼테이 긴스이의 주석이 붙어 있다. 봉면지에는 '유동필독幼童必讀 / 소식왕래여사 / 영성당英盛堂 장재'라고 하여 이토 요헤이伊藤與兵衛 출판본인 것 같은데, 요시다야 분자부로吉田屋文三郎의 구판본이 주로 확인된다. 이토 요헤이는 『에도카이모노히토리안내江戶買物獨案內』에 '에도력江戶曆 출판소 / 쇼모쓰 지혼 유통서점 / 深川佐賀町 / 영성당 / 이토 요헤이'라고 하여, 쇼모쓰와 지혼 유통서점을 겸업한 에

* 절부본(切附本) : 에도 말기 출판된 중본형 요미혼을 '절부본'이라 불렀는데, 조잡한 제본의 저렴한 소책자로 안정(安政, 1854~1859) 연간에 많이 만들어졌다.

** "新右衛門町金七店, 嘉永七年四月轉宅同上町重吉店, 文久元年六月轉宅通三丁目熊次郎地借, 本組渡世忰糸屋福次郎死亡ニ付慶應元年六月相續仮組除名."

도의 달력 출판소이다. 이 책은 표제를 '(증보)소식여사'라 하고 간기가 없는 판본도 있는 등 판본들의 관계가 복잡하다.

긴스이가 요미혼이나 인정본, 또는 구사조시 등 여러 책들에 관여한 희직자였던 깃은 주지의 사실이다. 그는 이 『소식왕래여사』 이외에도 많은 왕래물을 편찬하고 있다.

가쿠테이 슈가鶴亭秀賀도 구사조시나 절부본 등에 다수 손을 댄 희작자이다. 그 또한 '여사' 형태의 왕래물 작업을 하였다. 우선 『근신왕래정주초謹身往來精注鈔』(중본 1책), 1861년 오사카야 도스케 판이 있다. 저자의 「부언」에 "이 책의 상단에 작은 글씨로 읽는 방법을 적어 놓은 것은 아동들이 읽는 법을 잊어버렸을 때를 대비한 것이다. 그 옆으로 삽화를 붙인 것은 마찬가지로 어린아이가 보고 좋아하도록 배려한 것이다"라고 한 것처럼, 상단에 히라가나가 섞인 총방훈의 가키쿠다시문이 있고 여기저기에 삽화를 넣고 있다. 1863년 후지오카야 게이지로 판인 『백성왕래주석』(중본 1책)도 그가 편찬한 것이다.

이 책들은 어느 것이든지 '중본'이라는 형태로 소시야에서 만든 출판물이다. 다카이 란잔이라는 이름이 그 출판물의 내용을 보증하는 역할을 한 것과는 조금 차원이 다르지만, 이름이 상품의 가치를 높이는 역할을 담당했다는 점에서는 마찬가지다. 이 책들은 긴스이나 슈가의 희작 출판과 관계있는 출판소에서 나온 것으로, 긴스이나 슈가의 희작에 친숙하던 계층을 시장으로 상정한 것이라 생각할 수 있다. 중본이라는 형태의 책이 다수 간행되던 상황은 자본의 투자가 줄어드는 효과도 있지만, 동시에 새로운 구매자층의 발굴이라는 의미도 지니고 있었다.

불전佛典의 '여사'

『경전여사』의 영향은 불경에도 이르렀다. 우선 『반야심경 회입강석般若心經繪入講釋』(중본 1책)(〈그림 7〉)이라는 책이 있다. 붉은색丹色의 포목 표지는 아무리 봐도 통속 불서 같다. 첫머리에 가키쿠다시문과 삽화를 게재하고, 봉면에 '두서훈독입頭書訓讀入 / 반야심경 회입강석 / 서사 옥양당玉養堂 [印](若林)'이라고 하며, 간기는 '1860년 여름 신각 / 교정 近澤幸山 / 필사傭書野口清岱 / 화공 三木光齋 / 동도 정운방淨雲坊 장재'로 되어 있다.

『(兩点)관음경강석觀音經講釋』(중본 1책) 또한 '경전여사'의 형식이다. 소장본(후인본)의 간기는 '동도서사 : 日本橋通壱丁目 須原屋茂兵衛 / 同 貳丁目 山城屋佐兵衛 / 芝神明前 岡田屋嘉七 / 同 和泉屋市兵衛 / 淺艸福井町 山崎屋清七 / 兩國芳川町 山田佐助 / 本銀町川岸 山城屋新兵衛 / 四日市 同政吉 / 新革屋町 龜屋文藏 / 通新石町 須原屋源助'라고 되었고, 봉면에는 '두서훈독입 / (兩点)관음경강석 전 / 서사 금경당錦耕堂 장판'이라고 하였으니, 야마구치야 도베의 출판본일 것이다.

이 분야에 대해서는 거의 지식이 없어 두 점밖에 아는 것이 없지만, 이것 이외에도 다수 있을 것이라 생각된다.

다시 히라가나 읽기 경서에 대하여

앞에서 서술한 것처럼 쓰루야 기에몬 판 『대학 히라가나부』나 쓰타야 주자부로 판 『효경 히라가나부』를 비교적 이른 시기의 출판 사례로 본다면, 히라가나 읽기를 표시한 초학자를 위한 경전 입문서('중본'이라는 책의 형태로 왕래물의 체재에 가까움)는 지속적으로 간행되었던 것 같다. 간간이 눈에 들어온 것을 소개하기로 한다.

舎利子

色ハ空ニ不異ズ
空ハ色ニ不異ズ
色ハ即是空也
空ハ即是色也
受想行識も
亦復如是

故に舎利女と号く其女の生る子なれバ舎利弗と名づく
母ハ鳥に因て号子ハ母に因て名呼なり○弗ハ梵語にて
譯せんバ子といふ字なり故に舎利子とも云り。是梵漢
混雑し称なれども佛經にハ此例多し○舎利弗ハ智者に
如来も智慧第一と宣ひし程の智者なれバ多くの聴衆の
中にも此人に對して空の字の意を説たまひしなり。是を疑ふ人
猶又阿弥陀經にも毎時舎利弗の名を挙られしと
同格にて舎利弗に對して説たまふを無數の聴衆の聴聞
せさする阿弥陀經
とはしるすなり
色不異空空不異色
色即是空空即是色受想行識

〈그림 7〉 1860년 간행『반야심경 회입강석』

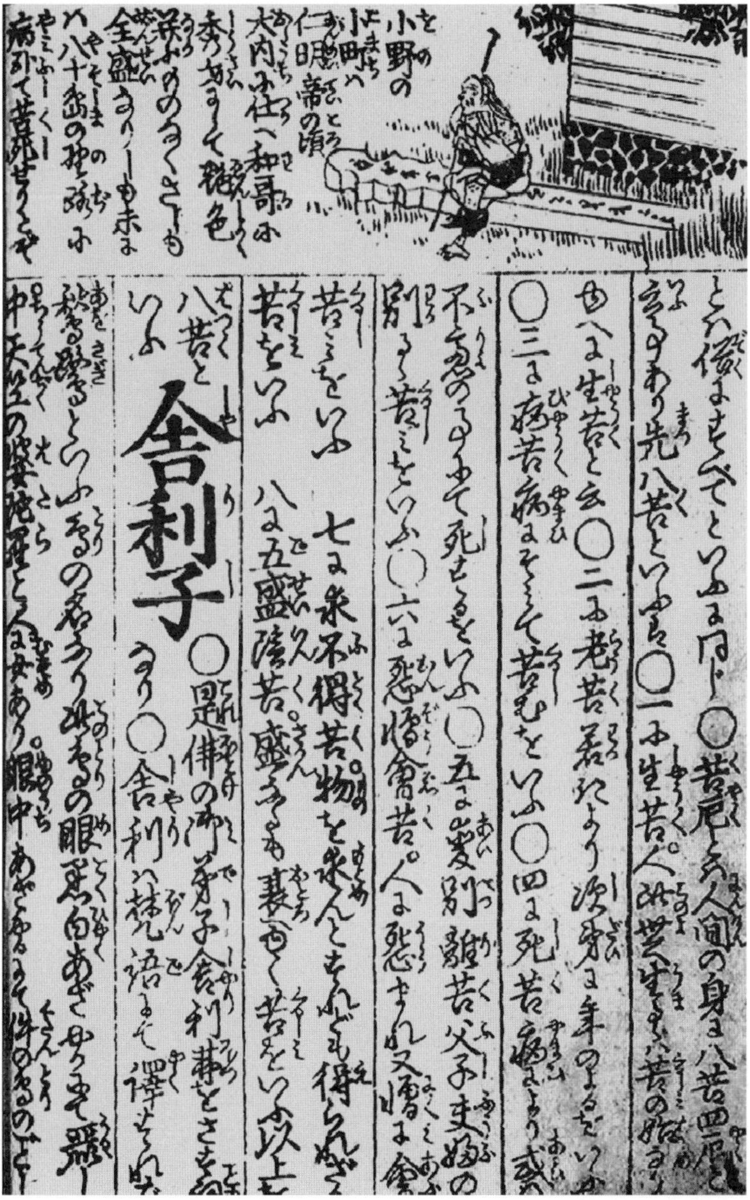

첫 번째는 『(集註/補訂)대학(도순 훈점 히라가나부)』(중본 1책), 가장자리를 장식한 커다란 제첨을 갖춘 표지의 체재는 왕래물과 많이 닮아 있다. 제첨에는 '(集註/補訂)대학 (도순점 / 히라가나부) 전', 그 아래에 '금삼당錦森堂 장판'이라 되어 있다. 봉면에는 '도순점 히라가나부 / (新注)대학장구 전 / 동도서사 금삼당 재'라 하였다. 훈점이 붙은 한문 주석이 쌍행으로 사이를 메꾸고 있으며 본문에는 총방훈이 붙어 있다. 간기는 뒤표지 봉면에 '동도서사 馬喰町貳丁目 모리야 지로베森屋治郎兵衛 상재上梓'라 하였는데, '治郎兵衛' 부분은 그 부분만 판목의 나무를 새로 메꾸어서 새긴 것으로 보인다. 즉 모리야 지헤森屋治兵衛가 '모리야 지로베'라는 이름을 쓰던 시기, 홍화(1844~1847)부터 가영(1848~1853) 초기 즈음의 간행이라 생각된다. 모리야 지헤는 본래 지혼 유통서점으로 니시키에나 구사조시를 문화(1804~1817) 시기부터 활발히 간행해 왔다. 막부 말기로 가면서 왕래물의 출판도 증가하였고, 명치 시대에는 교과서·참고서 출판의 거물이 되었다.[7]

다카이 란잔을 강조한 『(두서강석)고문효경』(중본 1책, 외제는 '고문효경 두서강석')은 봉면에 '가영신판嘉永新版', '다카이 란잔 선생 저 / (두서강석)고문효경 히라가나부 全 / 에도서사 숭산방 재'라 하고, 간기에 '1849년 5월 / 나니와 동도서사 : 河内屋喜兵衛 / 須原屋茂兵衛 / 須原屋新兵衛'라고 한 1849년의 스하라야 고바야시 신베 판이다. 서문 말미에 '1832년 춘 3월 다카이 란잔 노인高井蘭山叟 술'이라 하였으니 1832년에는 제작된 것 같은데, 이 책 중에 천보 판본이 있는지는 확인하지 못했다. 주석의 내용은 다르지만 양식은 『효경 히라가나부』와 비슷하다. 즉 본문에 히라가나 총방훈이 붙어 있고, 상단에 히라가나가 섞인 주석이 달려 있다.

『(文久新刻)학용學庸』은 봉면제가 '사서四書'이므로, 본래 『사서』의 전권을 갖춘 것 중의 한 책이라 생각되는데, 수중에 '(문구신각)학용 히라가나부'라는 외제의 중본이 한 책 있다. 봉면에는 '교정점校正点 히라가나부 / 사서 / 동도서림 규장각奎章閣 판'이라고 되었다. 본문은 오른쪽에 총방훈을 붙였는데, 다 쓰지 못한 경우 왼쪽에 적고 있다. '규장각'은 야마시로야 세이키치山城屋政吉이다. 야마시로야 세이키치는 천보 시기부터 출판이 확인되는 서점으로, 명치 시기에 이르러서도 교육 관계서를 필두로 많은 출판서가 있다. 『쇼모쓰 유통서점 명단』에는 '혼구미'에 기재되어 있다.

또한 『(에혼)대학유치강석大學幼稚講釋』은 오시마야 덴에몬大嶋屋傳右衛의 출판본이지만, 간년의 증거가 갖춰지지 않았다. 개인改印도 없는 점을 볼 때 조합 해산 당시의 출판물이라 생각된다. 세세하게 구분한 『대학』 본문에 히라가나로 총방훈을 붙인 후, 도가道歌(교훈적인 노래)가 섞인 알기 쉬운 해석을 작은 글씨로 적고 있다. 상단에는 이해하기 어려운 어구에 대해 쉬운 해석을 적었다. 좌우 양면에 사도四圖의 삽화가 있고, 상단에도 도처에 삽화가 배치되는 등 아동의 흥미를 끌고자 하는 시도들이 보인다.

초심자를 위한 가미가타 판 경서

소장본 중에 수진본 1책의 『효경』이 있다. 겉표지가 벗겨져 있어 외제는 알 수 없다. 채색 인쇄를 포함하여 권두화를 9장 싣고, 본문은 총방훈, 상단에는 삽화를 더한 「유동독서목幼童讀書目」, 「동몽훈童蒙訓」 등의 기사를 싣고 있다. 간기는 '황도 이케다 도리테이池田東籬亭 주인 編幷書 [印] / 소히시가와 기요하루菱川清春 화 [印] / 1836년 정월 발發 / 경섭서림京攝書林 : 大野木市兵衛 / 井筒屋忠兵衛 / 山城屋佐兵衛'라고 하였으니, 다수의 왕래물에 관여하고 있는 이케다 도리테이에서 간행한 것이다. 히시가와 기요하루菱川清春가 그린 권두화 삽화도 실컷 즐길 수 있고, 무엇보다도 수진본 형태의 오락물 같은 취향이 아동의 흥미를 끌도록 되어 있다.

1844년 간행 『유학 삼자경幼學三字經』(중본 1책, 河内屋新助 판)은 고카도야테이好華堂野亭가 편찬한 『삼자경』의 주석서인데, 주석 내용은 평이하여 알기 쉽고, 권두에 삽화를 섞은 기사를 배치하여 아동들의 마음을 끌 수 있는 책으로 만들어졌다. 고카도야테이는 1843년 간행의 『여기일용보女嗜日用寶』나 『여문장미감女文章鮮鑑』이라는 왕래물을 편찬하였는데, 이것들은 도리테이가 지은 것으로 이 두 사람이 함께 만든 책이 적지 않다.

또한 『(上層繪入)대학동자훈』(중본 1책)(〈그림 8〉)은 고카도야테이가 편찬한 쉬운 『대학』 주석서로, 마쓰가와 한잔松川半山의 삽화를 서두에 싣고 있다. 1845년 11월, 에도 : 山城屋佐兵衛 / 오사카 : 河内屋茂兵衛 · 同 河内屋新助 / 교토 : 林芳兵衛 연명의 간기가 있는데, 자서에 '이문당摛文堂의 요구에 응해서'라 하며, 같은 당호가 봉면지에도 적혀 있는 것으로 보아 하야시 요시베林芳兵衛의 소장판일 것이다. 자서를 전문 인용하기로 한다.

대학동자훈 서문

일전에 『경전여사』라고 하는, 시골 아이들이나 배우지 못한 사람들이 경서를 혼자서 소독할 수 있게 하는 책이 등장했다고 한다. 그러나 역시 듣고도 알지 못하는 아이들의 경우 쉽게 질리기 마련이다. 이에 하야시 요시베의 의뢰를 받아들여 히라가나로 읽는 방법을 적고 주석도 약간 붙여 보았다. 이때 속어를 사용한 것은 아이들이 이해하기 쉽게 하기 위해서이다. 또한 상단에 삽화를 섞어 놓아 지루하지 않게 하였다. 이 책의 어구는 비속하다고 하지만, 이 또한 계몽의 방법 중 하나가 될 것이다.

1844년 맹춘일　　　고카도(好花堂) [印][印]

而民不倍

是以君子有絜矩

之道也

所惡於上毋以使下

所惡於前

毋以先後所惡於後毋以從

〈그림 8〉 1845년 간행『상층회입 / 대학동자훈』

즉『경전여사』라는 서적의 출현이 지닌 역사적 의의를 크게 평가하고, 그 방법을 따라하면서도『경전여사』를 통한 독학에 쉽게 질려하는 '우둔한 어린이'를 대상으로 더욱 궁리를 짜내어서 보다 평이하고 배우기 쉬운 책으로 만들었다는 것이다. 본문에 가에리텐과 히라가나 방훈을 붙이고 두 줄의 평이한 주석을 붙인 형식으로, 상단에는 가키쿠다시문 대신에 삽화를 넣은「공자전」과「맹자전」 등을 수록하였다. 이러한 점은 '경전여사' 양식과는 다르지만, 무사객武士客이『경전여사』를 구매하는 서점 앞의 정경을 삽화로 그리는 등 자서에서도 말한 것과 같이『경전여사』를 의식한 서적이다.『경전여사』가 개척한 새로운 경서 수용자의 저변을 더욱 파고 들어가는 시도를 하였다.

1843 간행의『이마가와 회초今川繪抄』등 고카도 야테이와 마쓰카와 한잔이 함께한 작업은 이외에도 많다. 보다 평이하고 광범위한 수요를 기대한 주석서가 도리테이나 야테이, 한잔 등의 손을 거쳐 제작된 것이다.

명치유신 이후

당연한 일이지만, 이『경전여사』형태의 책은 명치유신으로 중단될 것이 아니었다.

『경전여사』「사서지부」에 1870년(명치 3) 판이 있음은 앞서 언급하였다. 여기에 더해 번각본이라고 부르는 것이 적당할 것인데, 1875년 간행의 동판본 그리고 그 재판본인 1884년의 판본을 확인할 수 있다. 1882년 야마나카 기타로山中喜太郎 판(山中市兵衛・山中孝之助 발행), 오타 햐쿠조太田百祥 훈해『(鼇頭)사서여사』는 소본형의 동판본인데, '여사'라는 표제에서 말하는 것처럼 그 양식은 거의『경전여사』그대로이다.

'고바야시 다카히데小林高英 술'이라 하는 『당시선여사』도 1874년에 숭산방 고바야시 신베에서 출판되었다. '다카히데'는 고바야시 신베의 호이다. 이 책은 이전에 같은 서점에서 출판된 『당시선 화훈』보다도 더욱 『경전여사』의 형태와 비슷하다. 비슷한 것을 넘어서 거의 답습하고 있다. 숭산방 주인의 서문에 '이 책 또한 그 사례를 모방하여 히라가나로 읽는 방법을 적어 시골구석에 사는 아이들이 학문을 배우는 데 쉽고 편리하도록 한 것이다'라고 하여, 『경전여사』가 주석 형식의 변치 않는 규범으로 계속 살아있음을 읽어낼 수 있다.

『본조 삼자경』의 『경전여사』 형식 주석서는 명치 시기에 들어와 나타났다. 먼저 1871년 간행 『본조 삼자경여사』(중본 1책, 鈴木喜右衛門 판)가 있다.

오와리尾張의 아오키 오카시青木可笑 저 『본조 삼자경 약해本朝三字經略解』(반지본 1책)도 『경전여사』 형식의 주석서이다. 내제는 '본조 삼자경여사 약해'로 되어 있다. 간기는 '万邦書物問屋 西京御幸町通姉小路北 菱屋孫兵衛 / 오사카 : 心齋橋通北久太郎町 河內屋喜兵衛 / 同 南久寶寺町 伊丹屋善兵衛 / 同 同一丁目 敦賀屋九兵衛 / 도쿄 : 日本橋通二丁目 山城屋佐兵衛 / 同本石町二丁目 椀屋喜兵衛 / 오와리 나고야 : 本町通八丁目 永樂屋東四郎 / 同同十二丁目 万屋東平 / 同同四丁目 菱屋藤兵衛 / 同 同九丁目 菱屋平兵衛 / 同 石町三丁目 美濃屋伊六 / 同 本町通十一丁目 美濃屋文次郎 합재'라 하니 나고야 판이다.

1871년 간행(봉면에 '明治辛未新鐫') 『(두서독법)고상전 구주초』(대본 1책)는 오사카판으로, 확인한 판본의 간기는 '나니와서사 : 心齋橋通北久太郎町 河內屋喜兵衛 / 同 通唐物町 河內屋太助 / 同通備後町 河內屋龜七'로 되어 있지만, 봉면지에는 '나니와 6서당六書堂 합장合藏'으로 되어 있어, 이 책과 다른 간기를 지닌 것이 더 있을 것이라 생각된다. 내용은 『(두서훈독)고상전 정주초』와 마찬가지로 『아독 고상전증주』를 이용한 것이 현저하게 드러난다. 간기 앞의 광고에는 "(수서독법)천자문 구주초 / (수서독법)정훈왕래 구주초 : (수서독법)상매왕래 구주초 / (수서독법)실어교 구주초 / (수서독법)고상전 구주초 / 이 책은 경전여사의 형식을 모방하여 본문 위에 해설을 붙이고 가나로 읽는 방법을 표기하였으며 주석을 더해 어린 아이들과 여자들도 쉽게 이해할 수 있도록 하였다"라고 하여, 명치 연간에 들어와 '경전여사' 양식이 더욱 광고로 유효하였음을 확인할 수 있다.

4. 소시草紙와 쇼모쓰書物, 서당과 사숙

앞서 2장에서 문화(1804~1817) 연간 이후의 시나노 서점상의 발전과 서적 유통망 정비 상황을 추적하고, 이러한 상황이 시골구석까지 침투한 '학문에의 지향'과 그에 따른 '서적 수요'를 배경으로 하고 있음을 살피었다. 또한 하니시나군 모리무라埴科郡森村의 나카조 다다시치로中条唯七郎가 지은 『견문집록見聞集錄』을 인용하며, 한 마을에서 소독이 유행하자 그것이 다른 지역까지 파급되어 가는 모습을 서술하였는데, 그것은 단순히 모리무라 주변의 이야기, 시나노 지방의 이야기만에 그치는 것이 아니라, 전국적인 추세였다. 고즈케노쿠니 아가쓰마군 우에구리무라上野國吾妻郡植栗村 세키시關氏 소장문서 『발서기록拔書記錄』에 '문화 연간에는 사서를 읽는 이들이 드물어서 당시에 유학자를 부르면 매번 소독을 하였다'라는 기사가 실려 있던 일도 앞 장에서 언급하였다.

『경전여사』의 보급과 유행은 이러한 시대 분위기 속에서 일어난 사건이다.

이렇게 획기적인 주석 양식을 빌린 다양한 종류의 서적이 세상에 나오게 된 상황에서, 왕래물이 주를 이룬 서당의 독서 교재가 이 양식을 빌려 크게 유행한 것은 지극히 당연한 일로 충분히 주목할 만한 현상이다. 이것은 무엇보다 '수업'만이 아니라 '독서'라는 과정이 서당 교육에서 그 중요도와 수요를 증가시키고 있던 사정과 긴밀하게 관련되기 때문이다. 전국적으로 똑같지는 않겠지만, 단순히 일상의 필요를 위해 문자를 읽고 쓰는 것에 그치지 않는 세상이 된 것이다. 서당 교육에서 소독의 비중이 점차 높아지면서, 습자 중심의 서당 교육과 한학 중심의 사숙 교육, 양자 간의 경계가 확실치 않게 된 것이 막부 말기의 상황이었다.[8]

1842년(천보 13) 서점조합이 해산된 이후 수많은 업자들이 새롭게 출판업에 뛰어들었는데, 그들이 출판했던 것은 주로 교육과 관련된 손쉬운 서적이었다. 그리고 거기에 『경전여사』 형식의 책들이 다수 포함된 상황은 앞서 살핀 바와 같다. 그들의 출판물 중에서 새롭게 판목을 만든 것은 매우 소수이다. 즉 관리의 허가를 받아 출판한다는, 정식 절차를 밟은 출판물이 아니다. 지혼 업계는 종래의 관습에서 벗어난 무질서를 규제하지 못하고 끌어안아야 했다. 이들 서적은 손쉬운 '투기'의 대상으로 그들에게 인식되었던 것이다. 이와 같은 출판물의 유통이 이루어진 것은 역시나 장사가 되었기 때문이다. 스승의 지도를 받아야만 했던 '독서'와 '소독'을 독학으로 수행하여 보다 고차원의 자신을 이루고자 했던 사람이 적지 않은 숫자로 등장하면서, 그들을 시장으로 삼게 된 것이 세상의 추세였다. 신규 가입 업자는 짧은 기간에 출판 활동을 끝냈던 이들도 많았지만, 순조롭게 자산을 늘려 근대에 와서 더욱 성장을 이룬 이들도 적지 않았다. 또한 기존의 업자 중에도, 이 시기부터 교육 서적의 출판과 유통에 본격적으로 뛰어들어 비약적으로 발전한 서점도 있었다.(2장 참조)

본래 왕래물은 아동을 대상으로 한 서적으로, 에도에서는 지혼 유통서점의 출판 영역 안에 있었다. 한편으로 경서는 쇼모쓰로서 쇼모쓰 유통서점의 출판물이었다. 『경전여사』가 출현하면서 그 영향 속에, 지혼 서점상이 경서를 히라가나 읽기 즉 『경전여사』의 형식으로 출판하게 되었다. 쇼모쓰와 소시의 경계가 흐릿하게 된 상황은 사숙과 서당의 교육 간 차이가 줄어든 상황에 대응된다. 그리고 천보(1830~1843) 말기부터 나타난 '중본'이라는 조잡한 형태로 출판된, 아마도 소시와 같이 저렴한 『여사』들의 존재는 학문의 보다 광범위한 보급, 또한 낮은 계층으로부터의 강한 학문에의 지향을 그대로 나타냈다.

앞서 다룬 『동자통』에는 1880년 4월의 재판본이 있다(번각인 上野吉兵衛, 유통인 安田恒太郎). 『경전여사』 또한 명치 시기의 재판본과 거의 같은 내용의 동판본이 있다. 이제까지 소개해 온 『여사』들도 명치 시기 이후의 인쇄본이 적지 않다. 1884년 『(甲府)이마이로 카케가쿠 쿄쿠아와세今井樓掛額狂句合』에 "문화의 세상에서 손자 몰래 '여사'를 읽는다文化の世孫にかくして余師を讀ミ, 가나메かなめ"라는 교구狂句가 있다(磯部敦씨의 가르침에 의함). '문화의 세상'과는 대조적인 구시대의 산물인 데다 새롭게 발족한 학교 제도 아래에서 교육받기 시작한 '손자 몰래' 읽는 일이 되었지만, 그래도 『경전여사』는 익숙하고 가장 의지가 되는 힘을 가진 형식으로 '개화의 세상'에도 여전히 존재했던 것이다.

농민들에게도 확장되었던 한학 교육에 의한 지력知力이, 일본의 근대화와 서양화의 커다란 기반이었다는 사실은 이미 지적된 바 있다.[9] 막부 말기까지 배양된 근세의 지력과 그 획득의 방법이 확실히 다음의 시대를 열어간 기반이 되고 있었다.

미주

시작하며—근세 독자의 성립

1 『世田谷區教育史 通史編』, 世田谷區教育委員會, 1996; 『世田谷區教育史 資料編』 1, 世田谷區教育委員會, 1988. 이 책에 수록된 森安彦의 해제에 따른다.

2 『世田谷區教育史 資料編』 1, 世田谷區教育委員會, 1988.

제1장 – 내일의 독자 새로운 독자와 쓰타주·센이치

1 이하, 교덴이 지은 황표지의 인용은 모두 『山東京傳全集』(ぺりかん社)를 바탕으로 하였다.

2 棚橋正博, 「黃表紙所見要覽」 3, 『(近世文芸)硏究と評論』 17, 1979; 中山右尙, 「加賀文庫藏 '(善玉惡玉)心學早染草寫本'考—成立期と京山追記について」, 『江戶時代文學誌』 1, 1980. 여기에 소개와 고증이 있다.

3 이 원고본이 1795년(관정 7)부터 1796년(관정 8)경에 성립되었음은 中山右尙의 앞의 글의 고증을 따른다.

4 多治比郁夫, 「本屋仲間外素人の板木所有」, 『大阪府立圖書館紀要』 18, 1982.

5 『續燕石十種』 2, 中央公論社, 1980.

6 『随筆百花苑』 9, 中央公論社, 1981. 이하 동일하다.

7 『燕石十種』 6, 中央公論社, 1981.

8 鈴木俊幸, 『蔦屋重三郎』, 若草書房, 1998.

9 國文學硏究資料館史料館編, 『近世の村・家・人』(史料叢書 1), 名著出版, 1997.

10 요다 집안(依田家)은 낭인 신분 가문으로 촌역인(村役人) 집안은 아니지만, 마을에서의 지도적 위치를 확보하기 위해 그에 상응하는 교양을 얻으려 하였다고 생각된다. 山本英二, 「浪人・由緖・僞文書・苗字帯刀」, 『關東近世史硏究』 28, 1990; 「甲斐國 '浪人'の意識と行動」, 『歷史學硏究』 613, 1990. 여기에 자세하다.

11 棚橋正博, 『黃表紙總覽』 中編, 青裳堂書店, 1989. 여기에 전문을 소개하고 있다.

12 『鳴雪自敍傳』, 岩波文庫, 2002. 이 책을 따른다.

13 岩橋清美의 여러 논문들이 참고가 된다. 「近世後期における歷史意識の形成過程-武藏國多摩郡を中心として」, 『關東近世史硏究』 34, 1993; 「地域の歷史と權力の歷史—江戶幕府の地誌編纂における寬政期の意義」, 村上直 編, 『幕藩制社會の地域的展開』, 雄山閣出版, 1996; 「近世後期における地域史'範型'の成立」, 『千葉史學』 31, 1997; 「一九世紀日本における空間認識の變容—旅日記・地誌・繪双六の分析」, 『史潮』 52, 2002; 「地域社會における歷史意識の生成と展開」, 『日本史硏究』 523, 2006.

14 「文政元年十二月十八日付鈴木牧之宛曲亭馬琴書簡」, 『鈴木牧之全集』 下卷, 中央公論社, 1983.

15 『古本屋』 3, 1927.

16 이 서점에 대해서는 小井川百合子의 「仙台の書肆について—西村治郎兵衛・西村治右衛門・伊勢屋半右衛門・伊勢屋安右衛門」(『仙台市博物館調査硏究報告』 2, 1982) 후에 '仙台の町版について'라고 제명을 바꿔 『近世地方出版の硏究』(東京堂出版, 1993)에 재수록), 渡邊愼也의 「仙台書林・伊勢屋半右衛門の出版實態」(『日本出版史料』 7, 2002)에 자세하다.

17 鈴木俊幸, 「仕入印と符牒」, 中央大學文學部 『紀要』 180, 2000.

18 위의 글.

19 확인할 수 있던 것은 다음의 서적들이다(복수의 책이 현존하는 것도 다수 있다).

寺內章明 譯編, 『五洲紀事』(半紙本 二編 各二冊, 明治四年 紀伊國屋源兵衛 發兌) / 『入門續編 英學階梯』(中本一冊, 明治四年 寧靜齋 藏板) / 『葬祭略式』(半紙本一冊) / 『童蒙必讀 官職道しるべ』(半紙本一冊, 明治六年 若林喜兵衛 刊) / 『幾何學』(中本一冊, 明治五年 開拓使版) / 『會話篇 初帙』(半紙本一冊, 明治六年 椀屋喜兵衛 刊) / 『國史訓蒙』(半紙本三卷三冊, 紀元二千五百三十三年 山口屋藤兵衛・丸屋庄五郎 刊) / 『農業往來』(中本一冊, 明治六年二月 青松軒 藏版) / 『十二月帖』(半紙本二冊, 明治五年 若林喜兵衛 刊) / 瓜生政和著『教訓錢湯論』(半紙本一冊, 明治學舍 藏) / 庄原謙吉 輯, 『漢語字類』(中本 一冊, 明治二年新春 雁金屋淸吉 板) / 『女童手習文』(半紙本二卷二冊, 明治六年十二月 鳥屋儀三郎・大阪屋藤助 刊) / 『生理發蒙 初編』(半紙本一冊, 慶應二年 五松樓藏板, 明治印, 勝村治右衛門・河內屋喜兵衛・須原屋伊八 發兌) / 『新撰數學答』(横本一冊, 明治九年 金澤鍵崎半 三再刻) / 『化學入門 後編 外編』(後編八卷十冊・外編一冊, 後編明治三年 一貫堂 藏板, 外編明治二年 万屋忠 藏板) / 『挿畫地學往來 歐羅巴州ノ部』(半紙本一冊, 紀元二千五百三十三年 文苑閣・冨山堂 發兌) / 『生理發蒙 二編』(半紙本一冊, 勝村治右衛門・河內屋喜兵衛・須原屋伊八 發兌) / 『會話篇 二帙』(半紙本一冊, 明治六年 椀屋喜兵衛 刊) / 『訓蒙道理圖解』(半紙本二冊, 明治六年 若林喜兵衛 刊) / 『續皇朝史略便蒙』(中本一冊, 明治十一年 小西又三郎・廣瀨市藏 出版)

20 앞의 책들 중에 『五洲紀事』부터 『農業往來』까지의 8점에는 '酉'의 암호가 기록되었으며, 『十二月帖』부터 『生理發蒙 初編』까지의 5점에는 '戌'의 연기가 있고, 나머지 7점에는 암호 기입이 없다.

21 鶴屋喜右衛門版 『實語童子教』는 信州善光寺小桝屋喜太郎・武州熊谷近江屋平吉・同杉浦平左衛門・同埼玉郡下谷村竹澤龜治郎・横浜入船町中屋銀治郎・上總大瀧町恵比壽屋半右衛門・上總九十九里篠崎龜吉의 일곱 곳을 유통서점으로 들고 있는데, 간기에 '東京書物問屋'라고 되어 있어 명치 시기 판본으로 지목되기에 여기서는 검토하지 않는다.

22 服部淸道, 「森屋治兵衛とその後」(『日本古書通信』 34-2(475), 1969)에 자세하다.

제2장－지방의 서점 신슈의 마쓰모토 서점 다카미야 진자에몬을 중심으로

1 松本市 高美家 소장. 이하 다카미 집안 관련 문서는 특별히 언급하지 않는 한, 모두 같은 집안의 소장품이다.

2 『松本市史』 4－舊市町村編 I, 松本市, 1995.

3 『大坂本屋仲間記錄』 8, 淸文堂出版, 1981. "其後明和八卯二月, 信州松本御城下白木屋與兵衛與申者, 早引節用集重板仕候ニ付, 私より與兵衛方へ掛合, 重板摺本受取証文取之內濟仕候."

4 「『書物の思想史』研究序說」, 『一橋論叢』 780, 2005.

5 『松本市史』 4－舊市町村編 I, 松本市, 1995. "本家白木や與兵衛 / 物置壱ヶ所."

6 『松本三拾』 三番(袖珍本 一冊)의 간기는 '右者天野一遊老翁自詠 / 松本一ツ橋 金屋五兵衛板元'라고 하였으니, 마쓰모토의 출판물이다. 이것은 후에 다카미야 진자에몬이 구판求版하여 '寛政年間求板 / 天野一遊翁自詠 / 松本本町二丁目 / たかみや甚左衛門梓'라는 간기로 새롭게 출판한다. 그에 따라 金屋五兵衛 판본은 적어도 관정 이전, 다카미야 개업 이전의 출판물일 가능성이 높다. 그러나 서점으로서의 영업은 현재 확인되지 않는다.

7 鈴木俊幸, 『一九が町にやってきた』(高美書店, 2001)에 상술하였다.

8 위와 같다.

9 鈴木俊幸, 「仕入印と符牒」(『紀要』 180, 中央大學 文學部, 2000); 『近世信濃における書籍・摺物の文化についての總合的硏究』(1999~2002년도 과학연구비보조금(기반연구C2) 연

구성과보고서, 2003)에서 다루었다.

10 『松本市史』 4－舊市町村編 I, 松本市, 1995.

11 表章, 『鴻山文庫本の研究』, わんや書店, 1965.

12 鈴木俊幸, 「筑摩県における教科書・掛圖翻刻事業と高美甚左衛門」, 中央大學 文學部 『紀要』 193, 2002.

13 '本替'에 대해서는 「出版とは何か－開版を促す原動力としての流通」(『ナオ・デ・ラ・チーナ』 9, 2005)에서 논하였다.

14 『近世信濃における書籍・摺物の文化についての總合的研究』 참조.

15 矢羽勝幸, 『長野県俳人名大辞典』, 郷土出版社, 1993.

16 『(近世/文芸)研究と評論』 33・34, 1987・1988.

17 「近世の信濃」, 『信濃の風土と歴史』 4 (長野県立歴史館, 1998)에 게재된 사진에 따른다.

18 矢羽勝幸, 『姨捨山の文學』(品の毎日出版社, 1988)에 따른다.

19 尾崎行也,「幕末期村方寺子屋師匠買物'覺'考－信濃國上田領内の一例」, 『信濃』 47-8, 信濃史學會, 1995.

20 鹿倉秀典・多部田敦子, 「松平文庫藏演劇關連書目錄稿(その一)」(『關東短期大學國語國文』 2, 1993.3)에 따른다.

21 인용은 柄木田文明의 「<史料紹介>中条唯七郎『見聞集錄』」(『成蹊論叢』 33, 1994)에 따른다.(이하 동일). 中条唯七郎에 대해서는 마찬가지로 柄木田文明의 「中条唯七郎と見聞集錄－近世後期知識人の思想」(『成蹊論叢』 31, 1992)・「中条唯七郎『九州道中日記』を讀む」(『市誌研究ながの』 12, 2005)을 참고하였다.

22 市川眞文, 「近來素讀流行の事－近世農村の讀書生活」(『武庫川國文』 41, 1993)에 이 사료를 이용한 연구가 있어 참고가 된다.

23 『群馬県史』「資料編」 11, 群馬県, 1980.

제3장－『경전여사』라는 모델

1 『隨筆百花苑』 9, 中央公論社, 1981.

2 高井規行, 「溪百年とその思想」, 日本思想史研究會編, 『日本思想史への試論』, みしま書房, 1998. 이 연구가 그 얼마 없는 연구 중 하나이다.

3 『共立女子大學短期大學部紀要』 21, 1978.

4 『(享保以後)江戸出版書目－新訂版』, 臨川書店, 1993. 이 책에 따른다. 이하 동일.

5 『京都書林仲間記錄』 5, ゆまに書房, 1977.

6 『大坂本屋仲間記錄』 14, 淸文堂出版, 1989.

7 『大坂本屋仲間記錄』 3, 淸文堂出版, 1977.

8 『大坂本屋仲間記錄』 15, 淸文堂出版, 1990.

9 위의 책.

10 『大坂本屋仲間記錄』 7, 淸文堂出版, 1985. "秋市より, 四書余師再板製本出來ニ付, 上ケ本三部幷ニ席出本壱部都合四部受取, 白板歩銀差出, 添章貳通相認置候事." "上ケ本之品々, 幷ニ新開板願出之品々, 願書へ調印致し置候品々, 左之通(…中略…)○四書余師, 右同斷 秋市"

11 「溪百年とその思想」에 『大學』 권의 異同一覽이 있다.

12 『大坂本屋仲間記錄』 7.

13 『京都書林仲間記錄』 4, 書誌書目シリーズ 5, ゆまに書房, 1977.

14 『大坂本屋仲間記錄』 2, 淸文堂出版, 1976.

15 『大坂本屋仲間記錄』 3.
"河多より, 經典孝經重板本持出, 三都賣留メ之義願出候事"
"江戶行司中へ, 河太, 經典孝經之賣留メ書狀相認メ候事, 幷ニ含英相合より韵府一隅さし構之口上書一統ニ申遣候事."

16 『大坂本屋仲間記錄』 10, 淸文堂出版, 1983.

17 『大坂本屋仲間記錄』 16, 淸文堂出版, 1991.

18 『大坂本屋仲間記錄』 3. "經典書經之部, 河太より願出, 吟味料受取置候, 幷願書認置候事."

19 『大坂本屋仲間記錄』 14.

20 『大坂本屋仲間記錄』 5, 淸文堂出版. 1980.
"河和より, 書經經典余師, 再板願出聞届遣シ, 印形取置候事."
"河和助より書經余師出來ニ付, 廿四匁壱分白板請取, 同出本壱部入, 記帳相濟候事."

21 『京都書林仲間記錄』 4, 淸文堂出版. 1978.

22 『大坂本屋仲間記錄』 3.
"右同人(河內屋太助)より, 易經經典余師, 願本指出候ニ付, 相改候樣申聞候事."
"右同日五つ時, 天滿組摠會所 / 周易經典余師 開板人河內屋太助 / 秀吟發句集 同 藤屋善七 / 東御奉行樣御免"
"經典余師易經, 上ヶ本書付相認ル."

23 『大坂本屋仲間記錄』 4.

24 關場武, 『意見早引大善節用』(『近世文學の硏究と資料』(三弥井書店, 1988)에 번각과 소개가 있다.

25 근세 중후기의 요다(依田) 가문에 대해, 또한 '浪人'이라는 신분에 대해서는 山本英二의 「浪人・由緖・僞文書・苗字帶刀」(『關東近世史硏究』 28, 1990), 같은 책 「甲斐國 '浪人'の意識と行動」(『歷史學硏究』 613, 1990)에 자세하다.

26 『長野市誌』 13-資料編 近世(長野市誌編さん委員會編集, 長野市, 1997)

27 高橋敏, 『近世村落生活文化史序說』(未來社, 1990)에 자세하다.

28 淸水照治, 「長澤仁右衛門と私設圖書館潺湲舍」(『桐生史苑』 40, 2001)에 번각하였다.

29 『世田谷區史料』 5, 東京都世田谷區, 1974; 『世田谷區敎育史 通史編』, 世田谷區敎育委員會, 1996.

30 「近世末期芸州の漢學塾を介した書籍貸借-一塾生を中心に」(『長崎大學敎育學部社會科學論叢』 63, 2003); 「近世後期における神職の專業化志向と藏書形成-芸州山県郡井上家を例として」(『近世近代の地域社會と文化』, 淸文堂, 2004)에서 이노우에(井上) 집안의 장서에 대해 자세히 논하고 있다.

31 頼壽의 교양 형성에 대해서는 앞의 논문 「近世後期における神職の專業化志向と藏書形成-芸州山県郡井上家を例として」에 자세하다.

제4장-독학의 시대와 서적 수요

1 齋藤月岑本 『浮世繪類考』 北尾重政의 항목에 "근래 에도서사 에조시야 소장판 정훈 혹은 왕래물 백인일수법첩 종류는 모두 옹이 글씨를 썼다. 달력의 판목 글씨는 노년에 쓴 것이다. 판목 글씨는 당시 삼도에서 겨룰 사람이 없었다"라고 하였다. 『浮世繪類考』 본문은 板坂元 編, 棚町知弥 翻字 「月岑稿本增補浮世繪類考」(『近世文藝 資料と考証』 2・3호, 1963・1964)에 따랐다.

2 鈴木俊幸, 『蔦屋重三郎』(若草書房, 1998)에서 다루었다.
3 『大日本近世史料 市中取締類集』 21, 東京大學出版會, 1994.
4 『大日本近世史料 市中取締類集』 20, 東京大學出版會, 1992.
5 鈴木俊幸, 「豆合巻小考」, 『江戸文學』 35, 2006 참조.
6 『山東京傳全集』 4, ぺりかん社, 2004.
7 服部清道, 「森屋治兵衛とその後」(『日本古書通信』 34-2, 1969.2)에 자세하다.
8 神邊靖光, 「幕末維新期における漢學塾－漢學者の教育活動」, 『幕末維新期漢學塾の研究』, 溪水社, 2003 등이 있다.
9 위의 글 참조.

저자 후기

이 책의 결론은 매우 예상하기 쉽다. 아주 단순하고 명쾌하여, 서점이나 서지에 대한 번잡한 고증과 사료의 인용을 생략한다면 한 시간에 다 읽을 수도 있다.

이 책은 세상에서 귀중히 여겨질 기서진적奇書珍籍이나 화려한 활약으로 역사에 이름을 남긴 인물의 사건을 다룬 것이 아니다. 오히려 어디에서나 돌아다니고 있을 법한 매우 흔한 고서의 일을 화제로 삼고, 보통으로 살아가고 있던 사람들의 일을 생각해 본 것에 지나지 않는다. 일반적으로는 지루한 책이 될 수도 있다.

그러나 그러한 따분함 또한 매우 에도 시대다운 일이라고, 사실은 진지하게 생각하고 있다. 에도 시대 대부분의 사람들은 커다란 변혁을 바라지 않았다. 오히려 지금 이대로의 상태가 끝없이 계속 이어지기를 바라고 있었음에 틀림없다. 매너리즘이 오히려 미덕이었고, 변치 않고 흘러가는 시간이 주는 따분함도 아늑한 것이었다. 실제로 『히자쿠리게』와 동일한 패턴이 반복되는 수많은 문예물을 바라보고 있으면 저절로 그렇게 생각하지 않을 수 없다.

에도 시대의 사람들은 허용된 상황 속에서 독학으로 학문을 수행하였다. 그것은 자신의 덕을 높이고자 했기 때문이었다. 그들이 꿈꾸는 아름다운 인생이란, 타인의 영역을 침범하지 않고 스스로의 직분을 다하는 일이었다. 모든 것의 조화와 안정이야말로 아름다운 것이다. 집안의 존속, 마을의 존속, 그리고 그것을 가능하게 하는 세상의 지속이 이상적인 인생의 대전제였으며, 여기에 더해 윤리적인 삶의 방식이 무엇인지를 학문을 통해 얻어 개인의 덕을 높이는 일을 실현하고자 했다. 유학에서 말하는 덕목은 유연하게 이해되어 이미 그들의 생활에 딱 맞는 지침이 되어 있었다. 에도 후기의 학문 열풍은 이와 같은 보통 사람들의 선한 마음 깊숙한 곳에서 피어난 것이다. 그러한 소소한 개인들의 의식이 집적되어 시대의 큰 흐름을 만들었다.

역사를 진정한 의미에서 움직여 온 것은 그러한 보통 사람들의 일상과 보통 행위의 집적일 것이다. 변화는 그 '보통'의 안에서만 허용된다. 당시 사람들도 알아채지 못한 채로 스쳐 지나가 버릴 만한 미묘한 것, 뒤돌아보며 그것에 지금을 비추고서야 비로소 깨달을 수 있을 만한 것이리라. 압도적인 다수의 보통 사람들의, 그러한 '변화'들이 쌓이고 쌓여서 역사는 크고 완만한 곡선을 그리게 되며, 때로는 잠재적으로 쌓이고 쌓여서 임계점에 도달하여 변화를 드러내게 할 만한 자극(사건이기도 하고, 사람이기도 한)이 일어나, 그것이 역사상의 토픽으로 의식되는 것이다.

그러한 에도 시대 사람들이 일상의 일부를 할애하여 하나하나 착실히 획득하였던 지식은, 그들에게 독서 생활과 문자를 이용한 자기 표현의 즐거움을 열었다. 소설을 비롯한 오락적 독서물은 그들을 시장으로 삼았고, 그들 또한 하이카이나 교카 세계의 실제 창작자로 참가하면서 일상에 윤택한 시간을 더했다. 그리고 정보를 정리하고 상황을 파악할 능력을 얻었다. 에도 시대를 존속시켜 온 체제가 붕괴되어 그들의 삶에서 이상의 사항들이 현실감을 잃었다 해도, 대부분은 그 변화를 완만하고 꾸준히 소화시켜 가며 스스로를 시대에 맞춰 나갔다. '입신출세'라고 하는, 에도 시대에는 불가능하던 '덕목'에 몸을 맡기는 일이 가능하게 된 것도, 근세 후기에 넓은 범위로 배양된 지식의 기반이 있었기 때문이다.

이는 지식의 방향을 바꾸었다고까지 할 수 있다. 국가의 제도로 확립된 '교육'이 비교적 빨리 실현될 수 있던 것을 오로지 근대의 힘, 명치 정부의 수완에 따른 것이라고만 말할 수는 없다. 오히려 배우는 일을 당연히 여기는 대중의 의식, 교재와 참고서를 신속하게 제작하고 유통할 수 있던 출판 업계의 능력이 지방에 이르기까지 전국적으로 높은 수준을 이루었기 때문이라고 생각하는 편이 진실에 가깝다. 이미 책과 독서를 통해 무언가를 얻는 일이 보통의 세상에서 당연하게 된 것이다.

시대가 멀어질수록 그 '보통'의 일을 잡아내는 것이 매우 어려워진다. 그 중의 미묘한 변화 역시 마찬가지다. 독서 행위를 포함하여 사람들의 생활은 매우 개별적이다. 그것을 벗어나서는 실상에 도달하는 일이 불가능하다. 이 책에서 다룬 자료의 경향은 크게 치우쳐 있으니, 공간적으로도 일부의 지역, 약간의 사례 분석에 지나지 않는다. 이와 같이 편파적인 소재에 의존한 것은 개별을 구체적으로, 그리고 '보통'을 포착하기 위한, 내 나름대로는 아무것도 없는 상태에서 짜낸 최선의 방법이었다. 어디에나 있는 보통의 책과 그것들의 대략적인 유통 상황을 다룬 것은, 개별적이고 구체적인 것에서 골라내어 그것들을 일반화하는 방법을 모색한 것이다.

본 책은 다음의 논문을 바탕으로 하였다. 다만, 각각 크게 손을 보았고, 서로 섞어 넣거나 구성을 크게 바꾸기도 하였다.

「관정 시기의 산토 교덴의 황표지와 쓰타야 주자부로(寛政期の山東京傳黄表紙と蔦屋重三郎)」, 『국문학』 50-6, 學燈社, 2005.

「이즈미야 야마나카이치베의 유통기구(和泉屋山中市兵衛の流通機構)」, 『에

도문학(江戸文學)』 21, ぺりかん社, 1999.

「지방 서점의 성장과 서적 유통－신슈 마쓰모토 서사 다카미 진자에몬의 사례로(地方書商の成長と書籍流通－信州松本書肆高美屋甚左衛門を例に)」, 『역사평론』 664, 校倉書房, 2005.

「지방의 서점－이를 테면 다카미야 진자에몬(地方の本屋さん－たとえば高美屋甚左衛門)」, 『국문학』 42-11, 學燈社, 1997.

「음곡서의 유통(音曲書の流通)」, 『에도의 소리(江戸の聲)－구로기 문고에서 보는 음악과 연극의 세계(黑木文庫でみる音樂と演劇の世界)』, 도쿄대 대학원 총합문화연구과・교양학부미술박물관, 2006.

「『경전여사』고(『經典余師』考)」, 『히토쓰바시 논총(一橋論叢)』 134-4, 히토쓰바시대학 히토쓰바시학회, 2005.

「『경전여사』고(속)(『經典余師』考(續))」, 『기요(紀要)』 209, 중앙대 문학부, 2006.

이 책을 정리하는 데 자료의 대여와 정보의 제공 등 많은 분들의 도움을 받았다. 깊은 감사의 뜻을 표한다. 본문에 나올 때마다 언급하였기에 여기에서 이름을 다시 열거하지는 않겠지만, 마쓰모토 다카미야의 서점 주인 다카미 마사히로高美正浩 씨에게 각별한 배려를 받은 일만큼은 언급하고 싶다. 그분의 깊은 배려로 다카미 집안의 자료를 볼 수 있는 기회가 없었더라면, 생각조차 못했을 논문이었다. 또한 헤본사平凡社의 호시나 다카오保科孝夫 씨는 참을성 있게 원고가 완성되는 것을 기다려 주었다. 때때로 무서운 이메일을 받아가면서도 갑자기 다른 일을 맡아 버리는 나의 태만에 맞추어 주었던 호시나 다카오 씨의 인내와 편집 능력에 마음 깊이 감사를 표하는 바이며, 무엇보다 그의 카트리나 급의* 음주에 경의를 표하는 바이다.

2006년 9월

스즈키 도시유키鈴木俊幸

---

* 2005년에 미국 남부를 습격한 초대형 허리케인의 이름. 뉴올리언즈를 시작으로 여러 도시에 파괴적인 피해를 입혔다. 부흥의 실마리가 아직도 보이지 않는 모양이다.

역자 후기

저자 스즈키 선생님께 처음 이 책의 번역에 대한 문의를 한 것은 2013년의 일이다. 당시에는 스즈키 선생님과 직접적인 인연이 없어, 역자가 번역한 『명말 강남의 출판문화』(소명출판, 2007)의 저자 오오키 야스시大木康 선생님을 통해 번역의 뜻을 전했다. 스즈키 선생님께서 너무도 흔쾌히 응해 주셔서 무척 기뻐했던 기억이 난다. 그리고 이제 2020년이 끝나가는 시점이니, 이 책의 번역에 무려 7년이나 걸린 셈이다.

시작할 때만 해도 1~2년이면 끝날 일이라 생각했는데 이렇게 늦어진 것에는 물론 역자의 부족함과 게으름이 가장 큰 원인이다. 그러나 한편으로 지난 7년을 돌이켜보면 이러저러 일들이 많기도 하였다. 나이를 먹을수록 공부에 집중할 수 있는 시간을 확보하는 일이 쉽지 않다. '소년은 늙기 쉽고 학문은 이루기 어렵다'는 말은 '나이가 들수록 시간이 없다'는 말을 멋있게 표현한 다른 말일지 모른다는 생각조차 든다. 이러한 상황에서 비록 7년이라는 긴 시간이 걸리긴 했지만 이렇게 출판될 수 있다니, 그것만으로도 이제는 그저 다행이고 감사할 뿐이다.

이 책은 '에도의 독서열-스스로 배우는 독자와 서적 유통'이라는 책 이름처럼 '일본 에도 시대의 독자와 서적 유통'의 문제를 다룬 것이다. 18세기 이후 일본 문단에서 사서四書를 비롯한 유학 경전에 히라가나 해설을 붙인 '경전여사'라는 시리즈의 책들이 크게 유행하였다. 그것은 스승에게 전통적인 한문 읽기 방법인 '소독素讀'을 배우지 못한 서민들도 이제 책을 통해 독학으로 유학을 배울 길이 열렸음을 의미하는 것이다. 식자층의 증가와 배움에 대한 열망, 시간과 물질적 여유 증가, 그리고 대중을 상대로 한 출판업의 발달 등이 어우러져 엘리트 계층에 국한되었던 고급 지식(유학 경전)의 대중화가 펼쳐진 당시 일본의 시대상을 잘 드러내는 현상이었다.

역자는 이 책을 읽으면서 21세기인 오늘날, SNS의 발달과 1인 미디어의 송출, 집단 지성의 형성이라는 새로운 문화적 환경을 맞이하여, 학계라는 상아탑에 갇히지 않고 대중과 호흡하는 새로운 인문학의 등장을 떠올렸다. 자신만의 매체를 통해 스스로 판단하며 새로운 지식을 찾아가는 독자들의 모습과 함께.

역자는 그동안 『당시선』과 『세설신어』 등 중국의 문예서들이 17~19세기 조선과 에도 문단에 출판, 유통되던 양상을 비교하는 작업을 해 왔다. 그 시기 에도 문단에서 가장 주목했던 점은, 중국의 한적漢籍들이 한문 원문만이 아닌 주석서 · 훈독서 · 히라가나 번역서에 심지어 그림을 넣은 삽화본으로까지 다양하게 출판된 사실이다. 에도 문단에서는 한문을 잘 몰라도 중국의 문예서를 읽고자 하는 계층이 상당히 두텁게 존재했고, 그들의 수준과 수요에 맞추어 여러 형태의 판본들을 만들어 출판하는 시스템이 갖춰져 있었다. 이는 동 시기 조선 문단에서 중국책의 경우 거의 한문 원문본만으로 유통되던 사실과 비교할 때 큰 차이점이었다.

이 책에서 다룬 『경전여사』는 바로 그러한 성격의 책들 중 하나이다. 한문을 제대로 배우지 못한 이들도 유교 경전을 읽을 수 있도록 도와주는 배움의 도구인 것이다. 본문 중에 "『경전여사』와 같은 류의 책이 '생각하는 힘'을 민중에게 부여하였고, 그러한 근세적 지식의 형태가 바로 근대 지식의 기반이다"라고 한 뜻은 여기에 있다.

번역의 과정에서 가장 어려웠던 점은 수많은 한자어의 일본어 읽기 방법을 표기하는 문제였다. 음독은 한국 한자음으로 훈독은 일본 한자음으로 표기하는 것을 기본 방침으로 정하긴 했지만, 일본의 한자어에는 음독과 훈독이 섞여 있는 경우가 많고, 한국 독자들의 일본에 대한 지식의 정도 또한 너무 달라, 누군가에게는 한국음이 또 다른 이에겐 일본음이 더 익숙한 경우가 많아 그 기준을 정하는 일이 결코 쉽지 않았다. 실제로 국내의 일본 한학 관련 저역서를 보면 저역자나 출판사마다 제 각각의 일본어 표기법을 사용하고 있었다. 결국은 역자 또한 역자 나름의 방식대로 표기하였으니, 분명히 누군가에겐 이해가지 않는 표기법으로 보일 것이다. 모든 어색함은 역자의 부족함 탓이지만, 현 단계에서의 최선이었다고 구차한 변명을 늘어 놓는다.

책을 완성하기까지 많은 분들의 도움을 받았다. 운이 좋게도 한참 이 책을 번역하던 시절 '국외소재문화재재단'의 '해외소재 한국전적 조사사업'에 참여하게 되어, 2016~2019년의 4년 동안 매년 여름마다 도쿄의 세이카도분코静嘉堂文庫와 와세다대학의 한국전적 조사를 위해 도쿄를 일주일씩 방문하였다. 그때마다 번역상의 난제들을 모아서, 저자를 직접 만나 하나하나 물어보고 확인할 수 있었다. 매년 시간을 내어 기꺼이 필자의 수많은 질문들에 친절하게 답해 주신 스즈키 선생님이 아니었다면, 아마도 역자는 끝도 없이 쏟아져 나오는 에도 시대의 고문서 용어들과 처음 보는 고유명사들에 질려 중도에 번역을 포기했을지 모른다. 책을 조사하러 가서 책에 대한 책을 번역할 수 있다니, 이 얼마나 학운에 감사해야 할 일인가.

그렇게 하고도 여전히 남은 일본어 표기에 대해 역자 보다 더 꼼꼼히 살펴 준 박상휘·이유리 동학들에게 감사의 뜻을 전한다. 한국 학계에 정말 귀한, 국학 전공자이면서 일본의 근세문학에 정통한 이들의 도움을 받을 수 있다니 이 또한 정말 감사한 일이다. 이들과의 학연은 앞으로도 계속 이어질 것이기에 언젠가 역자도 분명히 이 은혜를 갚을 길이 있으리라 믿는다.

무엇보다도 역자의 출간 문의에 그 즉시 승낙하고 일본 출판사에 저작권을 신청해 준 '소명출판'에 감사한다. 최근의 너무도 위축된 학술서 출판 시장에서는 그저 학계에 꼭 필요하고 훌륭한 저자의 좋은 연구서라는 이유만으로 책을 출판하는 일이 쉽지 않다. 그런데 이렇게 십여 년 전 『명말 강남의 출판문화』로 맺은 인연이 『에도의 독서열』로 다시 이어질 수 있어 더 없이 기쁘다.

역자에게 위의 두 책의 번역 작업은 '16~19세기 조선-명청-에도를 아우르는 동아시아 삼국의 출판 문화'를 조망하는 대장정의 시작이다. 이제부터 드디어 역자의 전공으로 돌아 와 '조선의 출판 문화'에 대한 저술을 시작하려 한다. 그런데 이 두 책을 번역하는 데만 15년의 세월이 걸렸으니, 이제 직접 쓰는 책은 도대체 언제나 나올지 모르겠다. 부디 너무 멀지 않은 날에 그 책의 '저자 후기'를 쓰는 날이 오기를 기대하고 또 기다린다.

2020년 11월

역자 노경희